L'insoupçonnable Héritage de Monsieur Meyer

Ariel Sibony

L'insoupçonnable Héritage de Monsieur Meyer

roman

Ramsay

L'insoupçonnable Héritage de Monsieur Meyer

Première édition

Remerciements à
Nathalie, Julie, Laura, Tom
Mon père, Ma mère, Danielle, Chelly

À tous ceux qui se reconnaitront parmi les personnages qui traversent ce roman.

À Valérie P, Arielle S, Françoise P, Joffrine D, Christian F, Sabine A, Solène, Ailin, Mathieu, Luisa…

À toute l'équipe de Voyageurs du Monde

PRÉFACE

« L'histoire est une forme de fiction »
Jorge Luis Borges.

L'Histoire avec un grand H est quelquefois si inimaginable qu'elle s'apparente à une fiction.

À contrario, certaines fictions ou romans sont tellement puissants que l'on rêverait qu'ils soient notre réalité, une part de notre vie ou de notre histoire.

1

Lundi 31 juillet 2017,

« La vie d'un homme réserve bien des surprises ». Cette rengaine, ma mère me la répétait sans cesse lorsque j'étais enfant.

« Il y a des surprises qui nous font adorer la vie, nous rendent beau et séduisant. Et puis il y a celles qui nous affaiblissent pour mieux nous renforcer, détruisent pour mieux reconstruire, nous consument de l'intérieur sans comprendre comment elles ont surgi ni comment les faire disparaître ».

J'ai toujours rêvé d'être fortuné, parce que né dans les classes dites pauvres de Casablanca.

J'en ai souffert longtemps, comme d'une véritable infirmité. J'aurais certes pu me convaincre que l'argent ne fait pas le bonheur, mais seuls ceux qui n'ont pas subi l'humiliation de la pauvreté s'arrogent le droit de le penser.

Riche ou résigné, je n'étais ni l'un ni l'autre.

Tant et si bien que la vie, c'est moi qui l'ai prise par surprise.

Je me suis marié à vingt ans, par pure tradition. Sarah était jolie, rassurante et très amoureuse. Elle se voua corps et âme à notre famille. Moi, j'ai construit ma vie de père et de mari comme on bâtit une entreprise, tiraillé entre mes engagements et l'obsession de conquérir le monde. Le travail était mon exutoire. Devenir riche mon dessein. Mais au fond de moi, je ne voulais pas de cette vie.

Malgré ma joie immense à la naissance de chacun de mes enfants, je m'engluais dans les tourments de notre couple. Sarah, elle, préoccupée par son rôle de mère, ne remettait rien en question. Je l'ai délaissée, légitimant mon attitude par de fausses excuses. Notre mariage s'était consumé à la minute où il avait été consommé.

Durant toutes ces années, j'ai mis au service des autres le meilleur de ma sensibilité, le partage de mes émotions, mes rêveries et mes idées les plus farfelues. J'étais à l'écoute de mes artistes, à partager leurs vies, gérer leurs angoisses, financer leurs travaux ou encore leur trouver des lieux aussi insolites que grandioses pour les sublimer. Je triomphais parce que mon existence était rythmée de rencontres et de voyages. Je sillonnais le monde comme on sillonne les rues. Pas une seule foire d'art contemporain ne m'avait fait faux bond. Oui, ma devise était d'être toujours là où l'on ne m'attendait pas.

Voilà ce qu'était ma vie. Un dépassement de soi. J'occultais mes sentiments, ceux-là mêmes qui m'empêchaient de comprendre que je vivais une vie à travers l'autre, une vie bercée de rêves, par crainte probablement de revivre les démons de mon enfance.

Aujourd'hui, je saisis enfin ce que voulait me dire ma tendre mère. Ce 31 juillet 2017, les bonnes et les mauvaises surprises traversent mon existence simultanément. J'ignore alors que ma vie est en train de basculer.

Depuis ce matin, je suis remonté comme une pendule. Après deux ans d'une guerre sans relâche et d'un long combat juridique, humain et financier contre mon propriétaire, je m'apprête à fermer définitivement les portes de ma galerie d'art située sur la prestigieuse et réputée place des Vosges à Paris. Cette aventure dure depuis 20 ans, mais ce soir, je dois plier bagage. J'affiche une sérénité presque étonnante, pour quelqu'un qui, d'ici quelques heures, tournera la page. Une page vécue si intensément, qu'il est temps d'en ouvrir une autre.

Mais laquelle ?

Créer un nouvel espace d'exposition plus grand, plus lumineux, plus prestigieux, plus… plus je ne sais quoi d'ailleurs et poursuivre ainsi mon chemin dans le confort de ma vie ?

Déposer mes clés, m'enfuir, libre de toutes contraintes. Disparaître dans le temps, l'espace, le tout !

Cette cinquantaine m'appartient. Il me tarde de la vivre. Décennie de l'insouciante maturité, de la courageuse légèreté, de la folie permissive mûre et réfléchie. C'est, parait-il, l'âge de la création où l'on réinvente ses vingt ans avec le courage de les empoigner et de s'envoler loin.

Je souris à la seconde hypothèse qui m'enchante bien plus que la première. Cependant, une certaine nostalgie me noue les tripes face à cette fin imminente.

Mon évasion diurne à fantasmer mon hypothétique futur ne dure qu'un court instant. Le brouhaha du chambardement a commencé et dans la galerie, la danse des déménageurs sans âme est lancée. Leurs pas incessants m'évitent tout apitoiement face au défilé mortuaire des cartons annotés, numérotés, empilés qui trônent sous mes yeux. Ils s'exécutent machinalement, tels des robots, ne prêtant aucun intérêt aux tableaux, sculptures et objets d'art qui ont rythmé et façonné mon parcours. Le camion chargé, une part de moi s'évapore. Ainsi, la place des Vosges se dévoile à nouveau. Je la contemple, enchanteresse, laissant ce doux parfum d'été inonder les jardins et enivrer les estivants dont la démarche nonchalante effleure les pavés. Je savoure égoïstement cet instant.

15 h 45 : pour la cinquième fois, le numéro de Sophie s'affiche sur l'écran. Elle vient de rejoindre le clan des oppresseurs.

Pour quelle raison ? Ma faculté presque jouissive à repousser tous les coups de fil s'applique également à ma sœur aujourd'hui. Plus tard. Elle attendra. Il me faut d'abord régler les dernières urgences.

Deux heures plus tard, après avoir écouté les hystéries de chacun, les agitations des uns et les angoisses des autres, l'adrénaline de la journée redescend enfin. Bientôt, nous fêterons la délivrance.

Soudain, un brin de panique embrume les regards. Les visages se ferment, l'atmosphère s'alourdit. Serait-ce la fatigue générale, la tension ou le stress que j'ai fait subir à mon entourage ces derniers temps ? Éreinté, je m'octroie cinq petites minutes de répit, loin de tous, isolé et allongé à même le sol.

Je profite de ce relâchement pour rappeler Sophie que j'ai presque oubliée.

Une sonnerie à peine suffit pour qu'elle réponde.

— Alexandre, ça fait des heures que je t'appelle ! Papa a fait une embolie pulmonaire, il est dans le coma, à l'hôpital Saint-Antoine. Viens immédiatement.

— Quoi ? Qui ? Quand ? Je ne saisis rien, je bafouille, je la fais répéter et lui annonce être encore coincé pour quelques heures à la galerie.

Je raccroche. Mes bras me lâchent, mon téléphone tombe. La chute est brutale. Il faut que je redescende à mon rythme, que je réalise, que je comprenne.

Partagé entre le devoir de rejoindre les miens, et celui de clôturer cette journée comme prévu, je dois me ressaisir…

La mort ne serait-elle pas qu'un vulgaire détail parmi d'autres ?

Je murmure à voix basse ma rancœur : « Il a osé me faire ça aujourd'hui ».

Tandis que je m'autorise à penser enfin à moi, voilà que mon père me rappelle à lui. Brutalement, égoïstement. Il se souvient donc de moi à chaque moment important de ma vie, comme s'il veillait à les gâcher d'une manière ou d'une autre. Je ne devrais pourtant pas m'en étonner, cela fait quarante ans que l'on ne se comprend plus.

Le temps est suspendu. Les heures qui suivent semblent interminables, à la fois douloureuses et indécentes. Je célèbre ma défaite intime. Mon père est probablement en train de mourir tandis que moi, je suis là, dans cette cage dorée, entouré de croquemorts, champagne à la main, déjà prêts à m'enterrer.

20 h 30 : le bal des hypocrites est terminé. Je me volatilise enfin.

Sur la route de l'hôpital, je suis d'un calme et d'une sérénité inhabituels. Comment réaliser ce qu'il se passe ? Ma joie et mon excitation au zénith se sont effondrées en une fraction de seconde.

Sur le parking, je continue à me rassurer : tout cela n'est qu'une mauvaise farce de sa part. Une fois de plus ou une fois de trop, il va s'en sortir et tout va rentrer dans l'ordre. On va me dire que ce n'était rien et qu'il est déjà rentré chez lui. Après tout, je lui ai octroyé deux bonnes heures pour se remettre

Pourtant, dès mon arrivée, les mots cinglants et précis du médecin martèlent mon cerveau, puis l'anesthésient : « Votre père — coma — AVC — paralysie - embolie pulmonaire — rester à son chevet. Rythme cardiaque très faible ».

Tel un boxeur, j'encaisse des uppercuts, des droites sans rien y comprendre, sans lutter. Je ne vacille pas. Je ne suis pas inquiet. Il a le cuir dur et derrière lui plusieurs séjours à l'hôpital, ressortant chaque fois la mine réjouie, frais comme un gardon. Il a épuisé tous les médecins, les internes, les professeurs et les infirmières, tous les services, même les soins intensifs ! Ils ont toujours fini par le relâcher, une alerte après l'autre. À Saint-Louis, à la Salpêtrière, Bichat et même à l'hôpital Trousseau. C'est dire.

Alors, pourquoi pas cette fois-ci ?!

À 23 h, je déclare forfait et me décide enfin à rentrer chez moi, épuisé, empli de chagrin et de colère, convaincu de mon inutilité déconcertante.

Frustré de ne pas l'avoir vu, je m'affale sur mon lit tel un cadavre ressuscité. Ainsi allongé, fixant le plafond, je me promets de remédier à cet acte manqué, de lui parler d'homme à homme avant qu'il ne soit trop tard. J'ai besoin de crier. Je me relève pour écrire. Je me fais la promesse de tout lui dire, et enfin essayer de comprendre pourquoi il a été ce père aussi effacé et distant à toutes les étapes importantes de ma vie.

Avais-je été l'enfant de trop ?

Jamais un baiser, une étreinte, ou tout autre signe d'affection. Durant mon enfance, ses gestes à mon égard s'étaient limités à une tape dans le dos ou derrière la nuque, entre indifférence et humiliation. Ces vingt dernières années, depuis son installation à Paris, jamais il n'avait franchi la porte de ma galerie. Pas même en mon absence.

Pourtant, on devrait toujours aimer son fils inconditionnellement, ne serait-ce que pour qu'il se présente en paix devant notre lit de mort. Ce soir, il ne s'agissait que de son lit d'hôpital.

En me plongeant dans mes souvenirs, je réalise, avec effroi et tristesse, que de nous deux, je n'en ai presque aucun.

2

28 juin 1980, Casablanca ma douce,

Il est des parfums qui nous imprègnent dès notre enfance et perdurent, des mélodies qui nous bercent tout au long de notre vie, des noms qui vibrent dans notre cœur à jamais.

Casablanca est le mien.

30 degrés. La chaleur étouffante prenait possession de la ville en cette journée de juin. L'ultime sonnerie retentit enfin, achevant une année scolaire rythmée de renvois, de bagarres, d'insolences, ponctuée d'un comportement désinvolte et de notes toutes aussi désastreuses les unes que les autres.

L'école et moi n'avions jamais été très proches, mais cette année, à la demande du corps professoral, le verdict était sans appel : redoublement ou orientation vers un bac technologique ou professionnel dans une quelconque école privée. Inenvisageable.

Je les imaginais, tous, au conseil de classe, déblatérer sur mon cas, jouir de mettre à terre l'élément perturbateur, tels une bande de toreros achevant leur danse macabre.

J'avais pourtant, dans cette meute de loups, quelques alliés. À leurs yeux, j'étais un élève « plein de promesses » qui finirait un jour par exceller dans son travail. Pour eux, je méritais une chance. Pour moi, c'était la fin du calvaire !

Mon campus : le lycée Lyautey de Casablanca. Une ambiance à l'américaine avec ses bâtiments immaculés érigés au milieu de pelouses particulièrement bien entretenues. D'immenses oliviers plantés dans les jardins nous dessinaient des zones d'ombre. Nous nous allongions sur le gazon entre copains : sentir les fleurs, contempler les nuages, nous projeter dans un monde imaginaire, un monde ailleurs, un monde aux nouvelles couleurs. Et toutes ces filles qui défilaient sous nos yeux nous chaviraient de bonheur. C'était un havre de paix où il faisait bon être élève. Peut-être trop.

Adolescent cancre et romantique, j'expérimentais toutes mes premières fois : les sorties en boîte de nuit, les regards intenses, les longs baisers avec la langue. J'engrangeais une amourette, puis deux, pour voir, jusqu'à mon histoire d'amour avec Sabrina. Tout avait commencé en avril. Je la croisais tous les matins dans la cour du lycée, sans oser l'aborder. Hypnotisé, je l'étais, à la vue de ses grands yeux verdoyants, de ses cheveux blonds et soyeux et de son sourire angélique.

Chaque matin, je soignais un peu plus mon allure, je monopolisais la salle de bain pendant des heures, laissant les miens perplexes quant à mes préoccupations matinales.

Ils pouvaient bien attendre ! Je me devais d'être à la hauteur de ma belle.

Secrètement, je rêvais d'une idylle. Divine, unique. J'imaginais un millier de stratagèmes pour l'approcher, des excuses pour lui adresser la parole, sans jamais m'y risquer. Et puis, impétueux, le séducteur ignoré que j'étais fit le premier pas.

En répondant à mes mots doux, elle m'apprivoisa. Dès lors, mon obsession fut de sentir sans cesse ses lèvres contre les miennes et le goût sucré de ses baisers envoutants. Derrière mon inexpérience, je grandissais tel un homme à ses côtés.

Cette année devait être la plus riche de ma vie. Parce qu'à 16 ans, on a le droit de vivre sans concession, immergé dans le monde hermétique des adultes.

Devant la grille du lycée, nous prolongions nos adieux avec exaltation, sans perdre de vue l'idée de passer la majorité de notre temps ensemble. Une fois de plus, les vacances s'annonçaient donc magiques.

C'était ça Casablanca. L'unique préoccupation d'un jeune de 16 ans était de savoir quels copains resteraient là l'été pour sillonner les plages.

Situées à 7 kilomètres du centre-ville, c'était cependant toute une expédition pour nous y rendre.

Le moyen le plus luxueux, donc exceptionnel, était le taxi.

Oui, le Maroc dans les années 80 ne se démarquait pas par sa modernité. En trouver un relevait de l'exploit : le souk version véhicule ! On criait, on s'agitait, on courrait derrière la voiture, une Simca 1000 rouge au porte-bagage noir en métal et aux pneus plats ! On sautait, on négociait sans fin, 5 places quand il n'y en avait que 3, 4 dirhams au lieu de 5, une ceinture pour deux et aucune garantie de ne pas mourir sur le chemin ou de ne pas voir le moteur exploser sous nos yeux au beau milieu de nulle part. Bref une poubelle sur pneu pour nous qui n'avions pas le sou. Cela m'amusait beaucoup de développer mes capacités de marchandage et de mesurer mon autorité à celle d'un adulte.

Le moyen le plus commode était d'obtenir d'un de nos pères qu'il nous y dépose, généreusement. Je chérissais le secret désir que le mien nous le propose, au moins une fois. Pour moi, son unique fils. Mais non.

Jamais je n'ai osé lui demander. Cela aurait résonné comme une absurdité à ses oreilles. Il aurait fallu bien plus qu'un fils comme argument pour qu'il sacrifie son si précieux temps.

Nous options, donc le plus souvent, pour le bus du village, sans horaire de passage, surpeuplé, mal odorant et surtout inconfortable. Le plus grand défi consistait à monter puis se frayer un passage entre les chèvres, les poules, les coups de coude, de pieds, de becs et de sabots. Le tout dans un air imprégné de cris, de beuglements, de sueur et autres senteurs non identifiées, vite irrespirable avec la chaleur.

Le trajet semblait interminable. Mais à notre âge, tout cela n'était qu'un jeu.

À l'arrêt « La corniche », nous fêtions notre victoire, invincibles et heureux. Nous longions les plages de sable fin bordées de piscines privées, embrasant notre imaginaire de jeunes écervelés. L'illusion était parfaite. Nous parcourions le monde avec leurs noms évocateurs : « Tahiti », « Miami », « Tropicana », ou encore « Eden Roc ».

J'ai toujours eu une tendresse particulière pour la plage « Tahiti » et sa piscine en forme de guitare. Elle m'offrait le doux fantasme d'une vie d'artiste, de rock star ou tout simplement d'une vie de riche.

C'était beau de s'évader et de rêver à un autre monde.

Notre programme quotidien était invariable, mais nous adorions notre vie.

Cette année, j'avais ma Sabrina, à qui je m'apprêtais à offrir les clés de mon paradis, mes meilleurs amis, René, Alain et Gilles et quelques économies dont je n'étais pas peu fier.

Aujourd'hui, donc, pas de course contre la montre.

Contrairement aux autres samedis de l'année, je n'avais plus à devancer mon père pour récupérer, par la fente de la boîte aux lettres, mon bulletin hebdomadaire qui me privait si souvent de sorties.

Après avoir déposé René, le studieux de la bande et Alain, le dragueur sans scrupules au bas de leur immeuble, avec Gilles, dit le magouilleur, nous batifolions de rue en rue. Tel un gang, nous nous étions tous rebaptisés, et moi, j'avais le blase du gentil rêveur. Gilles frisait en permanence la ligne rouge entre la petite délinquance locale et toutes les autres formes de malversation. Les filles ne l'intéressaient guère, mais son attitude de petite frappe les attirait comme des mouches ! Récemment, il avait même gravi un échelon dans le banditisme local en osant suspendre ses vols de fruits à l'étalage pour s'essayer à celui des Solex, les cyclomoteurs les plus prisés de la ville.

— Alex, tu sais que j'ai été coursé par la police avant-hier. Mais je connais Casa bien mieux qu'eux ! Avec mon engin, je les ai semés en cinq minutes !

— Ils t'ont vu le voler ? m'écriais-je affolé.

— Oui puisqu'ils m'ont poursuivi ! Mais je ne l'ai pas volé, juste emprunté. Ensuite je l'ai garé à l'arrêt de bus en bas de chez moi.

— Tu te rends compte que tu aurais pu te faire pincer ! Les flics ne sont pas tendres avec les voleurs. Tu risques gros ! Et je ne parle pas de ton père qui t'aurait arraché la tête !

— C'était trop drôle. Grisant, rétorque-t-il fier de lui.

— Tu sais quoi ? Rejoins-moi ce soir et on s'en trouvera un autre ! On va faire monter l'adrénaline ! Tu pourras promener ta fiancée tout l'été, lâche-t-il hilare !

— Non Gilles, laisse tomber. Je lui offrirai le bus ! Ma dernière virée au commissariat m'a couté assez cher !

— Allez le Rêveur, comme d'habitude, tu te dégonfles ! Bon, moi je te laisse là. Et puis j'en ai marre de perdre mon temps à admirer les façades à tes côtés, elles n'ont pas changé depuis hier ! Regarde où tu mets tes pieds et fais gaffe à ne pas te faire écraser !

Enfin seul, je flânais dans les ruelles, scrutant avec émerveillement l'architecture de ma ville. Admirer, contempler, rêver. Je connaissais par cœur ma Casablanca… ma douce.

Au détour d'une ruelle, une multitude de fragrances du marché aux olives vint titiller mes narines. J'entrais dans le cœur de ma ville par la porte 50 du souk El Jedid et rejoignais la place El Baladya, là où les bouchers rôtissaient de façon moyenâgeuse les viandes en plein air. Bravant un nuage de fumée au goût de grillades et d'herbes fraîches, je zigzaguais entre les bestiaux suspendus aux crochets. Je laissais mes papilles se délecter, rêvant à ce qui m'attendait à la maison. Je quittais la place et longeais les vitrines de ma pâtisserie préférée, « Bennis », me promettant d'y retourner le dimanche suivant avec Sabrina.

Après une bonne heure de balade, je montais les escaliers quatre à quatre. Mon doigt sur la sonnette et mon poing tambourinant contre la porte, je signalais ma présence.

Milouda, notre dame à tout faire m'accueillit à coup de youyous et d'embrassades, comme si le roi du Maroc ou je ne sais quel bon Dieu lui faisaient face.

Je l'aimais tant Milouda. Sa bienveillance me protégeait, comme une deuxième maman. Chez nous depuis ma naissance, elle ne me refusait jamais rien.

Dans mon rituel quotidien, je traversais le couloir et jetais un rapide coup d'œil sur la grande porte noire. Le bureau de mon père, l'accès à l'interdit, au fantasme. Mes sœurs et moi ne la connaissions que fermée à triple tour. Personne n'y avait jamais pénétré, pas même ma mère.

Cette couleur, synonyme de deuil, détonnait avec le reste de la maison.

À dix ans, je m'étais intronisé détective. Je me souviens d'une nuit où j'avais trouvé cette mystérieuse porte entrouverte. Un filet de lumière et une musique sourde attirèrent mon attention. Je m'avançais sur la pointe des pieds lorsque mon père surgit. Empoignant violemment mon bras il m'ordonna de retourner me coucher, furieux de mon impudence.

J'avais l'espoir qu'elle serait ouverte aujourd'hui… utopique espoir : elle restait désespérément close.

J'entrais, tout essoufflé, dans le salon. Il était là, confortablement installé dans son fauteuil marron, me tournant le dos.

— « Papa, je suis rentré, » m'écriais-je intérieurement. Papa… mon cher père ou devrais-je dire mon géniteur.

N'était-il pas devenu, depuis toutes ces années, la simple figure masculine partageant mon appartement ?

De moi, de ma vie d'adolescent, rien ne l'intéressait.

Savait-il seulement que je passais en première ? Pour cela, j'avais usé de tout mon charme et de promesses insensées auprès de mes professeurs.

J'aurai adoré lui raconter mes journées de lycéen, mes amis, mes amours, mes soucis. Aujourd'hui plus que jamais, je crevais d'envie de lui confier mon bonheur, celui que je partageais avec Sabrina, « la femme de ma vie ». Mais là aussi, mon rêve trouvait porte close.

Mon père, je ne l'apercevais que rarement et le peu de fois, il paraissait obnubilé par ses maudits mots croisés. Nos échanges se cantonnaient à un simple bonjour ou un « Allez, bourricot, travaille bien à l'école ».

Chaque matin, dès l'aube, il s'en allait travailler comme comptable à la centrale laitière, l'unique fabricant et diffuseur de tous les produits laitiers du Maroc. Je me demandais souvent comment il pouvait gagner aussi peu d'argent en brassant quotidiennement des centaines de millions de dirhams. Quelques années plus tard, j'embrassais des études de gestionnaire par crainte sans doute de lui ressembler.

Je ne savais donc rien de lui. Je partageais sa vie sans y avoir accès. J'avais bien sûr tenté d'en savoir plus, mais à chaque fois on me rétorquait que j'étais trop petit pour comprendre. Mes deux sœurs, de huit et dix ans mes ainées, avaient déjà quitté le nid familial, me laissant seul avec mon ignorance.

Je devenais ce fils unique, curieux et encombrant, sans repère paternel ni modèle fraternel.

Dans la cuisine, la voix de ma mère retentit avec un enthousiasme intarissable.

— Bonjour mon fils, enfin rentré ! Tes mains, lave-les et installe-toi dans la salle à manger. Ton déjeuner est prêt.

— Bonjour, maman, je meurs de faim !

Sitôt installé, j'engloutis, tel le loup affamé, ses plats succulents. Depuis ma naissance, ma mère jouait ce rôle de nourricière chevronnée, jonglant avec talent entre les plats marocains, les spécialités françaises et diverses pâtisseries issues des quatre coins du monde.

Soudain, mon père se posta face à moi.
Lui avait-on enfin rappelé qu'il avait un fils ?

Impassible, d'un ton calme et monocorde, il entama une plaidoirie sur chacune de mes expulsions, sur mes notes déplorables, mes sorties récurrentes et mes virées occasionnelles au commissariat.
Je sentis que l'addition allait être corsée. Il termina son exposé par ces mots cinglants :

— Alexandre, prépare tes affaires. Tu pars chez ta sœur à Paris le 15 juillet.

Un instant d'hésitation. J'admets ne pas avoir tout saisi. Il venait de décrire une année des plus noires de ma scolarité et décidait contre toute attente de m'expédier en vacances à Paris…
Un an auparavant, j'aurais probablement sauté de joie et me serais pendu à son cou pour le remercier de ce si beau cadeau. Mais là, le monde s'écroulait sous mes pieds, car je n'avais qu'une obsession : Sabrina, la plage, l'amour.
Comment lui annoncer ? Comprendrait-elle que je devais obéir ? Que faire ? Fuguer ? M'attendrait-elle jusqu'à mon retour ?
Envahi par toutes ces questions je ne pus contenir ma colère.

— Papa ! J'ai 16 ans ! Des projets plein la tête pour cet été ! Pourquoi Sophie ne peut-elle pas attendre pour me voir ? Je pourrais y aller pour Noël ou à Pâques, par exemple.

— Tu ne comprends rien. Je ne t'envoie pas en vacances. Ta sœur t'a inscrit au lycée Turgot en 1re G2. Tu pars t'acclimater afin d'être prêt pour la rentrée. Tu vivras provisoirement chez elle.

Il se leva, quitta la salle à manger sans un mot ni émotion, me laissant seul avec mon désarroi.

J'étais victime d'une blague, d'une menace... Ses mots glaçants et son attitude ne laissaient cependant place à aucun malentendu.

Quel fils n'avais-je pas été, pour qu'il me tienne si éloigné de son cœur ?

Chez nous, il n'y avait ni cri, ni dispute, ni rébellion. Abasourdi, je quémandai des éclaircissements à ma mère.

Elle m'expliqua qu'il ne voulait que mon bien et qu'il était conscient du manque d'avenir ici pour les jeunes... Aucun de ses mots ne m'apaisa. Dans cette vision de cauchemar, je me dirigeai vers ma chambre.

Mon père allait me rejoindre, s'esclaffer de sa blague de mauvais goût et tout allait rentrer dans l'ordre. Les minutes passèrent... Mais rien.

Je buvais mon chagrin par petites gorgées.

Ma tendre Sabrina, je t'en supplie pardonne moi.

Assis sur mon lit, les idées noires me consumaient une à une.

J'étais perdu. Toutes mes espérances s'envolaient. Je ressentais à la fois un indescriptible chagrin d'amour et surtout le sentiment que mon père, pour mes 16 ans, m'offrait une grenade dégoupillée, assassinant mon enfance et ma jeunesse insouciante.

Ce soir-là, il m'abandonna pour la première fois.

3

1er août 2017, si moi

Cette journée post-signature, dans mon agenda, devait être dédiée aux derniers coups de téléphone, aux derniers rangements et démarches administratives toutes aussi excitantes les unes que les autres. J'attendais ce moment avec une réelle impatience. Ma seule envie ? Enchainer et clôturer ce chapitre professionnel de ma vie. Ce film, je me l'étais rejoué une bonne centaine de fois dans ma tête. Finies les pressions, angoisses et responsabilités. Dès la transaction actée, je retrouverais ma légendaire jovialité et choisirais ma nouvelle vie, libre, égoïste et sans remords. Une vie à flirter avec l'inconnu, insufflant ses airs d'ivresse et d'exaltation.

Tel était mon fantasme.

Mais le sort, farceur, en a décidé autrement.

7 h du matin. Tel un séisme nocturne, l'alarme stridente de mon réveil me fait bondir de mon lit. Traversant la cuisine, je braque le café de ma fille attablée pour son petit déjeuner, me brûle la langue dans la précipitation et saute dans ma voiture. Comateux, j'appelle Sophie, notre régisseuse en chef de tout ce chaos. Elle m'attend à l'hôpital Saint-Antoine, je dois la rejoindre au plus vite.

Ma sœur. Que dire... Une femme de caractère, plus habile dans son rôle de mère que dans sa carrière professionnelle. Ni grande, ni petite, ni sexy, elle porte malgré tout élégamment sa soixantaine. Durant mon adolescence, elle sera un soutien, tantôt aimante, tantôt castratrice, cependant toujours à mon écoute.

Aujourd'hui, je regrette notre absence de complicité.

Était-ce condamnable au regard de la morale filiale ? D'ailleurs, qui pourrais-je bien accabler ? Notre différence d'âge, notre éducation aseptisée ou mon manque de compassion ?

Peu importe, nous avions fini par nous en accommoder.

Depuis une quarantaine d'années, elle file le parfait amour avec Marc. Je l'ai toujours aimé, et ce, dès les premiers jours. Un type bien, travailleur, honnête et profondément gentil.

À leur tableau de chasse, quatre enfants et une ribambelle de petits-enfants qui s'entretuent sans cesse dans leur vaste appartement au cœur du quartier populaire le plus bobo de la capitale.

Une vie, somme toute traditionnelle, pour ne pas dire ennuyeuse.

Encore une fois, ma vie me dépasse et m'embarque vers l'inattendu. Je respire un bon coup. Tout va trop vite.

Dès l'entrée, je suis accueilli par un bataillon de blouses blanches. L'odeur nauséabonde et les regards figés des médecins et infirmiers me clouent face à l'impensable : la chambre 302.

J'entre, les rideaux fermés ajoutent un côté lugubre et macabre. Il est là, devant moi, les yeux fermés, plongé dans un coma profond. Les tubes qui sortent de tous les orifices pour oxygéner ses poumons m'offrent un spectacle effrayant.

Une infirmière me conseille de m'adresser à lui, qu'importe le sujet, l'essentiel est qu'il entende une voix. Ma voix. Lui parler de météo, de la dernière recette de maman, de la voisine… de son insupportable chien, bref de tout ce qui me passe par la tête. Mais je peux aussi trouver le courage de lui parler de moi, Alexandre son fils, l'encombrant, celui qu'il n'a jamais écouté, jamais questionné, et qui pourtant aurait tant de choses à lui raconter. Comme mes multiples voyages ou bien ces rencontres aussi incroyables qu'inimaginables avec les stars du football qu'il adulait dans sa jeunesse.

Saisi par un frisson que j'impute à l'atmosphère pesante, je ne parviens pas à entamer mon monologue.

La matinée s'écoule lentement, pénible.

Je rejoins penaud la salle d'attente où tout le monde s'est agglutiné. Les discussions familiales, les babillages et les caquetages à bâton rompus nous font presque oublier pourquoi nous sommes tous là.

Ainsi, je préfère retourner au chevet de mon père. Sous une chaleur étouffante, assis sur des chaises en plastique vertes inconfortables assorties à la couleur des murs, nous nous demandons, Sophie et moi, pourquoi nous infliger un décor aussi cafardeux, comme si le spectacle de la maladie, du coma, de la mort n'était pas à lui seul suffisamment angoissant.

Nous tuons le temps, sans savoir comment vivre ces instants. Nous parlons de tout et de rien, tentant maladroitement de nous rapprocher.

Vers 14 h, nous sommes interrompus par l'arrivée de deux médecins. Nous comprenons, à leurs mines et leurs regards sombres que rien de positif n'est à envisager. Ils font preuve, à cet instant, de toute la psychologie dont seuls les médecins ont le secret pour nous annoncer :

— Votre père ne répond plus au traitement.
— Peut-il s'en sortir ? m'écrié-je crédule.
— Non monsieur, nous allons le débrancher.

C'est ainsi que nous prenons conscience de l'état de notre père. Mourir de façon si banale, j'en étais presque déçu.

La bombe était lâchée : fin de l'histoire…

C'est donc aussi simple que ça de perdre son père ? Aussi brut, franc, rapide ? Le vide m'accapare, l'amnésie des derniers moments, mes gestes, mes paroles sont balayés par ce tsunami émotionnel.

Je veux crier ma douleur, m'effondrer et les supplier de le sauver. Trouvez une solution ! Ranimez-le ! Par pitié, essayez encore ! On ne peut pas achever les gens comme des bêtes ! Pas comme ça ! Mais encore une fois, ma bouche reste scellée. Aucun son ne sort. Résigné, j'accepte leur décision.

Sophie se charge d'informer le reste de la famille.

Les heures s'enchainent.

En fin d'après-midi je reprends vie, tel un automate, et entame les démarches administratives qui elles, ont le mérite de me changer les idées.

Après la mairie, je compose le numéro des pompes funèbres. J'assiste au show téléphonique le plus glauque et grotesque de l'histoire. Mon interlocuteur, à la voix faussement compatissante, m'entreprend sur l'achat d'une concession pour un caveau familial. Ce dialogue épique me fait découvrir une réalité que je ne pressentais pas.

— Souhaitez-vous une durée de 30 ans ? 50 ans ? À vie ?

— Qu'en sais-je !

— Pour le bois, souhaitez-vous plutôt un bois brun ? Noble ? Et les poignées dorées ou mates ?

— Je ne sais quoi vous répondre ! Brun ? Noble ? Qu'importe, tiens choisissez !

Tout comme Fernandel dans « le mouton à 5 pattes » d'Henri Verneuil, je rejouais la scène, ma macabre scène.

— Je vous propose, Mr Jakob, de fixer l'heure de départ du cortège à 13 h 30. Je fais paraitre au plus vite l'avis de décès dans les journaux officiels.

Sans un au revoir, je lui raccroche au nez, secoué par la violence de cette conversation surréaliste. Je venais de négocier en dix minutes chrono, comme pour l'achat d'un réfrigérateur ou d'un quelconque abonnement internet, l'ultime demeure de mon père.

J'abrège cette interminable journée en rentrant chez moi, retrouver femme et enfants. La fin de soirée sera silencieuse et expéditive.

Un grand verre d'eau pour accompagner deux somnifères réussit à me convaincre que ma nuit sera, elle, moins agitée. Je dois me déconnecter de tout, surtout de moi-même.

Quelques heures plus tard, ma conscience me réveille en sursaut. Blafard, la tête lourde, je suis envahi par une montagne de sentiments contradictoires... Étais-je triste ? En colère ? Anéanti ? Oui, inévitablement.

Ou bien tout à la fois.

Je suis trahi par mon père parti avant d'avoir répondu à mes interrogations.

Je crie à l'injustice. Mais contre qui ? Je ne sais pas non plus. La vie, la vieillesse, la maladie, lui, Dieu.

En guise d'apaisement, je pactise avec une douche interminable, brûlante, saisissante. Le jet puissant coule sur mon corps, dynamisant mon esprit encore cotonneux. Les yeux fermés, je laisse l'eau me submerger et le temps filer… encore et encore.

Ce matin, je suis déterminé à lui parler. Mon ultime chance de clôturer notre conversation jamais entamée. Comme pour couronner mon désarroi, une pluie estivale s'invite à mon arrivée, moite, collante, qui ne rafraichit même pas. Bref, des gouttelettes qui ne servent à rien d'autre qu'à exaspérer. J'entre, nerveux et agité. Guidé par une infirmière, j'accède dans le bâtiment annexe, encore plus délabré que l'hôpital, donnant sur les portes vitrées du funérarium.

Le moment de vérité est arrivé.

Mon pouls s'envole. Devrais-je renoncer et garder tout en moi, tel le prisonnier de mes pensées ? M'enfuir à toutes jambes ? Me téléporter et m'épargner cette ultime confrontation ? Bien sûr que non, je ne fléchirai pas. Il me faut lui parler à tout prix.

— Bonjour, Monsieur, que puis-je faire pour vous, me demande l'agent de l'accueil.

Un café et un croque-monsieur s'il vous plait ! Non, franchement, que puis-je bien espérer dans un endroit pareil !?

— Je viens voir mon père, décédé hier après-midi.
— Quel nom monsieur ?
— Jakob, Monsieur Jakob, avec un K.
— Je l'ai trouvé, veuillez me suivre.

Nous arrivons dans une salle immense, découpée en « open-space » meublé de deux ou trois chaises et délimitée par de grands rideaux suspendus à des rails coulissants. Toute intimité y a donc été abolie.

De longues minutes s'écoulent avant que n'apparaisse sa frêle silhouette, installée sur un brancard de fortune.

— Voulez-vous que j'ôte le drap de son visage ? me propose-t-il avec politesse.

Je lâche un « oui » timide, sans réfléchir. L'officier de l'accueil s'éclipse, me laissant enfin seul avec lui. Attraction, répulsion, tout s'embrouille dans ma tête. Je le fixe, ébahi, mes larmes inondent mon visage. Je suis redevenu son enfant, cet enfant qui, en secret, l'aimait tant. J'ai mal, mon regard s'est perdu dans le sien, déjà vide.

Je le trouve si beau, si noble, si apaisé. Une heure s'écoule, une heure de silence et de recueillement. Enfin nous partageons cette fameuse intimité.

Recouvrant peu à peu mes esprits, le temps de l'invective et des questions commence.

Papa, pourquoi as-tu été aussi absent de ma vie, loin de moi, chuchotais-je à son oreille. Pourquoi as-tu brisé mon adolescence en m'éloignant ainsi de toi ? Pourquoi ai-je toute ma vie, vécu avec cette impression de ne jamais avoir été au cœur de tes préoccupations ?

Être père et fusionner avec ses enfants est pourtant si bon, si fort, si tu savais... si tu avais essayé, au moins une fois.

De longues minutes de « pourquoi » déferlent sans relâche. Tandis que je déverse mon flot de doléances, le remords me saisit. J'ai fauté par fierté, j'aurais pu et dû l'envahir de son vivant. Si moi, seulement, j'avais eu ce courage...

L'agent vient m'extirper de mon affliction.

— Excusez-moi monsieur, le funérarium ferme à 12 h 30.

Hagard, je réalise que je suis là depuis plus de trois heures. Apparemment, les morts, aussi, ont droit à une pause déjeuner.

— Oui, encore un instant, s'il vous plait.

Je me lève, m'avance vers lui, lentement, précautionneusement. Ma main encore tremblante caresse doucement son visage. Je dépose un baiser sur son front avec toute ma tendresse, pour la première et dernière fois, avec un amour que je ne soupçonnais pas.

La gorge nouée, les yeux emplis de larmes, je redresse la tête. Puis dans le murmure d'un unique « je t'aime », je l'abandonne.

Adieu Papa.

Si moi... Si toi... Si seulement nous...

4

3 août 2017, l'enterrement

L'ultime étape, silencieuse, la plus douloureuse. Cette marche funèbre, solennelle, cet hommage pour l'accompagner à sa dernière demeure, est-ce le moment le plus redoutable ou le plus redouté ? Seule certitude : le point final de ce chapitre me soulage égoïstement. Je n'attends qu'une seule chose : en terminer au plus vite.

Il est 13 h 30.

Le cortège, composé d'une dizaine de voitures, se dirige vers le cimetière. Les membres les plus proches de la famille ont souhaité l'accompagner dès la mise en bière. Cela me touche.

Je me suis assis auprès de ma mère, entre mes deux sœurs, inconsolables et transies de douleur. Leurs visages boursouflés de larmes me font culpabiliser. Moi, je ne pleure pas. Rien.

Sans émotion et un peu honteux, mes lunettes de soleil me servent de bouclier pour me cacher d'elles, du monde et de je ne sais qui là-haut qui me jugerait.

« Allée 12, place 4 ». Cela résonne dans ma tête, tel un numéro de siège, comme son dernier vol, son dernier voyage. Cette comparaison incongrue laisse se dessiner un ersatz de sourire sur mon visage. Le cercueil est posé sur des tréteaux. L'office religieux et les discours interminables se succèdent mêlant tristesse et compassion.

Mon regard s'égare dans cette assemblée et je réalise avec étonnement que parmi la centaine d'individus, la plupart des visages me sont inconnus.

Étaient-ce vraiment les obsèques de mon père ?

Désireux de fuir ce moment, mon esprit se noie dans mes lointains souvenirs, les excitants, les grisants, tout comme les plus pénibles et les plus décourageants.

Je me revois, moi, le petit marocain de Casablanca, fraichement débarqué à Paris.

Effrayé, un grain de poussière face à « la ville lumière » dont j'avais tant rêvé en feuilletant des guides touristiques.

Spectateur des premiers flocons de neige, de son métro et de son odeur qui restent encore aujourd'hui une de mes plus extraordinaires découvertes. Une ville sous la ville.

Puis vint l'épreuve du lycée. Un établissement étriqué, aux salles vétustes et au patio délabré. Pour moi c'était la taule ! Des professeurs stricts, ringards pour la plupart, mais qui jouaient avec brio leur rôle de maton.

Ma chance ? Comme dans toute prison, j'avais un camarade d'infortune, mon acolyte de cellule : Serge. Mon pote, mon frère... Sans lui, rien n'aurait été pareil.

Pendant mon temps libre, je mettais tout en œuvre pour subvenir à mes besoins et m'offrir la vie parisienne de n'importe quel adolescent.

Chaque samedi soir, je gardais les mêmes enfants. Sitôt les deux monstres couchés, j'attendais avec impatience le générique de la série DALLAS... le made in USA incontournable. L'histoire, basée sur la vie tumultueuse d'une riche famille texane, avait donné naissance à deux clans : les pro JR et les pro Bobby. Je vouais une certaine fascination à l'ainé, l'intraitable, coriace, manipulateur et haï de tous. Certes, j'étais complexé et plein de paradoxes, mais je rêvais de quitter, le monde des *béni-oui-oui* pour me rapprocher de celui sans foi ni loi, incarné par JR. Moi aussi, je rêvais d'être le roi du monde et d'entrer dans son univers impitoyable.

Ces deux années de lycée forgeront en moi un puissant désir de revanche sur la vie.

Ma première belle victoire ; je décrochais brillamment mon baccalauréat.

Sans grandes prédispositions pour des études imbitables, j'optais pour un cursus que je pensais court, mais surtout gratuit. Je serai expert-comptable.

Côté personnel, je m'autorisais un grand chambardement. Toutes les frustrations de ces dernières années se distillèrent en un été, et avec Serge nous enchainions sortie sur sortie.

Le Palace, le Bus Palladium ou encore les Bains-douches, ces discothèques mythiques n'avaient plus de secret pour nous.

Sans transition, je me métamorphosais de gamin timide et renfermé en jeune adulte débrouillard, plein de ressources qui multipliait les conquêtes, parfois pour un soir, parfois plus...

L'amour à cet âge n'avait aucun sens comparé à l'étourdissement des plaisirs du sexe que je découvrais, je m'enivrais de nuits d'amour, de plaisir, de luxure.

Certains matins, tout juste sortis du casino d'Enghien, parfois encore éméchés ou euphoriques par l'absorption de substances illicites, nous rejoignions directement le premier cours et commencions notre nuit. Dès la rentrée, nous avions retrouvé nos places de cancres, auto-attribuées, au fond de la classe, près du radiateur, à l'abri de tous regards.

À cette période, j'en oubliais presque le Maroc et ma vie là-bas. Les nouvelles de mes parents se faisaient rares. Émancipé, cela ne me dérangeait pas. J'avais changé et ma vie aussi.

Communiquer avec eux n'était pas une mince affaire. Le téléphone demeurait la seule solution fiable, mais très couteuse.

Je me souviens avoir mis au point, aidé de mes copains de fortune, une technique pour contourner les frais téléphoniques. Nous faisions glisser une pièce de 1 franc percée en son milieu, dans la fente de la cabine pour obtenir la tonalité et composer le numéro. Lorsque ma mère décrochait, j'avais une fraction de seconde pour tirer sur la ficelle avant que la pièce ne soit engloutie dans le ventre creux de la machine. Cependant il nous fallait renouveler l'opération toutes les 45 secondes. Je n'étais pas peu fier de notre ingéniosité, certes frauduleuse, mais si jouissive.

Malgré tout, le téléphone n'était pas parvenu à gommer les distances. Heureux dans ma bulle parisienne, loin d'eux, je n'avais plus grand-chose à leur raconter, excepté quelques trivialités ennuyeuses. Nous vivions désormais dans deux mondes antinomiques.

J'esquisse un sourire nostalgique. Le bras de Vanessa me ramène à la réalité. J'accepte sa remontrance. Je sais qu'elle ne me juge pas, elle. Nous avions gardé la complicité de notre enfance. Elle me devinait. Elle le Ying et moi le Yang. À l'inverse de Sophie, Vanessa était une femme charmeuse, pétillante, sans limites, se laissant portée par la vie.

— Alexandre, tu es dans la lune ou quoi ! murmure-t-elle.
— Pourquoi dis-tu cela ?
— Je te connais. Tu es ailleurs et pas trop concerné.
— Je suis là, je te le jure.

Elle savait, elle avait raison.

Je l'embrasse sur la joue comme pour m'en excuser. Je balaye à nouveau d'un regard rapide chaque personne qui m'entoure… et replonge dans mes pensées.

Je revois mes premières années besogneuses d'expert-comptable. L'expert en comptabilité comme me le reprochaient certains de mes clients, persuadés que je leur facturais du vent.

Quand j'y pense… quels imbéciles !

Puis ce fut le tour de mes premiers projets commerciaux, tous aussi farfelus les uns que les autres, jusqu'à celui qui, au bout de dix ans de balbutiement, devint le projet d'une vie. Le projet de ma vie.

Ma deuxième victoire vit le jour le 2 janvier 1998. Moi, Alexandre Jakob, j'ouvrais ma première galerie d'art : « Le 24 Place des Vosges ».

J'avais réussi à transformer une vie de bureaucrate tracée, morose, ordinaire et sans surprise en une vie d'aventurier et d'esthète.

Je connus des débuts laborieux entre mon ignorance du métier et de grosses difficultés financières. Je puisais dans mes rencontres enivrantes et exaltantes la force nécessaire pour surmonter tous les obstacles.

Mon défi quotidien : tenir.

Je me surprends à sourire une seconde fois à ces belles années de combat et d'émulations intellectuelles.

Mais cette fois-ci, ce sont les hurlements de ma mère qui m'extirpent brutalement de mon isolement et me ramènent à la réalité. Quatre de ses petits-enfants portent le cercueil vers ce trou béant. La vue de ce spectacle me paralyse.

Ainsi se termine la cérémonie. Rapide, aussi pénible qu'épuisante. S'ensuivent après coup les condoléances, où chacun y va de son mot de réconfort, d'une accolade ou des pleurs d'apitoiement. Alors, je deviens cette marionnette austère qui subit sans vraiment prêter attention à ces inconnus. Je ne veux pas être ici, je ne suis pas doué pour ces choses-là et j'attends avec impatience la fin de ces gémissements.

À cet instant, une femme altière se présente à moi et m'enlace tendrement.

— Mon cher Alexandre, tu ne me connais pas, mais peut-être as-tu déjà entendu parler de moi, dit-elle d'un ton maternel.

Mon regard ne la trompe pas. Ce n'est ni le lieu ni le moment de jouer aux devinettes.

— Raquel. Je suis une cousine de ton père. Je vis aujourd'hui à Marbella. Je tenais à te faire partager tout l'amour que j'avais pour lui et à quel point je suis bouleversée. J'aurais aimé te rencontrer dans d'autres circonstances.

Sans retenue, sans que je dise mot, elle m'évoque spontanément sa jeunesse et leur bande d'amis de Casa quand ils avaient entre 18 et 25 ans.

— Ton père était un chef de bande, un fou de la vie, un aventureux. Il adorait s'amuser, danser, profiter de ses amis. Il ne s'entourait que d'Américains, ne fréquentait que des soirées de privilégiés. Sortir en sa compagnie, c'était s'évader d'un quotidien morne le temps d'une soirée. Il était si beau. Jalouses, nous l'étions toutes dès qu'une demoiselle s'approchait trop près de lui.

Surpris, je retire mes Ray-Ban et la fixe. Quel genre de cousine était-elle, d'où venait-elle ? Ses propos me font l'effet d'une tornade. Mais de qui me parle-t-elle ? S'était-elle trompée de mort ?

J'enterrais mon père, cet homme effacé et austère et j'apprenais là qu'il était, en fait, un gai luron !

Difficile à croire !

Rejoins par mes sœurs intriguées par cette splendide octogénaire sortie tout droit d'un film de Fellini, nous profitons d'un moment d'accalmie pour nous isoler avec elle.

— Madame, Raquel c'est ça ? Comment a-t-il pu avoir des amis américains ? demandais-je avec étonnement.

— Ah, tu n'es au courant de rien ?

— Euh… non

— Écoute, après la guerre, de nombreuses troupes de GI avaient élu domicile au Maroc, sur les bases militaires offertes par le roi en échange de la protection du pays. La base la plus importante se situait dans la périphérie de Casablanca.

Je ne comprends rien, mais curieux, je l'invite à poursuivre.

— Votre père s'était lié d'amitié, dans les discothèques du bord de mer, avec certains majors et lieutenants-colonels.

— Vraiment ? Continuez, s'il vous plait.

— Mes enfants, je suis si heureuse de me remémorer tous ces merveilleux souvenirs. C'est cette image de lui, gaie et généreuse que je m'efforce de conserver aujourd'hui. Ami de tous les militaires, il était le relais incontournable de la base, le lien entre eux et la vie casablancaise. Le plus haut gradé s'appelait Gary. Il lui offrait toutes sortes de produits américains, en échange de ses nombreux services. Des jeans, des chewing-gums, du coca-cola. Ton père, fin limier, avait organisé un réseau local de distribution dans la plus grande discrétion. Grâce à cette manne financière, nous débarquions chaque fin de semaine dans les soirées mondaines de la ville, escortés de militaires. Je te laisse imaginer la tête des Européens et des membres de la bourgeoisie marocaine !

Devant nous s'est formé un bouchon humain avide d'agitations funèbres. Scotché par son récit invraisemblable, je croise le regard dépité de Sophie.

— Raquel, avez-vous un numéro de téléphone ? Nous devons nous revoir !

— Oui, je suis chez mon fils à Paris toute la semaine. Demande mes coordonnées à ta mère, appelle-moi quand tu le désires, nous bavarderons plus longuement. Courage à vous.

Elle nous embrasse chaleureusement puis s'éclipse d'un pas digne. Je continue de la suivre des yeux quelques instants puis nous rejoignons le reste de la famille.

Encore loin de tous et de tout, je suis envahi d'une nouvelle obsession : revoir au plus vite cette mystérieuse cousine. Elle en a trop dit ou pas assez, je veux tout savoir sur sa vie d'avant, sur ses années folles passées auprès de mon père, comme si cette Raquel devenait un nouveau lien entre lui et moi. « Gai, joie de vivre, fêtard, rieur, sociable… » et pourquoi pas un héros ! Tous ces mots se heurtent dans ma tête.

Parlait-elle réellement de lui ? Ou n'était-ce finalement qu'un vaste malentendu ?

J'agrippe le bras de ma mère et m'installe à l'arrière de la Mercedes. Le silence sépulcral qui règne dans la voiture, uniquement troublé par le bruit monotone du moteur, me permet de m'assoupir quelques instants. Je laisse mon corps s'envelopper d'une plénitude méritée. Je trouve enfin l'apaisement, ne serait-ce que temporaire, depuis ce fameux coup de téléphone de Sophie la semaine passée.

Vanessa lance le débat, me sortant de ma douillette léthargie.

— Mais de quels oncle et tante de papa est-elle la fille, Alexandre ?

— Je ne sais pas. Sophie, tu n'as pas de souvenirs d'elle ?

— Du tout, Alexandre, elle sort d'outre-tombe celle-là ! Jamais entendu parler ! Et pour raconter des inepties sur notre père ! Comme si c'était le jour ! Quel culot !

— Ne sois pas médisante Sophie ! Pourquoi mentirait-elle ? dis-je d'une voix calme pour ne pas réveiller notre mère.

En tout cas, elle a commencé à révéler des choses sur lui qui paraissent incroyables.

— Tu vas la rappeler vite, hein ? Insiste Vanessa, vite coupé dans son élan d'un « je ne crois pas à ces jérémiades » autoritaire de Sophie.

5

L'après-coup,

Trois semaines se sont écoulées et j'ai l'impression qu'une éternité me sépare de sa mort.

Chagrin, regrets, remords, toutes les pressions qui ont rythmé mes dernières semaines s'atténuent. Abandonné de tous sentiments, je me retrouve engourdi et l'idée du moindre effort m'épuise. Tous les gestes du quotidien me sont laborieux. Réfugié dans ma chambre tel un ours dans sa tanière, j'attends, dès le lever du soleil, qu'il se couche pour me recoucher aussitôt. Je laisse ainsi défiler les heures, impatient de me blottir à nouveau sous ma couette, dans mes draps frais et réconfortants, seul contact physique qui m'est supportable.

L'objectif principal de mes journées : rendre visite à ma pauvre mère éplorée, tenter de la consoler et rentrer. Tandis qu'elle se noie dans le chagrin et l'affliction, moi, je m'asphyxie dans l'inertie et la stagnation. Dur constat. Mais il faut que je sois fort, être là pour elle, c'est mon devoir de fils, le rôle de l'unique mâle restant de la famille.

Alors, mes jours se succèdent et se ressemblent, longs et insipides.

Aujourd'hui jeudi, mon appétence pour l'été m'aide à sortir petit à petit de mon hibernation funèbre et la nature m'impose à nouveau ses droits. Ma nature à moi, celle du passionné, de l'aventurier enthousiaste et curieux. Ma vie se rebelle, revendiquant son innocence.

J'adore Paris au mois d'août. Paris déserté. Paris calme et apaisé.

La ville y retrouve chaque année tout son mystère et sa profondeur. Les scooters pétaradants, les automobilistes beuglants et leurs klaxons assourdissants disparaissent enfin du paysage urbain, le temps d'une trêve. Même pour un Parisien ! Ce seul mois de l'année, si précieux, où les étrangers nous trouvent agréables et souriants.

Cette tranquillité citadine redonne de l'allégresse à mon quotidien. Alors, enveloppé d'un soleil consolateur, j'arpente les différents quartiers sans but précis. Je vais à la découverte de rues, d'impasses, je flâne d'avenue en avenue, m'arrête même devant certaines vitrines indécemment achalandées. Je me réapproprie ainsi petit à petit ma ville et ma vie, comme autrefois, dans ma jeunesse casablancaise. Je m'installe au gré de mes envies, suivant l'humeur, tantôt à une terrasse profitant d'un café noisette, ou tantôt sur l'une de ces chaises longues estivales joliment disséminées sur les bords de Seine.

À la recherche d'une inspiration ou guidé par l'envie de revoir de belles choses, je me dirige vers l'un de mes lieux de prédilection : le centre Georges Pompidou, plus familièrement surnommé « Beaubourg ».

Un immense bandeau suspendu à l'entrée affiche… David Hockney… Mon artiste préféré. La vie a décidé de me combler. L'exposition, qui a pris possession du premier étage, est extraordinaire. Toutes ses plus belles œuvres y sont présentes. Envoutantes, éblouissantes, simples et sans prétention, tel est le talent de l'artiste. Tout le génie d'Hockney sous mes yeux : la singularité de la beauté.

Je suis depuis quinze bonnes minutes d'un immobilisme déroutant, imperturbable, mes pieds enracinés dans ce parquet de circonstance, face à l'une de ses peintures emblématiques des années 60 : « Bigger Splash ».

Cette toile me transporte dans une autre dimension, celle de la transcendance artistique. Au premier plan, une sculpturale gerbe laisse imaginer le corps sublime d'une femme pénétrant l'eau avec grâce et élégance.

Il y a peint l'invitation au voyage, l'incitation à rejoindre cette villa hollywoodienne, à me plonger moi aussi dans cette piscine d'un bleu édénique.

Mon corps est délicieusement bercé de rêveries et d'évasion. Je songe alors à ma fuite, celle qui pourrait vaincre ma morosité et cette amertume latente qui me poussent encore à singer mon existence.

La vibration de mon portable met fin à mes tribulations. Une de mes sœurs probablement. Elles ont ce don, si exaspérant, de m'appeler aux moments les moins appropriés.

Tiens ! Un numéro masqué. Même si je ne réponds d'ordinaire jamais aux inconnus, je décroche. Je m'isole pour ne pas perturber la quiétude qui règne dans la grande salle, quiétude devenue un peu inquiétante.

— Allo ?

— Mr Jakob ?

— Lui-même.

— Bonjour, Maître Boggio Pola, notaire. Permettez-moi de vous présenter mes sincères condoléances. Je dois planifier avec vous et vos proches un rendez-vous assez rapidement.

— Je vous remercie, mais qui êtes-vous plus précisément ?

— Je suis le notaire mandaté par votre défunt père. Je l'ai reçu il y a six mois pour l'aider dans la rédaction de son testament et lui prodiguer des conseils juridiques.

— Euh, oui... d'accord, mais...

— Je dois vous rencontrer et procéder à sa lecture. Tous les membres de votre famille doivent en prendre connaissance.

J'accuse un long silence. Un silence de digestion. J'apprends, maintenant, qu'il a rédigé un testament en cachette de son propre fils.

La vie d'un homme est décidément remplie de surprises.

Sans tergiverser et misant sur le planning allégé des membres de ma famille, je prends l'initiative de fixer ce rendez-vous le lundi suivant, le 28 à 9 h.

— Vous êtes toujours là ? s'écrit le notaire.

— Oui maître. Lundi 28 à 9 h nous serons à votre étude.

— Très bien cher monsieur. C'est noté. À lundi.

L'échange est sec, efficace. Je raccroche.

Mes mains sont moites, j'ai chaud, trop chaud, mon cœur s'accélère, s'emballe... j'étouffe... mes jambes flageolent, ma tête tourne. Les toiles d'Hockney deviennent de plus en plus abstraites, de plus en plus déchainées, entamant devant moi une danse enchantée... je vacille... tombe.

— Monsieur ? Monsieur ?

J'entends des voix aiguës et graves grésiller autour de moi. Les oreilles bourdonnantes, je suis affalé sur le long sofa gris disgracieux au centre de la pièce. J'ai détrôné Hockney, eh oui je suis l'artiste, le centre d'intérêt, le temps du malaise. Très vite, je sens tapoter sur mon visage les mains fraîches et claquantes de l'agent de sécurité. Ce qui me ranime instantanément.

Je me confonds en excuses devant le parterre de touristes affolés par ma chute et singe pour les rassurer, des gémissements signifiant un « beaucoup mieux ».

Le roc emblématique que je suis se fissure progressivement, son décès m'a rendu sensible au point de devenir hypoglycémique à la moindre nouvelle !

Je veux juste sortir et sentir à nouveau l'air frais.

Une fois dehors, j'appellerai Sophie.

Et si elle savait tout ? Et si je ne lui apprenais rien. Papa aurait pu la mettre dans la confidence. Je serais donc le seul ignorant de la famille ? Mais alors, pourquoi me mentir et tout me cacher sciemment ? Le grave et l'important ?

Ça y est, ça recommence et ça reprend de plus belle. Encore ces foutues questions. Rien ne fait taire mon mental.

M'épargnant toutes formes de politesse, je lui raconte le coup de fil. La voix tremblante, elle m'avoue ne rien savoir et me promet de gérer la liste des documents exigés par le notaire.

Nous irons donc lundi, lever le voile sur ce mystère et découvrir ce que notre père nous aurait caché depuis tant d'années.

Je réalise une fois de plus qu'il a tout orchestré seul et dans le plus grand des secrets. Une seconde nature chez lui, qui ne me surprend plus à vrai dire. Car oui, depuis sa mort, nous faisons connaissance tous les deux. Sur le chemin du retour, je sens monter en moi une nouvelle et interminable séance de pourquoi.

Pourquoi ce testament ? Pourquoi secret ? Depuis quand ? Pour qui ? Pour quels biens ? De qui ?

Je me convaincs : « faire un testament n'a rien d'anormal ». Tout le monde le fait, par snobisme ou nécessité, même pour peu, me dis-je pour me rassurer et tenter de conjurer le sort.

Je m'installe à une terrasse et me plonge dans trois pintes de bière blonde. Pourtant, je n'aime pas la bière, ou si, installé devant un match de football avec mes amis. Mais là, pas de pourquoi. Je bois, je m'enivre.

Me morfondre est inutile. Je choisis de m'armer de patience jusqu'à lundi. Ce jour « dit » de révélations.

6

Lundi 28 août 2017 — Le rendez-vous

Ce rendez-vous ne me laissait aucun répit. Envahi cette nuit par des rêves tous aussi cauchemardesques qu'absurdes, je quitte mon lit avec ce sentiment étrange et déroutant d'être complètement désœuvré.

Le dernier rêve, le seul dont je me souvienne vraiment, me hante encore. Je me revois seul, assis face à ce notaire bedonnant, à la mine patibulaire, au front luisant et granuleux, au crâne dégarni, sans pouvoir prononcer un seul mot. Ses yeux globuleux lui confèrent un regard d'une grande sévérité, et de son corps s'agitent de gigantesques et flasques tentacules dont jaillit à chaque extrémité un amas de feuilles de papier.

J'appelle au secours ! Je suis là face à ce monstre et personne pour me sauver. Alors je m'enfuis, je cours à perdre haleine dans ce couloir qui me mène au néant.

Trois « ristretto » plus tard, deux tartines au beurre ainsi qu'une douche des plus dynamique et j'évince de ma tête cette créature abjecte. Après tout, je n'ai aucune idée de l'apparence de ce bonhomme et puis les notaires annoncent aussi de bonnes nouvelles !

Il est l'heure d'aller chercher ma mère et mes sœurs pour notre rendez-vous familial. L'insoutenable attente, le mystère, l'angoisse naissante… C'en est presque devenu grisant, aussi excitant qu'un premier rendez-vous galant.

Chacun de nous réprime à sa façon son chagrin, mais là, je suis heureux. Heureux de les entendre rire de mes blagues, heureux de partager un certain enthousiasme et un début d'apaisement.

Il ne nous a pas quittés, non, nous parlons de lui avec tendresse et nostalgie. Mes sœurs, installées à l'arrière, replongent dans les joies, les chants et les danses de notre enfance et se remémorent quelques belles histoires du passé. L'époque d'une connivence à jamais oubliée.

Ainsi, les anecdotes marquantes de Casablanca fusent, de ces fameux anniversaires organisés en grande pompe aux mariages grandioses auxquels nous assistions.

Ils nous fascinaient tant.

— Tous ces moments d'euphories familiales sont gravés dans notre mémoire collective, n'est-ce pas ? dit Vanessa avec une joyeuse nostalgie.

Rappelez-vous ce fameux été avant mon départ pour Lyon, où le staff du Roi, pour remercier papa de ses bons et loyaux services, avait organisé dans l'un de ses paradis sur gazon, un immense buffet haut en couleur et en saveurs.

— Tu t'en souviens encore ? dis-je étonné.

— Forcément, le seul orage de l'été eu lieu cet après-midi-là !

— Ça me revient, c'est vrai, il ne pleuvait pourtant jamais à cette période de l'année. Et là, un vrai déluge ! Mais que de fous rires !

Le souvenir intact de l'alignement d'une douzaine de fontaines arabo-andalouses me revint. Chacune mesurait entre cinq et six mètres de hauteur, propulsant leurs gerbes d'eau jusqu'au ciel. Une impression d'infini. Grandiose. Ce paradis-là, c'était le nôtre le temps d'une journée.

Brutalement, le ciel s'était assombri. Pour la première fois de mon existence, je vis ce paysage flamboyant, cette végétation luxuriante, balayés par l'embrun et le vent d'une incroyable tempête tropicale. La tornade s'engouffra sous la pergola et fit voler nappes, vaisselles et chapeaux de paille avant de s'attaquer au buffet national.

Semoule, pois chiches, raisins secs, tout le tajine s'était mis à valser au rythme des alizés. Jeunes et inconscients, nous tentions de sauver quelques mignardises, non sans une certaine liesse.

Au travers du rétroviseur, j'aperçois les yeux larmoyants de ma sœur et son visage s'attrister.

— Est-ce que tout va bien Vanessa ?

— Oui, oui, seulement ces souvenirs me replongent aussi dans les miens.

— Un en particulier ? Tu es bouleversée !

— Ce n'est pas le moment de ressasser les chagrins, Alexandre.

— Tu en as trop dit ou pas assez, dis-nous de quoi il en retourne.

— Je repense à mon mariage. Je ne t'ai jamais dit à quel point ton absence m'avait peinée. Tu avais 14 ans, n'est-ce pas ?

— Oui, sûrement, c'est loin, tu sais… répondis-je faussement détaché.

Je revois ma mère s'affairer, préparer cadeaux et bagages des jours durant. J'étais euphorique. Ma valise, préparée elle aussi avec le plus grand soin, attendait le départ. J'allais voyager en France pour la première fois.

Tous étaient montés dans l'avion. Sauf moi. Ma valise à la main, j'étais bien parti, mais pour la banlieue casablancaise, reléguée pendant quinze jours chez un oncle inconnu. Une incompréhension totale, jusqu'à aujourd'hui. Si seulement j'avais su pourquoi mon père m'avait évincé de cet évènement ! De façon humiliante, il avait le don et surtout le pouvoir de m'empêcher de vivre des moments de bonheur. Je n'ai jamais compris une seule de ses décisions, mais je lui obéissais.

À présent, il me faut dévier la conversation et ne montrer aucune émotion. J'ai toujours joué le rôle de redresseur d'humeur préférant la joie à la peine pour illuminer les visages de mes proches.

Ma mère, figée dans son monde, réfugiée derrière un sourire de bienséance, se met à nous parler de lui avec fierté et amour. Pas un mot désobligeant ne pouvait être dit en sa présence. Et encore une fois, j'abdiquais.

Nous valsons entre rires et larmes sur tout le trajet. Seuls quelques silences ponctuent nos émotions. Le temps parut trop court.

L'arrivée devant l'immeuble nous ramène brusquement à notre inquiétude initiale. La porte du hall, sur laquelle est accrochée, tel un lampion de fête foraine, la vulgaire plaque dorée à l'effigie de l'étude notariale à quelque chose de grotesque. Elle illustre parfaitement cette situation tragi-comique.

Mais pourquoi sommes-nous venus nous perdre ici ? Dans cette banlieue affreuse ? Papa détestait ça !

— Bonjour, madame, nous sommes la famille Jakob.

— Bonjour, je suis à vous dans un instant, nous dit la secrétaire d'un ton aussi détaché qu'un androïde.

Avachie sur sa chaise, cette femme, à la mine défraichie, parait avoir le même âge que le mobilier. Elle se lève péniblement et nous installe dans la salle de réunion. Elle nous précise que maître Boggio sera légèrement en retard et met à notre disposition du café et autres rafraichissements avant de s'éclipser.

Toutes mes pensées saugrenues ressurgissent. Mon esprit critique me rend un tantinet incisif et piquant. Pour tuer le temps, je scrute cette décoration des plus flétrie et démodée.

Elle oscille entre absence et faute de goût. La table en noyer massif et longiligne me fascine par sa laideur. C'est une pâle copie du XVIIIe siècle avec ses pieds inclinés, reliés d'une entretoise en forme de H. C'est tout simplement affreux.

Les chaises, à l'assise en velours bordeaux, usées par le temps et semblables aux tapisseries des quatre murs, sont vieillottes et poussiéreuses.

Tout ce qui m'entoure est à l'image de ce rendez-vous post-mortuaire : sinistre et glauque.

Sophie et Vanessa ne prêtent aucune attention à mon cirque, trop occupées à tenter de rassurer notre pauvre mère.

Alors, je continue d'examiner chaque détail du mobilier, cela me tranquillise l'esprit. Qualité ? Défaut ? Je n'en sais rien.

Mon jeu d'investigation esthétique s'interrompt brutalement, la porte s'ouvre dans un grincement insupportable annonçant enfin l'arrivée du notaire.

Gros dossier sous le bras, il est accompagné de sa jeune associée à l'allure affriolante, la chevelure brune et soyeuse qui ne me laisse pas indifférent. Elle est séduisante, peut-être même un peu trop.

« Je comprends mieux son retard à celui-là… » me dis-je avec malice.

Distingué, d'une apparence assez joviale, Maître Boggio porte avec aisance et sobriété sa soixantaine. Bien éloigné du tyran de mon cauchemar. Tel un soleil, la jeune femme s'éclipse, emportant avec elle, à la fois ses rayons lumineux qui m'ont extasié, mais surtout une de mes grandes peurs : qu'un enfant caché ou une tierce personne ne soit convié à cette lecture.

Nous nous saluons d'une poignée de main, puis s'ensuivent les politesses d'usage, couronnées des condoléances de bienséances. Nous justifions nos identités respectives. Vérification faite, il entame ses explications.

— Comme je vous l'ai brièvement signifié au téléphone, j'ai reçu votre père, votre époux chère madame, à mon étude courant janvier. Il est venu rédiger son testament. Je suis également originaire du Maroc, nous avons donc pris beaucoup de plaisir à nous replonger dans nos lointains souvenirs respectifs. J'ai apprécié notre échange… disons que sa personnalité hors du commun et son incroyable vie m'ont conquis.

C'est la deuxième fois que j'entends cette rengaine ! Incroyable vie ? Parlons-en ! La deuxième fois que ces paroles me sidèrent, me laissant sans voix.

Mais qu'avait-il bien pu leur faire ou leur dire à ces gens-là ?!

— Oui, maître, vraiment incroyable, parait-il ?

— Alexandre, laisse maître Boggio terminer, s'il te plait, me lance Sophie, l'autorité toujours en éveil.

— Bien sûr ma très chère sœur, lui répondis-je, ironique. Permets-moi juste d'être interrogatif lorsque l'on parle de lui ainsi.

Le notaire a la décence de ne pas interférer puis poursuit, l'air de rien.

— Dites-moi, son décès est arrivé subitement, n'est-ce pas ? J'ai eu l'impression qu'il était en pleine forme lors de notre rencontre.

— Oui maître, une mort subite... Après une courte pause et quelques larmes, ma sœur reprend. Veuillez m'excuser...

— Je vous en prie, prenez votre temps, répond-il avec un soupçon d'hypocrisie, à mon goût.

— Notre père s'apprêtait, le jour de son décès, à rejoindre notre famille dans le sud de la France pour quelques jours de vacances.

Elle conclut en dressant de lui un portrait rapide, sans cacher sa stupéfaction quant à l'existence dudit testament.

Le notaire regarde discrètement sa montre et en profite pour reprendre le cours de la séance. Il est distant et courtois. L'entretien se déroule à sa juste mesure : nous sommes les éplorés et lui, est là pour nous encadrer.

— Vous savez, la rédaction d'un testament de nos jours est monnaie courante, voire vivement recommandée. C'est un acte officiel qui permet de clarifier les situations familiales et éviter tous conflits ou déchirures, croyez-moi !

Qu'il en finisse donc avec son bla-bla juridique ! Si seulement la jeune associée pouvait réapparaitre, le temps passerait plus vite… je fixe la porte, ne lui prêtant plus qu'une oreille.

Il poursuit :

— Premièrement, la loi m'oblige à dresser un acte notarié mentionnant votre présence.

— Deuxièmement, je décachèterai l'enveloppe et vous lirai le testament.

— Troisièmement, je dresserai, le cas échéant, un inventaire très précis de tous vos biens, liquidités, comptes bancaires, épargnes… et procèderai aux formalités hypothécaires et fiscales auprès des diverses administrations.

Vous devrez me transmettre le plus rapidement possible vos décisions concernant les biens patrimoniaux que vous conserverez et ceux mis en indivision, s'il y a lieu.

À présent, vous disposez d'un délai de six mois pour vous acquitter de tous les droits de succession.

C'est laborieux, je sais, mais je me dois de vous détailler la procédure, pour plus de transparence. Avez-vous des questions avant d'entamer la lecture ?

Je lui ferais bien tout répéter depuis le début, comme un disque rayé ! Ou bien le secouer tellement ses galimatias m'insupportent. Ça détendrait l'atmosphère et nous pourrions nous bidonner un peu ! Cette procédure est d'une lenteur. Cauchemardesque !

Vanessa n'a pas ouvert la bouche depuis notre arrivée. Elle attend, momifiée, aux côtés de ma mère.

Maître Boggio s'adresse encore une fois à Sophie… lui aurait-elle tapé dans l'œil ? Aurait-il lui aussi démasqué « le régisseur en chef », la considérant comme la plus lucide et responsable d'entre nous ?

Il lui demande alors si elle a en sa possession tous les documents bancaires, relevés PEA, attestations écrites de non-crédit immobilier ou autre en cours... bref, l'indispensable paperasse. Je suis bien content de ne pas avoir à m'en occuper aujourd'hui.

Sans explication, il se lève, se dirige vers un guéridon, puis décroche d'un geste mécanique le combiné branché sur haut-parleur.

— Gwendoline, pouvez-vous nous déposer le carton concernant notre affaire ? Il est entreposé dans la salle des dépôts.

— Oui maître, mais vous voulez dire la salle des archives ?

— Mais non ! La salle des dépôts, celle au fond du couloir ! Nous vous attendons. S'il est trop lourd, faites-vous aider, mais accélérez la cadence s'il vous plait.

Il raccroche, laisse échapper un certain agacement qui m'amuse beaucoup. Il dégage enfin un peu d'humanité, lui qui depuis le début est si serein, digne d'un encéphalogramme plat ! Je suis rassuré, c'est un humain.

Quant à son associée, en plus de son physique avantageux, elle possède une voix particulièrement douce et sensuelle.

L'autorité de ce vieux notaire aigri sur ses collaborateurs m'impressionne, la porte s'ouvre quelques minutes plus tard.

Son corps dissimulé derrière un énorme carton, je peux, à nouveau, entrevoir son beau visage lumineux, ses jambes fuselées et ses épaules semi-dénudées.

Elle avance à l'aveugle, se heurte violemment le genou contre mon siège avant de poser le carton de déménagement intact sur la table. Un miracle vu le choc !

J'éclate de rire... Un rire nerveux, honteux. Cela en dit long sur mon état psychologique : je suis à bout et j'ai perdu toute retenue ou autre forme de politesse.

La belle Gwendoline me ferait-elle un numéro de séduction ?

Elle se redresse, recoiffe sa crinière brune puis me fixe quelques secondes qui me paraissent une éternité.

— Merci, merci, pouvez-vous me photocopier ces documents et me calculer le patrimoine financier de Mr Jakob, lui demande alors le notaire, soudain agacé.

Il a le don de me ramener à la réalité et m'extirper de mes rêveries. Et puis quel goujat ! Pas un geste, ni un regard, ni une parole de sympathie envers sa jeune associée éclopée !

— Oui maître, dit-elle de sa voix angélique, puis retourne à la tâche, docile et disciplinée.

Sophie, ayant capté nos échanges, me jette alors un regard sombre et plein de reproches.

Le notaire saisit enfin l'enveloppe kraft scellée d'un cachet de cire puis l'ouvre sans un mot. Notre impatience est à son apogée.

Tel un trophée sorti de son écrin, il nous montre le testament de face, comme pour nous prouver sa véracité.

Caractères fins et délicats, je reconnais l'écriture de mon père. Lui qui n'avait pourtant jamais eu l'élégance des mots, il possédait celle de la mise en page.

La lecture commence enfin.

Je soussigné Meyer Jakob, sain de corps et d'esprit et sous aucune menace extérieure déclare vouloir rédiger un testament afin de transmettre, à mon décès, l'ensemble de mes biens de la façon suivante

— *À Myriam, ma chère et tendre épouse, je lègue la totalité de mes comptes bancaires ouverts en mon nom.*

Maître Boggio s'interrompt, interpelle une nouvelle fois notre Gwendoline en reprenant le téléphone.

— Avez-vous terminé de dresser la situation financière ?
— Oui maître.
— Parfait ! Vous voulez que je me déplace ou vous comptez me l'apporter ?
— Je viens de suite, le temps d'en terminer l'impression.

Le décompte sous les yeux, il reprend sa lecture.

— *Donc, à Myriam, ma chère et tendre épouse, je lègue la totalité de mes comptes bancaires.*

Sous réserve de contrôle que mon étude effectuera avant la déclaration finale, précise-t-il, le montant total des actifs s'élève à 326 000 euros.

— *À ma fille ainée Sophie, je cède le titre de propriété d'un appartement à Shanghai, continue le notaire, en nous présentant deux actes, dont l'un rédigé en chinois.*
« Un bien situé au 486 Shaanxi N Rd, Jian Qu de 48 min 2 s d'une valeur de 4 000 renminbis acquis le 5 octobre 1953 (…) ce bien sera déclaré au service des impôts pour une somme approximative de 550 000 euros ».

— *À ma fille Vanessa, je cède le titre de propriété d'un terrain situé dans la province d'Iguaçu au Brésil acquis le 16 avril 1953.*

De façon identique, il exhibe deux documents, l'un en français, l'autre en portugais.

Ma sœur hérite d'un terrain vierge d'une vingtaine d'hectares constructible, d'une valeur méconnue, proche de la frontière argentine.

Une chape de béton nous tombe sur la tête. Nous en restons pantois.

Qui était-il, encore une fois ? Quelle Chine ? Quel Brésil ? Quel argent ? Combien de vies avait-il eues ?

Il me tarde à présent de savoir de quoi j'hérite à mon tour ! Amérique latine, Asie... c'est fait... Avec un peu de chance, nous mettrons peut-être le cap sur New York !

Si seulement...

La lecture de ce testament avait réouvert en moi ma part de rêve. Je m'imaginais être ce fils dont il était secrètement si fier... Cet héritage rattraperait mon enfance ignorée !

— Ça me va, moi, un petit appart à Manhattan, jetais-je avec un humour qui manifestement ne prenait pas.

— Tu es ridicule Alexandre, me lance Vanessa exaspérée.

— Et toi maman, penses-tu que je sois ridicule ? Tu savais, toi, qu'il possédait tout ça ?! Argent, propriétés, terrains aux quatre coins du monde ?

— Mon fils, non je... je ne comprends pas... ça doit être une erreur... je suis abasourdie, je ne sais pas de quoi vous parlez.

— Je ne comprends rien à tout ceci non plus, mais laisse maître Boggio continuer s'il te plait, renchérit ma sœur.

— Sophie, ton autorité m'agace, je n'en peux plus. Je ne suis plus un gamin.

Le notaire, gêné, poursuit.

— Chère famille Jakob, sachez que les deux actes d'achat et de propriété sont parfaitement authentifiés à ce jour. Je pensais que l'un de vous serait au courant. Je me dois de vous informer que votre père n'a souhaité donner aucune explication relative à l'origine de ses biens ainsi qu'à la provenance des fonds ayant permis leur acquisition.

La tension est palpable, le choc inattendu. Maître Boggio nous prie, poliment, d'éviter de rugir à chaque fin de phrase.

— *Enfin à mon fils Alexandre, je lègue ce carton précieux à mon cœur.*

Le notaire conclut sa lecture avec ces mots écrits sur le carton :

« *Mon fils, fais-en bon usage* ».

Ces mots me font l'effet d'une bombe.

Un carton ! Un putain de carton ! Je ne mérite que ça ! Un vulgaire carton rempli probablement de paperasses et autres antiquités inutiles !

Décidément, de sa vie il n'aura eu de cesse de nous briser, mes rêves et moi. Une fois de plus.

— La lecture est terminée, avez-vous des questions ?

— Sauf votre respect, soit vous avez omis quelque chose, soit ce testament est une foutaise ! Une vaste fumisterie.

— Je crains que non, Mr Jakob, ceci est l'authentique testament de votre père.

Je résume, agacé. Je veux éviter de l'étrangler ou de tout casser.

— Mon père donc, que je connaissais si peu, lègue une somme substantielle à ma mère. C'est un acte d'amour et bon de sa part. Quant à mes sœurs, l'ainée hérite d'un appartement à Shanghai et l'autre d'un terrain de 20 hectares à Iguaçu. Admettons et grand bien leur fasse ! Et moi, son unique fils ? Je reçois un carton à la con… Soit ! Je n'ai besoin de rien, ni de personne, et encore moins de lui. Mais ma mère ! Sa femme ! Elle qui l'a épaulé toute sa vie, qui a supporté ses simagrées et ses lubies, voilà qu'il lui aurait menti en lui offrant une piètre vie ? Lui qui se plaignait sans cesse d'être en apnée financière, comptant encore et toujours le moindre sou, le moindre cout. Ce testament est en parfaite contradiction avec sa vie tout entière. Vous comprenez, maître ?

Un long silence plombe la séance. Le notaire, désireux de rester extérieur à mes réprimandes, ramène son discours sur le plan juridique.

— Calmez-vous Monsieur. J'entends votre colère. Nous devons, pour clôturer et en terminer avec les formalités, avoir l'accord unanime de chacun de vous sur la répartition.

— Je suis très calme, n'ayez aucune inquiétude !

Personne ne fera d'objection sur ma part d'héritage. Je n'en émets aucune sur ce torchon. C'est mieux ainsi. Je ne veux rien. Plus rien de lui.

— Maître, nous prenons le temps de la réflexion et revenons vers vous très vite, s'exclame Sophie.

Le notaire nous rappelle que les droits sont à régulariser dans un délai très court. Sa voix et son attitude nous laissent à penser que le montant pourrait nous inciter à faire certains choix.

D'un ton ironique, je lui demande s'il ne possède pas de cheminée, au moins il aurait contribué à quelque chose de positif dans toute cette histoire. Débarrassé du poids de ce carton, je repartirai comme j'étais venu : les mains dans les poches !

Quant à mon père, qu'il le garde son trésor caché ! Ses secrets, je n'en ai plus rien à faire ! Je ne suis d'ailleurs plus à une humiliation près. Je me dirige vers la sortie, mon cadeau sous le bras. Devant le sas d'entrée, je fais un détour par le bureau de Gwendoline. Marquant un léger temps d'arrêt, je croise son regard. J'ai envie de lui parler, lui dire combien je la trouve attirante et l'inviter à dîner quelque part. Il me faut amortir ma chute par une fin plaisante, ce rendez-vous m'a achevé.

La crainte de l'inconvenance mêlée à de la timidité me fige, alors je lui remets ma carte. Elle esquisse un grand sourire radieux et me tend la sienne à son tour. Son sourire franc m'égaye encore le temps d'un instant.

Tout juste sorti de l'immeuble et sous le regard effaré des miens, je jette mon carton précipitamment sur la banquette arrière, telle une vieille poubelle à recycler. Tant pis, elles s'arrangeront avec pour s'assoir. Après tout, il faut bien qu'il fasse son effet, mon héritage !

Pas un mot ne sera prononcé sur le chemin du retour. Je les dépose toutes les trois chez ma mère, promets de prendre sur moi et de calmer mes ardeurs. Un mensonge pour les rassurer. Je démarre en trombe.

Loin d'elles, triste et déçu, je me réfugie sur mon téléphone. 10 appels en absence.

Ma femme, des artistes, ma secrétaire, encore ma femme… Certainement pas maintenant. D'un geste contrôlé, je balance mon téléphone qui percute la lunette arrière. Je m'offre ainsi quelques jours de liberté.

À présent, je suis encore plus seul que jamais. Il ne me reste plus que quelques formalités à régler avant de clôturer cette page obscure de ma vie. En mon for intérieur, cela m'apaise.

La poubelle du jardin étant pleine à ras bord, j'invite, mais à contrecœur, ce carton de déshérité à passer la nuit avec moi.

7

Le 12 septembre 2017, le tête-à-tête

21 h pétante. Debout devant la porte capitonnée du club de poker le plus prisé de la capitale, vêtu du luxe à l'italienne… je suis l'élégance pure.

Ma résurrection commence enfin, après deux mois d'hibernation. Seul maître mot de cette soirée : La liberté.

Ni limite, ni barrière, pas même la raison ne seront tolérées.

Fidèle à ma réputation, une heure m'avait suffi pour réunir dans ce mythique lieu parisien mes amis les plus chers. Aucun ne manque à l'appel.

Une magnifique hôtesse m'ouvre la porte, celle de la chaleur, de la sensualité et autres égarements nocturnes.

J'aime toujours autant cet endroit, qui a su garder toute son authenticité et allier subtilement le classicisme des clubs privés anglais avec le mobilier chic contemporain. L'espace, du bar aux canapés, des rideaux à la décoration harmonieuse entre chaque tableau et chaque sculpture, a été pensé avec précision.

Le personnel, d'une élégante courtoisie, donne instantanément la sensation d'être chez soi.

Michel, le patron, vient me glisser au détour d'une accolade quelques mots réconfortants. Cette sincérité spontanée me touche. Oui, avec le temps et au rythme de nos soirées devenues quasi hebdomadaires, nous avons créé un lien amical, pudique, car masculin.

— Mon cher Alexandre, ravi de vous revoir, vos amis vous attendent dans notre salon VIP à l'étage.

— Merci. C'est bon de revenir ici.

— Pour marquer votre retour, je vous offre une excellente bouteille de whisky français.

Whisky français, quel honneur !

Outre notre affection pour ce jeu, le poker a toujours été un prétexte pour nous réunir et refaire le monde, nous raconter nos histoires d'hommes, nos fantasmes et nos besoins d'évasion. Nous savourons cet intermède, suspendant le temps, maîtres de nos vies, l'espace d'une soirée entre amis.

J'écarte le rideau de velours rouge. Surprise attendue, je les vois tous devant moi. Je chancelle sous cette claque de joie immense. Olivier, Yves, Frédéric, Claude... ils sont tous là, concentrés sur leur pile de jetons multicolores et leurs verres bien remplis.

Rien n'a changé. Je m'installe, exalté par un enthousiasme trop longtemps réprimé.

L'hôtesse lance la première donne.

L'ambiance est bon enfant, les vannes fusent, entrecoupées de vulgarités, d'insultes amicales et de franches rigolades. Les parties s'enchainent à mesure que les verres se liquident. Par bluff ou par enthousiasme frénétique, les jetons me brûlent les doigts.

Le whisky, « Candid de Michel Couvreur » ne déçoit pas. Une première que de déguster un bourbon français de cette qualité-là, composé de 54 malts écossais, distillé dans la banlieue d'Édimbourg, mais dont les caves de vieillissement sont en Bourgogne.

J'inonde ma bouche de ce divin nectar, qui me laisse un goût boisé, fumé, empreint de saveurs épicées, exaltant ainsi mon palais tout entier.

Ce soir, je bouillonne. Je renais au rythme des heures qui s'écoulent, surexcité par l'effervescence de la soirée. C'est dans cette atmosphère décontractée que je raconte avec aisance et légèreté mon fameux rendez-vous chez le notaire. Je décris chaque détail de cette matinée, des meubles à la lecture du testament. Tout y passe, sans oublier le choc final et bien évidemment mon coup de cœur pour la charmante Gwendoline.

— Dis-moi, Alexandre, il ne vous avait jamais parlé de rien ? s'exclame Yves, surpris par tant de révélations.

— Non, rien. Ni l'existence des biens, de l'argent ou de ses voyages. Pour nous, ses seuls pays visités restaient la France et le Maroc !

— C'est une histoire de dingue, rétorque Claude. On pourrait en faire un film !

— Imaginez-vous que la simple idée de voyager en train pour Deauville lui coutait au moins deux nuits d'insomnies avant son départ. Et là, on me parle de Shanghai et Iguaçu, comme si c'étaient les banlieues d'à côté. Complètement absurde !

— Ce qui est sûr, c'est que tu as été gâté ! Avec ta part d'héritage, tu peux nous inviter une semaine à Courchevel cet hiver ! relance Claude amusé.

— Excellente idée mon Claude ! Trouve-moi un brocanteur sénile et mal voyant et laisse-moi lui fourguer mon vieux carton souillé, tant inutile que mystérieux.

— Eh, parle-nous donc de ta romance avec la petite notaire… l'as-tu revue ? enchaine Olivier.

— Non, pas encore.

— Tu nous la joues timide ! lance Frédéric.

— Non, vous savez quoi ? Je lui envoie un message de suite, je serai fixé.

— Et tu nous le fais court, pour une fois ! se moque encore Frédéric.

Guidé par mon désir de la revoir et malgré mon ignorance sur sa situation, je brave vaillamment l'ensemble de mes interdits et passe à l'acte. Sitôt envoyé, Yves m'arrache mon portable, tel un pickpocket et lit le SMS à haute voix.

« Bonsoir, Gwendoline, c'est Alexandre. Nous nous sommes croisés à l'étude récemment. J'espère que vous allez bien et que vous vous êtes remise de votre petite chute… bla-bla-bla… Il me plairait de vous revoir, autour d'un verre par exemple… peut-être seriez-vous libre dans la soirée (…) »

La lecture du message, cumulée aux deux bouteilles de whisky liquidées en un temps record, provoque l'hilarité générale.

Yves se lève et porte un toast avec son verre d'un ton faussement grandiloquent :

— Mes chers amis, nous avons parmi nous ce soir, le nouveau poète romantique du XXIe siècle ! La relève de Guillaume Apollinaire est enfin assurée ! »

Deux minutes après, mon portable vibre et coupe net les fous rires. Telle une horde de hyènes affamées, ils me fixent tous du regard, impatients.

C'est elle !

J'empêche Yves d'attenter une nouvelle fois à la vie de mon portable et à mon intimité. Je lis alors moi-même le message.

« Bonsoir, Alexandre, je me souviens très bien de vous et je suis ravie d'avoir de vos nouvelles ! Je dîne avec deux amies au Market, avenue Matignon. Si vous n'êtes pas trop loin nous pourrions croiser nos chemins (...) »

Deux SMS plus tard, mon regard s'illumine. C'est oui. Elle sera là vers minuit.

Pour fêter ça, nous lançons une nouvelle partie.

Déconcentré, je ne cesse de fixer le rideau de velours rouge qui provoque en moi une accélération de mon rythme cardiaque à chacune de ses ondulations.

Minuit passé de trois minutes.

Les deux pans s'écartent enfin sur une silhouette longiligne aux courbes parfaitement mesurées, un corps sculpté sur mesure dans une robe noire drapée, fendue et érotique à souhait. Gwendoline fait son entrée dans l'antre du mâle et dans mon cœur. Je contemple la créature. Trop belle... Trop parfaite. J'admire sa chevelure soyeuse qui entoure son joli visage fin affichant un sourire éclatant et un regard des plus envoûtant.

Intimidé et maladroit, je lui fais signe de s'installer à notre table. Ses deux amies, aussi différentes que séduisantes s'asseyent à leur tour. Discussions, rires, cocktails à profusion, tout n'est qu'ivresse et allégresse.

Je retrouve mon âme de conquérant.

Profitant d'un moment d'accalmie et d'un désir d'intimité, je lui susurre de me suivre dans un endroit plus discret, pour faire plus ample connaissance. Nous prenons place sur le Chesterfield brun du petit salon dans le fond de la salle, à l'abri des oreilles et des regards indiscrets.

Très vite, les gestes remplacent les mots. Nos corps s'entrelacent, nos lèvres gourmandes s'effleurent. Je dépose ma main encore hésitante sur le haut de sa cuisse et caresse timidement sa peau fine, d'une douceur angélique. Je m'abandonne à l'exploration de mes sens. Du bout des doigts je sens la délicate dentelle de ses bas noirs et laisse la soie de sa robe glisser sous ma main. Conquis, je m'évade enfin. Ses lèvres se font de plus en plus pressantes, ses baisers m'enivrent, j'en oublie tout. Je l'embrasse tout le long de son cou, son grain de peau si délicat s'évapore sous mes baisers qui s'échouent à la naissance de sa poitrine, ferme, superbe. Ineffables sensations trop longtemps endormies qui s'embrasent, tant l'intensité est forte et mon désir dévorant.

Nous sommes interrompus par Yves et Claude, désireux de rentrer. Le temps s'est consumé, il est déjà 2 h passé. Elle note son adresse sur une serviette en papier qu'elle glisse dans ma poche, dépose délicatement ses lèvres sur la commissure des miennes puis disparaît derrière les vitres teintées d'un Uber.

146 avenue de Wagram

Code 34V2. 2e étage. Porte gauche.

Clair, net et précis.

Le cœur léger, je rejoins mes amis. Nous échangeons une dernière accolade avant de nous quitter.

Au volant de ma voiture, je me noie dans la nuit douce, excité et bercé d'insouciance.

Et si pour moi, la nuit ne faisait que commencer (…)

4 h 45 : Je rentre chez moi plus décontracté que jamais, encore envouté par les instants enivrants que je venais de vivre.

À mille lieues de mes tracas familiaux, je me repasse en continu le film de la soirée et tente de reprendre mes esprits. Oui, ce soir j'ai retrouvé mes 18 ans en m'abandonnant avec délice aux charmes de la tentation.

Amitiés, alcool, sexe ont scellé ma résurrection.

Loin des remords, le sentiment de bien-être et de légèreté qui m'envahit me donne l'envie frénétique de la revoir. Sans me l'avouer, je tourne une page de ma vie : cette nuit, je vais dormir sur le canapé-lit.

5 h 30 : Debout, le front contre la fenêtre, j'admire Paris qui s'éveille. Après une telle soirée, impossible de trouver le sommeil. Titubant et trébuchant à chaque pas, je me dirige vers mon bureau dans un silence religieux.

Devant moi, le Fameux, le Mystérieux, posé sur une chaise, abandonné à lui-même.

Je fais mine de l'ignorer, avançant pourtant vers lui, comme happé par sa présence redoutable. *Il ne va tout de même pas me juger celui-là.* Je pourrais tout aussi bien le faire disparaître…

Mon instinct me dicte de le jeter par la fenêtre, sans rien dire à personne, ou de le laisser périr dans la benne ! Il me nargue, polluant mon champ de vision et l'atmosphère de la pièce. Mais non, je l'observe avec dédain, inspecte l'extérieur, avec méfiance… Le regard noyé de reproches, j'entame un entre-deux glacial avec lui. Mon bureau se transforme en arène, un combat s'instaure.

Le cœur battant, je trouve la force de m'affranchir de ce fardeau. Je retire le scotch brun qui l'emmitoufle.

Véhément et libéré, je le découvre enfin.

Une vie d'homme est emplie de surprises.

Plus que jamais cette nuit.

Pour me sentir moins seul dans cet affrontement cérémonial, je branche mon enceinte sur du... Beethoven ? Brahms ? Bach ?

Non, l'Impromptus Andante de Schubert ouvre la cérémonie.

Et moi le carton.

Tout y est parfaitement rangé. Moi qui m'attendais à des effluves de cave humide et poussiéreuse, c'est un doux mélange d'encens qui éveille doucement mon sens olfactif.

La première chose que je vois est un blouson de cuir brun, minutieusement emballé d'un papier de soie jauni par les années.

Je le sors de son écrin, le déplie, curieux. À première vue, c'est un bomber des années 50, élimé, sur lequel je distingue quelques écussons cousus au point coulé.

Je reconnais tout de suite le drapeau américain sur l'un des écussons. Le drapeau chinois orne le deuxième tandis que le dernier représente une mappemonde plate, en forme d'éléphant, bordée d'initiales. Malgré les années, il est encore bien conservé. Je le retourne précieusement et aperçois, sur le devant gauche, de nombreux sinogrammes cousus et répartis tels des mots d'amour ou des messages publicitaires. J'ignore la signification et laisse mon imagination s'enflammer. Séduit, je caresse la peau douce, et hume le cuir au léger parfum de musc et de tabac froid. Je le porte à hauteur de mon visage, plonge ma tête dedans comme pour m'en imprégner et ressentir davantage, l'espace d'un instant, l'hypothétique odeur de mon père à cette époque.

L'avait-il porté un jour ? Que pouvait-il bien représenter pour lui ?

Je tente, sans grande conviction, d'élaborer un lien entre le drapeau chinois et l'appartement de Shanghai. Tout parait plausible. Je le pose sur l'accoudoir du canapé.

Sans perdre un instant, je replonge dans ce voyage atemporel et continue avec frénésie mon exploration. Mes mains tombent au fond à gauche sur une pile d'une vingtaine de 45 tours en vinyle. Eux aussi protégés des aspérités du temps, leur aspect est quasi neuf. Sur la première pochette, je reconnais le portrait du chanteur brésilien Dorival Caymmi… « Nem eu » sur une face et « E douce marrer no mar » sur l'autre. Happé par quelques lignes rédigées en portugais auquel je ne comprends rien, excepté le prénom de mon père revenant à plusieurs reprises, je mets la pochette dans un coin, impatient de connaître la suite. Sur les deux suivantes, le nom de l'interprète est écrit en grosses lettres colorées, sur un panorama pastel de Copacabana : « À felicidade et Manha de carnaval » de Tom Jobim. Pour l'une. Et « Chega de saudade » de Joao Gilberto pour l'autre. Moi qui adore la salsa et la bossa nova, je veux d'emblée les écouter. Évidemment, aucun tourne-disque à l'horizon. Tant pis. Mon envie de poursuivre cette chasse au trésor est devenue plus importante que tout.

Bloqué entre la paroi cartonnée et la pile de vinyle, j'aperçois une petite boîte en bois… du miro, ce bois noble rose et très rare que l'on ne trouve qu'en Polynésie. Elle aussi est intacte. Je vais de merveille en merveille à mesure que les minutes s'écoulent. Sont gravées en minuscules pierres de jade sur le dessus de l'écrin, les initiales M et L. À l'intérieur, parfaitement rangé, un ensemble de petits sacs en soie bleu marine. Dans le premier, un long collier de perles de Tahiti ainsi qu'un bracelet assorti et dans le second, plusieurs bagues en or blanc serties de perles de nacre et de diamants. Ou uniquement de nacre, je ne sais pas. Ces bijoux sont d'une pureté et d'une rare beauté.

À qui pouvaient-ils bien appartenir ? Pas à ma mère, elle les porterait !

Je lève la tête : 6 h 50 déjà. L'horloge, elle, ne ment pas.

L'excitation est de plus en plus forte. Tandis que j'admire mon butin, une question subsiste : quel était donc le lien entre tous ces objets ?

Le contenu de ce carton demeure un mystère, encore plus énigmatique qu'avant son ouverture.

Épuisé et en manque de caféine, je rejoins la cuisine.

7 h du matin : l'heure d'un bon petit déjeuner, non ?

Je prends ma plus vieille cafetière et choisis un café pur et moulu aux senteurs enivrantes. Je fuis ces vulgaires capsules noires qui retirent au café toute son âme et son authenticité. Je reste ainsi figé de longues minutes devant ce goutte-à-goutte brûlant... L'odeur se répand dans toute la cuisine. Je savoure ce moment de trêve et de plénitude dans la maison encore endormie. J'en profite pour envoyer à ma conquête de la nuit une petite pensée par SMS.

Revenu un quart d'heure plus tard dans mon souk des mille et une nuits, c'est une bonne dizaine d'enveloppes ficelées qui attendent d'être libérées. Chacune d'entre elles est annotée méthodiquement en haut à gauche d'initiales, de noms de ville et parfois de dates.

Je reconnais l'écriture de mon père.

Mon sens inné de l'organisation me pousse à les classer par ordre chronologique avant d'ouvrir la première. J'ai l'étrange sentiment de m'immiscer dans son intimité. Celle que je n'ai jamais connue, soudainement libre d'accès.

La première enveloppe porte les initiales BA, février 1953. Elle contient une dizaine de photos en noir et blanc. Étalées sur le sol avec précaution, tel un puzzle, je l'identifie instantanément, malgré son jeune âge. Il est présent sur la majorité des photos, beau, fort, bien apprêté… comme me l'a si joliment décrit Raquel.

Il pose sur un tarmac devant la passerelle d'un avion Air France, la super-constellation. Ce fabuleux avion à hélice doté de quatre moteurs m'a toujours impressionné. Sur d'autres clichés, il prend la pose, tel un mannequin devant des monuments inconnus ou des affiches publicitaires en espagnol, des marques 3 PLUMAS, PROSAN et autres, inconnus au bataillon. C'est surréaliste de le voir ainsi.

Je me fige sur les photos de groupe. J'en dénombre deux.

L'homme qui pose auprès de lui est le prototype parfait du militaire ! Visage carré, traits durs aux grands yeux clairs.

L'opposé radical de mon père, brun, jovial aux yeux noirs.

Néanmoins, de cette photo se dégage une complicité éloquente. Au dos, les initiales G.N et M. J.

Sur la deuxième photo, mon père et son mystérieux ami encadrent un couple. Lui, la petite cinquantaine, bedonnant, les tempes grises et dégarnies, affiche cependant une force tranquille. La jeune femme qui pose à leurs côtés arbore un regard grivois qui adoucit la photo par sa candeur. Au dos : Recolleta (GN. JLB. AS et MJ).

Je n'ai aucune idée de ce que cela peut signifier…

Je me transforme, le temps d'une nuit, en un Sherlock Holmes des temps modernes. C'est extrêmement grisant !

Heureusement, je suis épaulé par Google qui m'apprend en quelques secondes que Recolleta est l'un des quartiers les plus huppés de Buenos Aires… *BA* signifie donc Buenos Aires. Maigre avancée, mais ça se décante enfin !

Je viens de passer la nuit la plus folle et la plus longue de mon existence. Certainement la plus riche aussi. En pleine ébullition cérébrale, mon corps et mes forces m'abandonnent subitement. Je m'écroule sur mon bureau.

10 h 45 : Le bruit sourd de l'aspirateur et les vaillantes secousses de Julie sur mon épaule me sortent de ma léthargie. Elle se tient debout près de moi. Je décèle dans son regard une lueur de fierté. J'ai à ses yeux enfin franchi le pas et pris la décision d'affronter mon destin.

— Papa, c'est quoi tout ce bordel par terre ?
— Ah, oui. J'ai ouvert le carton cette nuit.
— Il était temps, qu'en penses-tu alors ?
— Pas grand-chose pour l'instant.

J'abrège notre échange, pas le temps de m'occuper des miens. Pour l'heure, une seule chose m'obsède : poursuivre mes fouilles.

Deuxième enveloppe : Brésil 1953.

Je sors encore des photos, des esquisses d'architecte dessinées sur du papier de riz ainsi qu'une copie d'acte d'achat du fameux terrain d'Iguaçu. Le tout rédigé, bien évidemment en portugais. Mon esprit plus éveillé, je décide de créer deux dossiers distincts pour cette étape brésilienne : Iguaçu et Rio.

Le dossier Iguaçu contient des clichés représentant des champs à perte de vue, des chutes d'eau impressionnantes, ou encore mon père à moto, accompagné de paysans et leurs familles. Il parait le plus heureux des hommes. Je ne lui ai jamais connu ce sourire avec nous.

Pour le dossier Rio, les photos sont plus légères, ensoleillées et débordantes de gaité. En maillot de bain ou tenue de ville, il pose avec des saltimbanques et leurs guitares et d'autres instruments typiques qui me sont inconnus.

Au pied du Corcovado ou attablé à la terrasse du « Bar Do Minero », j'ai devant moi mon père, un père qui m'est totalement étranger.

Une demi-heure m'est nécessaire pour disséquer tous les autres clichés, en les commentant à voix haute, afin de m'assurer que je ne rêve pas !

Constat irréfutable : il avait donc, bel et bien, séjourné à Iguaçu… ce qui levait le voile sur une partie de l'héritage.

Ce carton n'en finit pas alors que je n'ai ouvert que deux ou trois enveloppes. J'accélère la cadence, je mets du rythme, embraye avec du funk dynamisant puis établis un état global de la situation.

Bora Bora, août 1953.

Comme pour les autres destinations, j'ai en ma possession des photos, encore et toujours plus de photos.

Stupeur ! Je vois pour la première fois une femme belle, gracieuse, à la noble prestance et aux magnifiques yeux clairs en amandes, trahissant des origines asiatiques. Les initiales

LP assorties de petits cœurs élégamment exécutés sont écrites aux dos de chaque photo. En lançant un regard furtif et amusé sur l'écrin, je comprends, le sourire aux lèvres, que les bijoux ainsi que la boîte en miro gravée ont retrouvé leur propriétaire.

Tandis que j'essaie de reconstituer le puzzle, ce déluge d'information a raison de ma compréhension. J'atteins mes limites, la zone rouge, mon épuisement mental est à son comble. Je déchiquète la dernière enveloppe.

J'y trouve l'acte de propriété de l'appartement de Shanghai, le même vu chez le notaire, ainsi qu'un ensemble de crobards au fusain et toujours un nombre incalculable de photos. Je m'empresse de les mettre de côté. Quelle grisante et déstabilisante découverte !

Mon père, cet homme si différent que celui que nous avions connu. Voyageur, explorateur, mystérieux, un homme aux mille vies vécues aux quatre coins du monde.

Pourquoi tous ces voyages ? Pourquoi les avoir gardés secrets ? Pourquoi laisser ma pauvre mère dans l'ignorance ? Qu'avait-il à cacher de si monstrueux ?

Grâce à ce carton, j'ai entre mes mains les bribes de vie de ce héros tant espéré, auquel j'avais secrètement rêvé enfant. Il m'aura fallu cinquante années pour enfin faire sa connaissance.

Je me lève, les jambes ankylosées et admire le champ de bataille improvisé sur mon bureau. Ma première œuvre d'art. Plus un millimètre carré n'est disponible, la moquette maculée de photos, tel un jeu de piste géant.

Ce fardeau mémoriel m'exalte autant qu'il m'accable.

Que de mensonges… que de secrets !

14 h : Je quitte mon bureau en jetant un œil sur mon portable. Agréablement surpris, je découvre un SMS de Gwendoline. Je lui répondrai plus tard, mes obligations familiales m'appellent.

Installés pour le déjeuner, ils m'attendent tous patiemment, tels de dociles soldats.

— Enfin, tu daignes te joindre à nous ! Le regard de ma femme est lourd de reproches.

— S'il te plait, pas maintenant veux-tu ?

Ma patience a atteint ses limites : impossible de faire un effort pour qui que ce soit. Notre relation s'est distendue ces derniers temps, pour ne pas dire ces dernières années. Ce n'est pas le moment de venir me chicaner.

— Bien sûr, pas maintenant, comme d'habitude ! lâche-t-elle froidement.

— C'est bon, je suis là, alors profitons de ce déjeuner.

Assailli de questions, je reprends mon rôle de père de famille le temps de cette pause culinaire. Je fais mine de m'intéresser au discours de mon fils sur les différents usages de la PlayStation. Puis vient le tour de ma fille cadette qui, tel un vieux 33t rayé, m'entreprend sur l'organisation de son mariage : lieu, choix de l'orchestre, musique, fleurs, tel ou tel invité, places assises… tout est passé au crible, rien ne m'est épargné.

Sarah, elle, subit avec bienveillance les assauts de chaque membre de notre tribu. Après toutes ces années, sa patience n'a jamais démérité. Évidement elle a conscience que la fatalité du mariage aboutit le plus souvent à l'ennui puis à la distance, mais pour elle, on ne brise pas une famille ! Mais briser quoi ? Nos enfants resteront toujours nos enfants. Alors préférant fermer les yeux sur un constat d'échec cuisant de notre couple, nous restons ensemble… comme deux camarades de fortune.

Deux bonnes heures se sont écoulées et ce déjeuner semble ne jamais vouloir se terminer. Impatient, je m'éclipse après le dessert. J'appelle mes frangines, leur demande de me rejoindre chez notre mère au plus vite. Je dois les voir.

Je brûle de partager avec elles toutes ces vies, secrètes et contraires, découvertes la nuit dernière en ouvrant mon fameux carton. Celui-là même que je dédaignais, voir haïssais quelques jours plus tôt avec une ferveur non qualifiable.

Plus qu'un trésor ou une mine d'or, je réalise que mon père m'offre bien plus que sa confiance, peut-être une vraie preuve d'amour.

Oui, la vie d'un homme est pleine de surprises. N'importe quand, à n'importe quel âge. Elles frappent n'importe où, toujours de façon impromptue.

Pourtant, une seule suffit pour changer le cours d'une vie.

8

Mercredi 13 septembre 2017, Raquel

Curieuses et anxieuses, mes sœurs arrivent en une demi-heure. Installé déjà depuis un moment sur le fauteuil attitré de mon père, mon esprit est plongé dans les années 50, vagabondant entre Brésil et Argentine. Un rapide bonjour et j'étale une quinzaine de photos sur la table ronde de la salle à manger. Vanessa me demande ce qu'il y a de si spécial sur ces vieux clichés et pourquoi tant d'urgences à les regarder. Sophie, plus avisée, mais toujours sur ses gardes, prend le temps de les observer une à une, recto verso… sans dire un mot.

— Tu reconnais les monuments n'est-ce pas ? dis-je ironiquement.

— Mais enfin, c'est papa ! bafouille-t-elle.

— Oui, tu as vu !

— Et cette femme ? Qui est-elle ? Brésil, 15 mai 1953… Alexandre, qu'est-ce que ça signifie ?

Je n'ai rien à répondre et ne pas être le seul ignorant de cette histoire, me rassure quelque peu.

— Maman, quand as-tu rencontré papa ? s'empresse-t-elle de questionner.

Impassible, elle scrute une à une les photos. Tant d'inconnus. Et cette femme heureuse aux côtés de son mari... aurait-elle préféré ne pas les voir ? Curieux moment.

— Décembre 1955.

Sa voix est si frêle... Elle lève la tête vers moi, et les yeux larmoyants, me demande comment il est possible que je sois en possession de ces documents... un trésor de souvenirs pour moi, un camouflet émotionnel pour elle. La situation lui échappe. Submergée, elle va se réfugier dans la cuisine sans attendre ma réponse, se noie dans un grand verre d'eau fraîche et récupère un peu.

L'heure se devait d'être aux confidences. Alors, craignant que ma mère ne nous raconte pour la énième fois l'histoire de leur idylle, j'anticipe, prends la parole et raconte en détail ma nuit torride en tête à tête avec mon fameux carton de déshérité. Ainsi, je leur conte tout : ma colère, mon découragement, ma rancœur, puis l'évolution graduelle de ma rencontre avec ce père inconnu. Je le découvrais jeune, pour la première fois. Elles veulent des détails, je leur en donne à profusion : les disques, la boîte, les bijoux, les photos, le blouson, le mystère des initiales, tous les objets insolites... fougueux, je leur expose minutieusement ma plongée dans les profondeurs de ce puits à souvenirs. Dorénavant, elles savent tout de mes fouilles nocturnes.

Je ne sais pas à quoi m'attendre en leur racontant tout cela, mais à leurs mines déconfites, je comprends qu'elles ne me seront d'aucune aide dans cette aventure.

Ma désillusion est telle que je m'en prends, comme par instinct, à ma mère.

— Voyons maman, réfléchis mieux ! Tu perds la mémoire ! Autant d'années à vivre ensemble ! Comment aurait-il pu te cacher toute une partie de sa vie ?

— Calme-toi Alexandre, maman est tout autant choquée que nous, me lance Sophie.

— Mon fils.... Tu sais, ton père a toujours été quelqu'un de renfermé et moi, j'ai respecté ses silences et ses non-dits. Jamais, je ne l'ai questionné ou cherché à découvrir s'il cachait quoi que ce soit. Je lui ai offert ma jeunesse, donné des enfants et chérie ma vie entière. Ni naïve ni crédule, je l'ai aimé tel qu'il était.

— Certes maman. Donne-moi les coordonnées de Raquel, elle semblait bien le connaître à cette époque.

— Quelle Raquel ? De qui me parles-tu ?

Sa réponse me glace. Le fait-elle exprès ?

— Comment ça, quelle Raquel ! Elle vit à Marbella, nous l'avons rencontrée le jour de l'enterrement. Elle s'est présentée à moi, s'est vantée d'être quelqu'un de très proche, nous avons échangé un long moment sur son passé avec papa.

— Oh oui, Raquel ! Oui, bien sûr, je ne pensais plus à elle.

Elle se lève et sort de son sac un petit calepin en cuir rouge qui contient près de trente années de sa vie. Elle l'ouvre avec un naturel mêlé d'intrigue. Je n'en demande pas plus sur ce carnet. Chacun ses secrets. Ma priorité est ailleurs dans l'immédiat. Après une recherche des plus attentives, elle me dicte deux numéros de téléphone. L'un est celui de Raquel en Espagne, l'autre, probablement celui de son fils à Paris. Mon ultime recours pour lancer mon enquête. Je bondis vers la porte d'entrée en leur promettant juste de les tenir informées sur mes avancées. Je dévale les marches, pas une minute à perdre. J'appelle le fils, avec l'espoir que Raquel soit encore à Paris. Pas de chance, elle est déjà à Marbella. J'ai le bon numéro, je tape les treize chiffres qui me séparent d'elle.

Une sonnerie, puis deux, et enfin son « Buenas tardes ».

— Bonsoir, Raquel, c'est Alexandre, le fils de Meyer.

— Oh, bonsoir Alexandre, comme je suis ravie de t'entendre ! Comment te portes-tu ?

La sincérité qui émane de sa voix bienveillante me touche profondément. Sa question, je le sens, ne se réduit pas à une simple formule de politesse.

— Je vais bien, je te remercie, vois-tu... je...

— J'ai attendu ton appel toute la semaine qui a suivi l'enterrement. Tu ne devais pas être en état de parler de lui. Comment vis-tu les choses à présent ?

Elle n'attend pas ma réponse et se met à me raconter le comportement de ses enfants lors du décès de leur père !

Je ne l'écoute que d'une oreille. Je constate, amusé, combien les personnes âgées ont ce besoin viscéral d'entrecouper les conversations de leurs souvenirs et leurs anecdotes.

Je profite d'une trêve dans son monologue pour reprendre la main. Je lui explique brièvement l'énigme de mon carton.

Bref, je lui raconte toutes les zones obscures de cette affaire et l'espoir que je porte en elle pour les éclairer.

Après avoir énuméré toutes les options technologiques pour lui faire parvenir mes clichés, la solution qui m'apparait comme la plus efficace et la plus rapide est de me rendre chez elle. Pas question de faire les choses à moitié.

— Raquel, donne-moi ton adresse, je serais chez toi demain après-midi.

— 302 Hacienda Las Chapas. Ça se situe sur les hauteurs de Costa Bella. Un taxi t'y déposera sans problème. Je t'attends et me réjouis de ta visite.

Chez moi, ma femme et mes enfants vaquent à leurs occupations. Je les observe avec une tendresse infinie. Ils ignorent tout de ce tourbillon, de cette soudaine pulsion de vie et de liberté qui déferle sur moi depuis ce 31 juillet. Mais aujourd'hui, je suis seul dans mon isolement face à l'énigme de ma vie, de celle de mon père et de notre histoire.

Dans mon bureau, penché sur mon puzzle, je vole de pays en pays. Je photographie la pochette de disque et l'envoie dans la foulée à mon prof de salsa, Romero. Peut-être serait-il capable de la traduire. Je fais de même avec l'inscription du blouson, envoyé à Gao, mon artiste chinois, avec l'espoir qu'il parvienne à déchiffrer les hiéroglyphes.

Toutes les aides sont bonnes à prendre ! Je reclasse méthodiquement les autres documents et les range dans un bagage de fortune : direction Marbella.

Je referme temporairement dans mon cerveau le fichier « fils de » et ouvre celui de « père de » pour la soirée. Je rejoins la partie de PS4 FIFA 18 soigneusement organisée par mon fils avec nos copains de tous âges. Une soirée de la plus haute importance dans la vie d'un père, à ne rater sous aucun prétexte.

8 h 30 : Ce matin, toute la capitale semble décidée à prendre le même vol que moi. Bousculé, étouffé, après avoir surmonté le bain de foule et les postes de sécurité, je me retrouve très inconfortablement installé à l'avant de l'avion. Qu'importe ! Je repasse dans mon esprit la chronologie des étapes de son périple.

Un premier stop en Argentine, un autre au Brésil avec l'achat du terrain, la Polynésie puis Shanghai et ce fameux appartement. N'avais-je rien oublié ? Je souris. Je ne sais pas pourquoi je m'embarque pour Marbella et encore moins ce que je peux y trouver ! Mais je décolle, l'esprit léger.

Sur la tablette devant moi, je prends mes marques. J'étale les informations censées m'apporter des indices. Puis soudain je doute. Des pensées absurdes et affolantes me saisissent un court instant. Et si tout n'était encore que désillusion ? Une mise en scène macabre élaborée par mon père pour me prouver une fois de plus que j'étais incapable d'entreprendre quoi que ce soit ? La paranoïa m'accapare quelques secondes. La vue de la Méditerranée au travers du hublot et l'atterrissage imminent balayent mes idées noires. Déjà, je suis à Marbella.

À l'arrière d'un taxi, l'excitation monte comme une piqûre d'adrénaline. Le chauffeur s'arrête devant un gigantesque portail en bois. Je vérifie l'adresse pour la énième fois et appuie fermement sur le visiophone. Des secondes, une éternité.

Un des vantaux s'ouvre. Je longe un chemin en dalle de pierres naturelles, subjugué par un parc luxuriant où de rares espèces de fleurs sont plantées tout le long de l'allée. Émerveillé, j'aperçois au bout du chemin une bâtisse immaculée de style palatial, construite sur le modèle de la Maison-Blanche. Rien que ça !

Le majordome, posté sur le perron, impassible et immobile, m'invite à le suivre. Il m'installe dans le grand salon, me précise que madame Raquel arrive. Pour patienter, j'ai un jus de fruits frais à ma disposition.

À ma droite, la baie vitrée s'ouvre sur un époustouflant panorama : la montagne, la Méditerranée, Gibraltar et la côte Africaine. Le Maroc, mes racines, mon enfance à portée de mains. Là où tout a commencé.

À ma gauche, je suis projeté par surprise et pour mon plus grand plaisir, dans une des galeries du MOMA de New York. Un musée s'offre à moi. Une collection de chefs d'œuvres… allant de Jasper Johns, Murakami, Basquiat, au portrait de Marylin d'Andy Warhol.

C'est ainsi, au milieu de toutes ces pépites du XXe siècle, qu'apparait Raquel, dans un magnifique tailleur-pantalon d'un rouge flamboyant. Je l'imagine dans l'éclat de ses dix-huit ans, harponnant un à un le cœur des hommes. L'atmosphère est familiale et chaleureuse.

— Qu'en penses-tu Alexandre ?

— Quelle collection !

— J'espérais bien t'impressionner.

— Tous ces chefs-d'œuvre m'ont été offerts par Pierre, mon mari qui n'a eu de cesse toute sa vie de me prouver son amour inconditionnel. Féru d'art contemporain, il a parcouru le monde entier, invité par les plus prestigieuses salles de ventes aux enchères. Et moi, je le suivais partout. Mais il fut surtout l'un des plus jeunes diplomates français avant d'être un haut fonctionnaire entièrement dévoué à son pays.

— Raquel, je suis ravi de te revoir.

— Comment vas-tu ?

— Je vais beaucoup mieux depuis notre rencontre au cimetière. Je te remercie. Ce jour-là, je t'avoue être resté sans voix, suite à tes révélations. Plus ton visage s'illuminait à mesure de tes souvenirs avec lui, plus le mien se liquéfiait.

— J'étais tellement heureuse, malgré mon immense chagrin, de faire votre connaissance que je ne me suis rendu compte de rien. Pardonne-moi, le moment était mal choisi.

— Tu m'as dit imaginer l'intensité et la complicité que j'avais probablement partagées avec lui. Ce n'était pas du chagrin ou des regrets que je ressentais, mais plutôt de la colère et de l'amertume.

— Oh, je ne comprends pas. Explique-moi, veux-tu ?

— Ta description de papa était celle d'un inconnu. Leader, festif, aventureux, gai... c'était un homme méconnaissable que tu me décrivais. Celui que je connaissais, moi, depuis mon enfance était un homme triste, introverti, incapable de montrer une quelconque affection envers son fils. Au fil du temps, c'est une frontière fermée qui s'est érigée entre nous. Plus qu'une séparation, une muraille infranchissable. Mais, je ne suis pas venu jusque-là pour te parler de ça. Je suis face à un mystère encore plus énigmatique et j'espère bien que tu pourras m'aider à y voir clair. J'ai reçu, en guise d'héritage, un carton contenant divers objets et une série de photos toutes aussi déroutantes les unes que les autres.

— Et en quoi puis-je t'aider ?

— J'aimerais que tu m'éclaircisses sur leurs origines, leur histoire. Seule certitude : elles datent des années 50, de 53 et 54 précisément.

— Aurais-tu des souvenirs de ces années-là ? D'ailleurs j'y pense, pourquoi n'ai-je jamais entendu parler de toi avant ce triste jour ? Devais-tu te tenir éloignée de nous du temps de son vivant ? Le temps des aveux est arrivé, tu ne crois pas ?

Brusquement, son regard si pétillant s'assombrit. Son teint devient pâle, laissant apparaitre quelques rides, le bleu de ses yeux s'embue de larmes.

— Ce n'est rien de tout cela, Alexandre, mais je vais te raconter certains de mes souvenirs. J'ai déjà commencé à te parler de ces folles années au Maroc avec notre bande. Ton père devait avoir 22 ans et étudiait la comptabilité, quant à moi, à 19 ans, je finissais péniblement mon année de CAP de coiffure. Nous vivions alors une vie d'insouciance, une vraie jeunesse dorée. Je n'ai plus la date précise, mais lorsque le contingent américain, probablement muté sur une autre base, repartit du jour au lendemain, notre vie, nos relations, notre quotidien ont changé drastiquement. Leur départ avait rendu nos existences ternes et rangées. C'est à cette époque que j'ai rencontré mon mari qui passait ses vacances à Casablanca. Un matin, ton père a débarqué à l'improviste chez moi pour m'annoncer qu'il partait en voyage pendant deux mois. Personne n'était au courant. Voyager secrètement, pourtant, ne lui ressemblait pas et ce n'était pas non plus une escapade amoureuse.

— Tu ne lui as pas posé de questions ?

— Non, la seule chose que je sais est que son voyage de deux mois a finalement duré deux ans. Il est rentré vidé et sans goût à la vie. Physiquement et moralement, il était devenu l'ombre de lui-même. Sa mère s'était laissé mourir de chagrin et d'inquiétude, ce qui l'accabla définitivement. Un drame inexplicable.

— Jamais il ne t'en a parlé ?

— Non, jamais. Je sais juste que ma grand-mère est morte alors qu'il était assez jeune. Pourquoi ne l'as-tu pas soutenu à ce moment-là ? Que s'est-il donc passé ?

— Un an après son départ, je me suis mariée et suis partie m'installer à Paris. J'ai pourtant essayé de reprendre contact avec lui lors de mes passages à Casablanca, en vain. Il refusait systématiquement de me voir. Comme si notre passé, notre jeunesse n'avaient été qu'illusion. Les proches qui l'avaient côtoyé à son retour n'ont cessé de dire que seuls la mort, la guerre, la prison ou l'opium l'obsédaient. Ou bien soudainement, il se mettait à parler de voyage, du grand amour et de fêtes à travers le monde de façon absurde !

— Pour certains, ton père avait sombré dans la folie.

Je me retrouve une fois de plus face au néant, face à une tranche de sa vie encore plus obscure.

Nous sommes tous deux submergés par un trop-plein d'émotions. Les mains de Raquel se posent sur les miennes et cette douceur maternelle spontanée me réconforte.

Diégo, son majordome, nous dresse un bout de table dans le patio. Il y dépose deux énormes tortillas baveuses fourrées au chorizo et aux poivrons et quelques tapas aux fruits de mer.

Nous revenons à la vie.

— Aimes-tu le vin rouge autant que lui ?

— J'aime le bon vin, mais je n'ai jamais su si lui l'aimait.

— J'ai demandé à Diégo de nous chambrer un de mes préférés « Côte — Rôtie la Mouline 2011 ».

— Excellent choix !

Raquel avait réuni tous les ingrédients nécessaires pour nous requinquer. Au cours de cette pause ensoleillée, nous échangeons sur nos vies, nos enfants. Elle me demande pourquoi l'art... eh oui, l'art, le domaine où l'on ne m'attendait pas. Elle me reparle de son défunt mari, de sa vie de rêve, de la réussite de ses enfants… Mais tout ça ne m'intéresse pas, m'ennuie même. Très vite je dirige la conversation vers les souvenirs paternels. Mon obsession occupe l'espace.

— Raquel, j'ai des photos avec moi. J'aimerais que tu les regardes.

— Oui, avec plaisir, montre-moi tout ça.

Je sors les enveloppes de mon sac, et les pose en pile sur la table. Ses lunettes sur le bout de son nez, elle les regarde une à une avec concentration. L'étape brésilienne fait chou blanc, à part une forte émotion à la vue de mon père. Elle s'épanche ensuite sur celles de Buenos Aires. Dès le deuxième cliché, son visage se crispe avant d'émettre un petit cri de surprise, de joie et d'effroi !

— Alexandre, c'est Gary Newman ! Gary ! Son ami américain ! C'est incroyable.

— Tu es sûre ?

— Aucun doute là-dessus.

Je retourne la photo pour lire les annotations : GN et MJ.

Tout s'éclaire enfin ! Il a dû rejoindre son ami là-bas pour faire la fête, voilà tout. Je me convaincs de l'avancée de mon enquête. Je lui propose un autre cliché.

— Ces deux autres personnes t'évoquent-elles quelque chose ?

Elle se penche avec une loupe pour mieux analyser le visage du troisième homme.

— Ils ne me disent rien, je suis désolée.

Nos seuls indices sont les initiales JLB ou AS, inscrites au dos. Un silence pesant s'installe et je mesure à quel point cette histoire la bouleverse. Je ne suis plus seul, c'est bon et rassurant. Après un long moment de mutisme, elle s'exclame :

— Écoute-moi ! Projetons-nous en Argentine, nous sommes dans les années 50 et admettons qu'il s'agisse d'une personnalité…

— Admettons, Raquel ! Une personnalité dis-tu ?

— Oui, celle qui me viendrait à l'esprit, vu sa notoriété et surtout les initiales serait Jorge Louis Borges… tu le connais n'est-ce pas ?

— Oui, de nom… Mais Raquel, quelle vivacité d'esprit et quelle culture impressionnante tu as !

Jorge Louis Borges ? Encore une fois, je fais appel à Google. Incroyable ! Nous avons décroché le gros lot. C'était bel et bien lui. Mais bon sang ! Que faisait-il aux côtés de mon père et de ce Gary ?

Je me refais l'histoire dans ma tête, je contextualise grâce aux informations récoltées. Il a donc rejoint son ami Gary et au détour d'une de leurs folles soirées argentines, rencontré cet homme célèbre. Simple et logique.

— As-tu l'idée du prix d'un billet d'avion de l'époque pour rejoindre Buenos Aires ?

— Vu le tarif d'un simple aller pour la France ou l'Espagne, je n'ose imaginer ! Une fortune !

— Tu vois où je veux en venir, Raquel. Comment donc se serait-il payé cette folie ?!

— Effectivement, c'est étrange. Peut-être avait-il des économies... ?

Chaque chose en son temps. Je ne souhaite pas gâcher la joie de cette glorieuse avancée dans mon enquête. Raquel, qui continue de scruter les photos, s'attarde cette fois sur celles de Shanghai. Elle devine que la superbe femme à ses côtés serait le grand amour dont il n'a cessé de conter l'histoire à son retour. Cette femme l'avait profondément marqué, il ne s'en était jamais caché, sauf auprès de nous.

— Penses-tu que je puisse encore rencontrer un de vos amis qu'il aurait côtoyé à son retour ?

— Il ne reste malheureusement plus grand monde, Alexandre. La vie reprend ses droits bien vite et Dieu nous rappelle tous, les uns après les autres, à ses côtés.

À bout, nous décidons, sans grande conviction, d'ouvrir la dernière enveloppe « Saigon 54 ». Je m'étais pourtant promis de la garder pour une grande occasion. Je portais tant d'espoirs en elle. J'étale une nouvelle série de photos sous nos yeux, dures et bouleversantes. Nous sommes loin de la décontraction de Rio et du glamour de Bora-Bora. Je me ressers un verre de Côte Rôtie pour me délecter de ce grand cru et pour me donner de l'élan.

Sur l'un des polaroids, vêtu d'une simple culotte, il est couché sur le flanc gauche sur une vulgaire paillasse, la tête soutenue par un oreiller de fortune. Hagard, le regard dans le vide, il porte à bout de bras un long tuyau en bambou enchâssé à ce qui ressemble à un fourreau sphérique. J'identifie immédiatement une de ces pipes à opium dont je connais les effets dévastateurs sur le cerveau en cas d'usage abusif. Tout ça dépasse l'entendement. Les autres photos nous le dévoilent en tenue de bagnard, entouré de Vietnamiens lourdement armés ou enlaçant amoureusement sa jeune dulcinée.

Nos regards se croisent dans un silence pesant. Je range les photos, bouleversé et déçu de ne rien apprendre de plus.

Les questions fusent toujours dans ma tête. Je repense à « L'amant » de Marguerite Duras, ce roman aux traits autobiographiques qui se déroule en Indochine. Une similarité qui me fait sourire. Après tout, je continue de rêver un peu, puisque tout demeure si trouble et énigmatique !

Mais, moi, je ne vis pas dans un livre. Je ne peux empêcher le flot d'interrogations qui me submerge : « le comment », « le pourquoi » mon père à son départ du Maroc, avait-il pu ou voulu atterrir aussi loin ? Ces dernières photos, si claires dans mon esprit, étaient insoutenables. En ouvrant ce carton, j'acceptais sans le savoir, ce devoir de mémoire.

Cette journée avec Raquel, à partager de vives émotions, des rires aux larmes, m'avait exténué. Je déclinais poliment son invitation à dîner. J'avais un besoin viscéral de me retrouver seul avec moi-même. La plage serait mon antidote. Pour me défouler ou me calmer, je ne le savais pas encore. Je m'engouffrais dans le taxi en lui promettant de revenir l'embrasser avant mon retour à Paris.

Vers 20 heures, ma tête, mon corps et mon esprit tout entier plongeaient dans l'eau fraîche et revigorante de la Méditerranée. Cette même eau, chargée de souvenirs, qui avait bercé mon enfance.

9

Vendredi 15 septembre 2017, Sherlock

Lorsque je longe le bar de l'hôtel Amàre, ma montre affiche 21 h 30 et la température est encore de 28 degrés. Les rares clients disséminés de part et d'autre du salon entretiennent une atmosphère paisible et doucereuse. Le rush des vacanciers est terminé. Encore secoué par mon après-midi, je m'installe sur la terrasse, face à la mer.

À ma gauche, le son coupé, l'écran géant retransmet un match de la Liga. D'ordinaire, le passionné de football que je suis aurait demandé à monter le volume au maximum, mais pas ce soir. À cet instant, j'ai grand besoin d'un coup de fouet. La barmaid m'apporte un Moscow mule, le premier d'une longue série…

D'un calme mystique, j'ouvre mon ordinateur et crée un dossier contenant tous les éléments nouveaux. « Gary Newman-GI-Maroc-Buenos-Aires ». Toujours épaulé par Google, j'obtiens une quinzaine de noms et biographies.

Toutes plus ou moins plausibles. Je consulte les trois premières, et là, tel Edmund Hillary au pied de l'Everest, je me sens prêt à relever le défi, même si les chances de retrouver la trace de ce fameux Gary paraissent infimes. Était-il mort ? S'agissait-il d'ailleurs de son vrai nom ? Ou un nom de guerre ? D'emprunt ? Et pourquoi pas un mixte de Gary Cooper et de Paul Newman ! Oui, pourquoi pas ?

Quelques clics plus tard, je surfe sur « l'annuaire militaire GI-1950 » une sorte de « copains d'avant » version treillis !

Je ne décolle pas du point zéro. Deuxième Moscow mule, 2e élan. Sans me décourager, j'interroge Facebook, qui se montrera peut-être plus généreux quant aux flux d'informations. Je tape pour la énième fois son nom et son prénom. Je balaye du regard les profils qui s'affichent. Rien de transcendant. Pourtant l'un d'eux attire mon attention. La photo d'un homme âgé, le visage carré et massif, n'est pas sans me rappeler les premiers clichés trouvés dans l'enveloppe BA.

Je clique. Bingo ! Cette fois-ci, c'est bien lui, son album partagé de tous, est abondamment fourni de trophées de guerre et autres décorations. Mais rien sur sa vie privée. La chance me souriait-elle enfin ? Je note son adresse mail et remercie, les bras tendus vers le ciel, ma petite étoile bienfaitrice, plus que jamais fidèle ces derniers jours. Déterminé, je lui adresse un message.

« Cher monsieur Newman,

Ce mail risque de vous surprendre, mais c'est avec bienveillance que je m'adresse à vous. J'espère que vous le lirez jusqu'au bout.

Je sais que vous avez croisé dans les années 50, à Casablanca puis à Buenos Aires, un homme du nom de Meyer Jakob. Devenu votre ami.

Il s'agit de mon regretté père, décédé en juillet dernier. J'ai trouvé des séries de photos où vous posez à ses côtés. Ma requête peut vous paraitre incongrue, mais soulève un grand malaise dans ma vie : celui de ne pas l'avoir suffisamment connu, ou mal connu à vrai dire. Vous semblez avoir été si proches, présent dans ce passé, qui m'a été trop longtemps caché. J'aimerais échanger avec vous à ce sujet.

J'espère que ce mot ne vous laissera pas insensible.

Votre réponse me sera précieuse pour ma reconstruction.

Bien à vous,

Alexandre Jakob. PARIS »

Une dizaine de relectures plus tard, je clique sur « envoyer ». Cette première porte sur la vie de mon père allait-elle enfin s'ouvrir à moi ?

Je balaye du regard la salle du restaurant, vidée de ses convives. Le match est terminé. Ce panorama nocturne de bord de mer m'emporte seul dans ma petite bulle, heureux et fier de mon efficacité.

Le bip de réception d'un nouveau mail met brutalement fin à mon autocongratulation.

Espoir, tourment, angoisse… je n'ose l'ouvrir ! Je me rassure. Ce Gary ne peut tout de même pas me répondre dans la minute ! Le message n'émane évidemment pas des États-Unis, mais de Romero qui a terminé la traduction du texte de la pochette du 45 t et me demande de le rappeler. Je m'exécute.

— Bonsoir, Romero, comment vas-tu ? Merci de ta réactivité !

— Je vais très bien.

— Tu n'imagines pas comme je suis pressé d'entendre ce que tu as à me dire.

— Je pense que si ! Ton texte, je l'ai fait traduire et analyser. Quelle surprise ! S'il s'avère être un authentique écrit de Dorival Caymmi, il a une valeur inestimable. C'était une immense star dans tout le Brésil. C'est fou que ton père ait reçu ça de lui ! Pour faire court, c'est un mot de gratification. Dorival remercie ton père de lui avoir présenté Joao Gilberto et Antonio Jobim, alors d'illustres inconnus, mais qu'il considérait comme les futures stars de la musique brésilienne.

— Et quoi d'autre ?

— Laisse-moi finir mes phrases, Alexandre !

Il le remercie également pour toutes ces mémorables soirées organisées dans les favelas de Rio et pour l'avoir mis en relation avec ses deux amis américains, dont il saura user de l'influence le moment voulu. Il termine en lui souhaitant une longue et belle vie, un bon voyage à Tahiti et espère le revoir après.

— Allô, Alexandre ? Tu es toujours là ?

— Oui… euh, je ne sais pas quoi dire…

— Tu as entre les mains un document exceptionnel !

— Oui, certainement…

— Je me suis permis d'effectuer quelques recherches. Dorival est mort, mais il a eu 3 enfants, encore vivants et tous musiciens. Je pourrais t'aider à entrer en contact avec eux, si tu le désires. N'hésite pas.

— Merci infiniment, je te tiendrai au courant.

Je raccroche, sans avoir encore tout digéré. La dynamique est enclenchée, les portes se déverrouillent une à une.

Évincé du monde qui m'entoure, le temps s'est figé pour moi. Pourtant, en l'espace de quelques minutes, le bar se remplit de jet-setter et autres people de la nuit. Le DJ mixe une musique pop-rock assourdissante. Incapable de prendre part à cette mascarade, je descends un dernier verre pour honorer cette journée et monte dans ma chambre. Réfugié dans les draps douillets de mon lit King-size, l'envie de partager quelques SMS avec Gwendoline me saisit :

— Bonsoir, Gwen, j'avais envie de t'embrasser avant de m'endormir… As-tu passé une belle journée ?

— Bonsoir Alexandre, je pensais à toi, je suis encore à l'étude sur un gros dossier, alors Marbella ?

— Une belle rencontre, forte en émotion. Je te raconterais en détail… La suite de l'aventure promet quelques rebondissements. Tu travailles toujours aussi tard ?

— Cela m'arrive très souvent, oui, comme toi, je suppose.

— Tu vois juste, nous sommes de petits besogneux.

J'accompagne ce dernier message d'un emoji rieur puis d'un doux baiser avant de sombrer dans le sommeil.

Au petit matin, mon réveil a un goût de quiétude qui me pousse à prolonger mon séjour d'une journée, alléché par la douceur d'un transat brûlant, la mer et la saveur des plats locaux dont je raffole. Puisque j'ai fait le déplacement, autant en profiter jusqu'au bout. Je vérifie ma boîte mail, pub, pub, et encore pub et file à la plage, serein. Il va me répondre… c'est certain, je me le répète, je m'en persuade.

Alangui sous le soleil, je tente un parallèle entre les deux années d'évasion que mon père s'est accordées et mon désir viscéral de parcourir le monde, à la recherche d'une œuvre inédite, d'un artiste ou juste assoiffé de nouvelles découvertes.

Le bon choix ? Je l'avais fait, 20 ans, auparavant, en m'investissant dans ce métier-là. Connaître et apprécier d'autres cultures, sous toutes leurs formes, culinaires, artistiques, humaines, architecturales… Cela m'avait profondément ouvert sur le monde et m'avait surtout permis de m'affranchir chaque jour un peu plus.

Mon père et moi partagions cette même curiosité et ce même désir de vie. Nous étions finalement bien plus proches que je ne le pensais jusqu'alors.

Je rentre à Paris déçu et le cœur un peu lourd. Je n'ai reçu aucun signe de vie de Gary.

Consulter mes mails toutes les heures est devenu obsessionnel. Les jours, les semaines passent et toujours rien. J'appelle Gao, afin de glaner quelques informations concernant les sinogrammes inscrits sur le blouson de cuir. Il s'agit d'un modèle créé dans les années 40, populaire auprès de l'armée américaine et des aviateurs de fret. Les inscriptions se révèlent purement commerciales. À l'évidence, cette pièce à conviction est sans intérêt ! Mon enquête piétine.

J'ai perdu tout espoir lorsque je reçois le mail de Gary, rédigé dans un français parfait. Il arrive juste à temps pour revigorer mon projet fou.

« *Cher Monsieur Jakob,*

sachez que votre courrier m'a beaucoup ému et affecté. J'ai conscience que la perte d'un être cher est toujours un moment difficile à vivre. J'ai moi-même pris le temps de vous répondre, car il me fallait réouvrir les plaies de mon passé, oh combien éprouvantes. J'ai très bien connu votre père dans ces années-là, mais nos chemins se sont séparés dans la région d'Iguaçu, le 17 ou le 18 avril 1953. La date peut vous paraitre précise, mais un militaire n'oublie pas ce genre de détail, même à un âge avancé. Je ne sais que vous dire d'autre, si ce n'est "bon courage", en espérant que ce mail vous éclairera. Cependant, nous pouvons rester en contact et je demeure à votre disposition si besoin est.

Amicalement,

Gary Newman »

« Nous pouvons rester en contact… » Bien sûr que oui ! J'ai même la ferme intention de le harceler de questions ! Il habite Los Angeles, me communique sans difficulté son numéro de téléphone et toutes données utiles afin d'entamer une correspondance régulière. Pour des raisons que j'ignore, il fuit toutes discussions sur l'Argentine et oriente systématiquement nos conversations sur son passé de GI au Maroc. Il me parle très souvent de son incroyable et sincère amitié avec son « Meyerson », comme il l'aime l'appeler, un surnom qu'il n'a jamais oublié.

Un mois après notre premier échange, le temps est venu d'affronter leur passé commun. Au cours d'une de nos conversations téléphoniques, je prends le taureau par les cornes et l'invite à me rejoindre à Buenos Aires. Un projet farfelu dont l'idée m'est apparue comme une évidence. Partir en Argentine : la première enveloppe… la première étape.

Sa réponse se fait attendre. Je sens que le pas est difficile à franchir pour lui, mais j'ai réponse à toutes ses dénégations. Son âge, ses difficultés à se mouvoir, la durée du voyage, la nécessité d'un visa éventuel, je balaye tout d'un revers de la main. J'ai l'intime conviction qu'il s'est passé quelque chose là-bas d'important, voire de grave. Il me faut mettre le doigt dessus. Le déni d'une partie entière de sa vie a éveillé en moi une excitation des plus stimulante.

Le 3 octobre, je reçois son fameux mail. Aussi succinct que jouissif. « *Alexandre, j'accepte ton invitation. C'est une libération* ».

Le temps de l'action détrône celui de la réflexion. Je réinvente mon agenda, je me libère de mes obligations, je vois loin, je suis incapable d'imaginer la suite.

Je fixe notre rendez-vous à Buenos Aires au 12 octobre.

Dans la foulée, je réserve nos hôtels, nos billets et m'autorise le luxe d'un billet ouvert, sans date de retour. Je me laisse la liberté de la définir en fonction des évènements… et de mes émotions. Il me reste maintenant à annoncer mon voyage à mes proches.

Jusqu'alors discret sur ce qui bouillonne en moi depuis des semaines, c'est autour de la table de la salle à manger que j'invite toute la famille à prendre part à mon projet. Ma femme ne fera aucune objection, je ne suis pas inquiet. Chacun de mes mots est choisi et maîtrisé pour exprimer combien il m'est vital de comprendre l'histoire de mon père et l'homme qu'il a été.

Cette colère qui gronde en moi, cette colère qui me rend depuis trop longtemps prisonnier de ma sensibilité exacerbée, cette colère causée par mon ignorance à son sujet, cette colère doit disparaître. Tout doit cesser. Ce départ, cette évasion mainte fois rêvée, cette exploration sonne le glas d'une existence corsetée, étouffant mon avenir.

Je n'incrimine pas la crise de la cinquantaine et qu'importe ce qui me pousse à l'action, je veux trouver un sens à ma destinée, prendre du recul, mieux appréhender ma deuxième partie de vie et enfin cesser de voir mon existence m'échapper depuis des années.

Rien ne relève du hasard : je saisis l'opportunité. Il me tarde de revêtir les masques, le temps du voyage, de Freud, Sherlock Holmes ou encore d'Indiana Jones… le Saint-Exupéry des temps modernes.

Finalement, si moi… j'étais aussi plein de surprises.

Tous sont secoués par ma décision, jugée hâtive et radicale. Stupéfaits également de découvrir avec quelle passion je me suis activé depuis l'ouverture de ce fameux carton.

Néanmoins, ils me soutiennent unanimement dans ma démarche. Je ne pouvais rêver meilleurs encouragements. Le regard malicieux et le sourire enjôleur de ma petite fille me fait chaud au cœur.

Sur le plan intime, je prends une décision à contrecœur. Les découvertes de ces dernières semaines m'ont empêché d'entretenir une relation « sérieuse » avec Gwendoline. Je décide de l'appeler, lui explique mon départ, mes incertitudes quant à mon avenir et lui rends sa liberté. Était-ce par souci d'honnêteté ou avais-je eu peur, une fois de plus, de me laisser emporter par mes sentiments ?

Notre conversation juste terminée, je la regrette déjà, mais je dois me concentrer sur les priorités.

C'est acté. Dans trois semaines, je foulerai le sol de l'Amérique du Sud.

Entre deux coups de fil et préparatifs, je poursuis mes recherches. J'oriente cette fois-ci mes investigations sur Jorge Louis Borges. Sa présence sur les photos avec mon père m'intrigue. Pour enrichir ma culture générale, je prends quelques notes : écrivain, poète et essayiste mondialement connus, il demeure célèbre en Argentine pour son opposition farouche au président Perón, qui l'aurait démis de ses fonctions de directeur de la grande bibliothèque de Buenos Aires. Atteint de cécité, il va parcourir le monde, parsemant son style littéraire d'une élégance rare. Quel personnage extraordinaire !

Et quelle chance mon père avait-il eu de le croiser !

Je suis à quelques jours du grand saut vers l'inconnu. Les deux dernières semaines ont filé à une vitesse vertigineuse. Je me suis activé à mon ultime grande tâche de galeriste et pas des moindres : le vernissage d'un de mes artistes belges, Stéphane Halleux. Ce génie, à l'état pur, réussit à donner naissance à d'incroyables créatures, les rendant presque humaines, offrant une seconde vie à des objets désuets. Il mérite, oh combien, son heure de gloire. Cette réception, flamboyante et magique, je m'y suis donné corps et âme. Organisée au premier étage de la tour Eiffel la veille de mon départ, je signe en beauté mon dernier acte professionnel. Un succès sans précédent.

Fier et satisfait, la nuit du 11 octobre est aussi douce qu'exaltante. Mais mon esprit est déjà loin.

Dès mon réveil, tout s'enchaine très vite. Après une longue hésitation, je décide de prendre avec moi la totalité de mes legs. Tout est bouclé, le stress monte. Mon portable m'alerte de l'arrivée imminente de mon taxi. J'embrasse chaleureusement ma famille. Je n'ai jamais aimé les « au revoir ».

Nous serons à Roissy Charles de Gaulle dans 30 minutes, me précise le chauffeur. Je m'attends désormais à replonger dans ma jeunesse au travers de celle de mon père.

Je ferme les yeux… je suis déjà à Buenos Aires.

L'ARGENTINE

10

L'inconnu,

Légèrement sonné par le décalage horaire, je m'installe sommairement à l'hôtel « le Casa Sur Bellini », au cœur du quartier de Palermo, excité d'arpenter cette terre inconnue et de m'imprégner de cette ambiance Porteños si singulière. Cette ville est décrite comme le symbole du Nouveau Monde, un vestige du vieux continent européen. Une sacrée veine pour moi, impatient de ranimer mon âme d'enfant.

Équipé d'un guide dérobé à l'accueil de l'hôtel, je m'élance dans un circuit « découverte » parfait pour apprivoiser la bête. Les premiers rayons de soleil, qui éclipsent petit à petit l'hiver, bercent la ville d'une douce lumière couleur miel. J'ai encore peine à croire que je marche sur le sol argentin. Et pourtant... J'y suis !

Je patrouille dans ce quartier qui m'appartient déjà. Mon guide le dépeint comme l'endroit le plus boisé de Buenos

Aires. « Boisé », voilà exactement ce dont j'ai besoin ! Je traverse alors le fameux parc « El bosque de Palermo », humant à pleins poumons cette denrée si vitale, cet oxygène si rare à Paris et pourtant si délectable.

Je vagabonde du jardin botanique au jardin japonais puis longe un parcours de golf, un terrain de polo, avant de m'autoriser le luxe d'une pause suffisamment longue pour contempler la colonie de canards qui se suivent sous mes yeux en file indienne. Ce spectacle incongru m'attendrit : je redécouvre les choses simples, celles que je ne voyais plus ni chez moi ni ailleurs. Je prends enfin le temps de prendre mon temps. Ici, l'air a le goût de la vie, de la joie, de la joie de vivre !

Rappelé à la réalité par les vibrations de mon portable, je rassure mes proches en leur promettant des nouvelles régulières. Promesse que je sais pertinemment fausse.

Je poursuis, attentif à tout ce qui m'entoure, mon chemin initiatique. Je remonte d'un pas assuré l'avenue Libertador. Bien qu'interminable et impersonnelle, j'aime le nom et la symbolique de cette avenue qui me mène enfin au quartier de « Recoleta » et de son cimetière. L'attraction soi-disant phare de Buenos Aires. « Recoleta », mot persécuteur inscrit sur tant de photos, nourrissant tant d'insomnies et d'angoisses… Loin d'être disqualifié, je peux enfin le défier.

Certes, visiter un cimetière n'est sans doute pas l'idée la plus folichonne, mais ma bible touristique affirme que c'est un lieu incontournable. Je joue donc, sciemment, le jeu de l'attrape-touriste !

À l'entrée, les immenses colonnes gréco-romaines sont dignes d'un parc de loisirs. On s'attend presque à voir débarquer une parade de chars ! Nous sommes bien loin d'un cimetière ordinaire. Je suis saisi par la quiétude et la sérénité du lieu. Tous les tombeaux, stèles et autres monuments monolithes se suivent, extravagants, construits dans des matériaux nobles.

Un musée mortuaire à ciel ouvert ! Fascinant.

Je m'affaire à retrouver la célébrité qui a éveillé ma curiosité tant par sa vie que par sa mort : Évita Duarte Perón. Enterrée dans la crypte familiale, son corps avait été enlevé, séquestré et profané par les militaires avec la complicité de l'église en 1955, pour éviter d'en faire une martyre. Il reprendra sa place ici une quinzaine d'années plus tard, tel que le résume mon guide qui recèle une mine d'informations passionnantes. Quatre allées plus loin et quelques détours plus tard, je suis surpris de ne trouver qu'une minuscule plaque érodée apposée sur cet immense caveau. Je m'attendais à plus d'exubérance pour cette femme à la vie si éclectique et au destin si tragique.

Soudain affamé, mon estomac me rappelle que je n'ai rien avalé depuis l'avion. Je me hasarde vers l'un des cafés les plus typiques, « La Biela », très apprécié des Argentins.

Sur un guéridon des années 50, j'attends mon soda et mes empanadas. Je réalise, avec surprise, que je suis à la table de Jorge Luis Borges. Monsieur Borges lui-même, sculpté minutieusement dans le bronze ! Nous n'avions pourtant pas rendez-vous… Entre deux bouchées, j'entame une discussion des plus invraisemblables.

— Bonjour, Monsieur Borges, je suis fier de vous rencontrer. J'ai lu quelques-uns de vos essais. Je me suis aussi documenté sur votre vie ces dernières semaines. Oh, mais je vois que vous êtes avec votre ami Adolfo Bioy Casarès…

Le nom de son voisin de table est inscrit sur sa chaise. Un écrivain d'origine française, célèbre dans les années 50.

Indubitablement, la France étale dans toute la ville sa grandeur passée.

— Vous avez, semble-t-il, connu mon père ici, en 53. Vous en souvenez-vous ? Meyer Jakob, vous êtes tous deux sur une photo. Tenez regardez ! Eh, si vous me racontiez un peu votre rencontre ?

— Je sais aussi que vous le trouviez formidable, certes, mais encore ? Je suis arrivé ce matin de Paris afin de découvrir toute cette partie occultée de sa vie. Vous y avez quelque peu participé et je pensais que peut-être…

— Mais vous ne dites rien ! Je vous imaginais bien plus bavard, Monsieur Borges ! Le temps me presse, je n'ai pas vu l'heure passer. Gary, une autre de vos connaissances, m'attend !

Je clôture ainsi mon monologue surréaliste, laisse quelques pièces sur une soucoupe et quitte la table après cet instant versatile.

Mon guide dans la poche, je prends la direction de Tortoni, le plus vieux café de la capitale. Le SMS de Gary, « je suis installé au milieu de la salle. Es-tu déjà là ? » me fait bondir d'excitation. Nauséeux, les mains moites, j'appréhende désormais notre rencontre. Je presse néanmoins le pas.

La devanture chic et élégante du café donne l'allure d'une brasserie à « la Française ». Tout l'intérieur est en bois brun verni. Les lustres Daum, les tables et chaises, probablement d'époque. A contrario, dès l'entrée, l'atmosphère des trattorias italiennes des années 50 est saisissante…

Sur le mur de droite, portraits et photos de personnages emblématiques et influents du monde entier scellent la réputation de l'endroit depuis 1858. Ici, les cafés servent de lieux de rencontres, de discussions, de débats animés et de partages. Le cérémonial est bien huilé, les clients se dévisagent de longues minutes, se sentent pour mieux s'apprivoiser et enfin, le verbe haut, échangent sur la politique, le football ou le tango. Définition de La vie latine. Un spectacle magnétique qui me ferait presque oublier mon rendez-vous.

L'heure est venue d'affronter ce cher Gary, tant désiré.

Je le reconnais immédiatement. J'ai renoué avec l'enthousiasme des retrouvailles, celles des vieux amis.

— Bonjour, Gary, as-tu fait bon voyage ?

— Bonjour Alexandre, oui, excellent vol, merci.

Ses yeux ronds me fixent, sa main m'empoigne, il me renifle tel l'argentin qu'il n'est pas, puis au bout d'un long silence, m'embringue dans une accolade, avant de s'avouer très heureux de mon invitation.

— Sais-tu pourquoi je t'ai donné rendez-vous ici ? lâche-t-il d'un ton singulier.

— Peut-être parce que c'est une brasserie à la française ?

— Non, c'est dans ce lieu que nous avons passé notre dernière soirée ton père et moi à Buenos Aires. C'est symbolique, mais cet endroit est resté gravé dans mon cœur.

— Voyons-le comme un hommage, alors !

— Tu ne le sais peut-être pas, mais j'avais pour ton père une amitié profonde et sincère. Tout a commencé à Casablanca en 1949 exactement.

En deux répliques pointues, Gary ouvrait l'enquête, pensais-je jubilant sur ma chaise.

— Oui, je sais, enfin pas tout, mais il y a des choses que j'ai apprises récemment. Je suis en contact avec Raquel. Tu la connais, n'est-ce pas ?

— Raquel, oui, je me souviens d'elle...

À l'évocation de ce prénom, je sens chez Gary ce même détachement que lorsque je l'interrogeais sur l'Argentine, lors de nos premiers échanges. Il esquive mes questions, mais je vois dans son regard que le souvenir de Raquel est bien plus présent qu'il ne l'admet.

Qu'importe, aujourd'hui, il est près de moi, à Buenos Aires et je sens que ce séjour va éveiller en lui de nombreux souvenirs enfouis.

— Gary, comment souhaites-tu que nous nous organisions dans les prochains jours ?

— Je vais planifier nos journées, lâche-t-il laconique.

— Entendu, je m'adapte à ton rythme.

— Nous nous retrouverons chaque jour, à la mi-journée dans un endroit différent. Mais pour ce qui est du matin, je n'y suis pour personne.

— Parfait ! Laisse-moi seulement te dire à quel point j'ai mis beaucoup d'espoirs en toi et à quel point vos aventures et votre amitié me taraudent depuis des semaines. Je ne peux déjà plus contenir mes questions ! Toi qui le connaissais mieux que personne, pourquoi diable est-il venu ici ? Ou pour qui ? Une femme ?

— Doucement, doucement, chaque chose en son temps.

— Il semble que Buenos Aires ait été le point de départ d'un long périple...

— Je comprends ton empressement et ton enthousiasme. Ce séjour va être fort et riche en émotions.

— J'attends ce moment depuis tellement longtemps ! Je suis dans les starting-blocks, prêt à tout entendre et à tout découvrir.

Je commande deux Yerba Maté avant qu'il ne reprenne.

— Il faut que tu saches que ton père a été le seul dans la confidence. J'ai quitté le Maroc pour Washington en avril 1952 avec une partie de mon unité. Je devais intégrer une branche naissante de la CIA. Tout ce que je vais te dire est encore secret défense. Un secret de vie. As-tu une idée de la situation politique de l'Argentine dans ces années-là ?

— Vaguement, je sais que le pays était présidé par Juan Domingo Perón, mais c'est tout.

— Affirmatif. Depuis son élection en 1946 et jusqu'au début des années 50, Perón était surnommé le président « du peuple ». Avec sa femme Évita, ils développaient un programme appelé doctrine « justicialiste », un fervent mélange de nationalisme, de populisme et de réformisme social.

Il se met alors à me raconter en long, en large et en travers toutes les variantes de ce régime. Les transformations culturelles et sociales avec la nationalisation des chemins de fer, des banques, des assurances. Des actions en faveur des pauvres et la redistribution des richesses sur la base de directives ultra communistes. Ne s'imposant aucune limite, Perón s'est hissé au sommet d'une popularité qu'il pensait inébranlable et qui le conduira pourtant à sa perte. Gary me décrit cette époque avec tant de ferveur que je me prends au jeu, happé par cette intrigue géopolitico-stratégique.

— Au début, les États-Unis laissent faire, considérant qu'il s'agit de politique interne. Mais Perón se vante de ses stratégies, sans cacher sa volonté d'offrir une terre d'asile aux nazis fortunés et d'officialiser son rapprochement militaire, politique et économique avec l'URSS. Des manœuvres qui réveillent les foudres américaines. C'est la mort d'Evita, au milieu de l'année 52 qui sonne le glas. Sa politique sociale qui offre, en apparence, une vie agréable à la population, n'est pas sans effet sur la vie économique et plonge le pays dans une récession sans précédent. Corruption et famine retournent le peuple contre lui. L'église et les riches propriétaires, pourtant ses alliés de la première heure, l'abandonnent à leur tour. Il court à sa propre perte, comme si son comportement incontrôlable avait été contenu par sa femme jusque-là. Voilà pourquoi j'ai été envoyé ici par Washington. Les États-Unis se méfiant de plus en plus de ses partenaires obscurs, je suis venu examiner la situation et trouver un moyen de l'écarter du pouvoir.

— Merci de cette leçon d'histoire. C'est passionnant, mais quel lien avec ma propre histoire ? Quel rapport avec Meyer ?

— Attends ! J'y viens ! Ma première mission était de constituer une équipe de quatre agents, recrutés dans le civil, afin d'obtenir des informations sur Perón pour me rapprocher discrètement de lui. Je devais me renseigner sur ses déplacements, ses lieux de prédilection et son cercle d'intimes. J'ai invité ton père à me rejoindre en février 53, prétextant des vacances à Buenos Aires, en souvenir du bon vieux temps.

— Et il t'a rejoint comme ça, à l'autre bout du monde, sans se poser plus de questions ?! Bah voyons, j'en doute, vu sa phobie des voyages.

— Affirmatif. L'ambassade américaine s'est occupée de tout, depuis les billets jusqu'à ses frais sur place. Il n'avait qu'à s'installer dans l'avion, dormir quelques heures et me retrouver ici sous le soleil ! Pour le protéger, j'ai gardé ma mission secrète, jusqu'à la fin. J'ai pu ainsi profiter à son insu de tous ses contacts.

— Ses contacts ! Quels contacts ? Mon père a toujours eu un carnet d'adresses aussi pauvre que celui d'un nourrisson !

— Quel humour, Alexandre ! Mais dis-moi, tu n'as vraiment aucune idée de qui était ton père dans ces années-là ?

— Non, en effet. J'ai grandi dans un cadre familial des plus banals et ennuyeux. Alors oui, j'ai du mal à imaginer mon père à la fois en explorateur, aventurier et star locale !

— Il était incontournable dans les soirées huppées de Casa… tu ne m'as pas dit que Raquel t'en avait parlé ?

— Si, mais tu vois… ces informations sont encore en phase de digestion !

Tiens ! Raquel lui revient à l'esprit alors qu'il ne semblait pas s'en souvenir au début de notre conversation. Bizarre. Je n'ose le questionner sur elle au risque de le braquer. Patience… je le cuisinerai plus tard.

— Ton père était d'un naturel très sociable et chaleureux. Son sourire ravageur charmait des personnes de tous horizons. Il adorait faire découvrir « sa douce Casa », comme il aimait l'appeler, aux artistes, écrivains et touristes venus du bout du monde. Alors oui, j'avais besoin de lui, de ses relations et de sa personnalité charismatique pour me rapprocher de Borges, un des plus fervents opposants de Perón. Bon, tu me suis à présent ?

— Difficilement, mais j'essaie. Le faire voyager si loin juste pour son charisme ! Avoue ! Faut être un ami sacrément gonflé pour faire ça ! Je ne te cache pas que c'est encore très opaque pour moi. J'imagine que lui devait beaucoup t'aimer pour te rejoindre sur un coup de tête. Il te faisait confiance…

comment as-tu réussi à tout lui cacher ? Ne s'est-il jamais douté de rien ?

— Nous poursuivrons tout ça demain, veux-tu ?

— Je suis fatigué du voyage et j'aimerais à présent rentrer à mon hôtel. Demain midi : rendez-vous quartier de la Boca, au sud de la ville. Jusque-là, profite bien de la vie nocturne et trépidante de Buenos Aires.

Gary stoppe net la conversation et s'éclipse. Autoritaire, lunatique et imbu de sa personne, il demeure une véritable force de la nature ! Ainsi, que cela me plaise ou non, c'est lui qui mène la danse et à fortiori décidera chaque jour de l'avancée de mon enquête. À moi de m'adapter. Il me laisse donc seul, peut-être même assis à la table que mon père occupait, il y a un demi-siècle. Il l'a fait exprès, il calcule tout... J'ai l'impression de revivre leur histoire à quelques décennies de décalage.

Rentré à mon hôtel, rafraichi par une bonne douche et vêtu d'une tenue plus adéquate, je suis impatient de me fondre dans la Buenos Aires fêtarde. Histoire de m'encanailler un peu, je hèle un taxi direction une milonga, dans le quartier de « San Telmo ». Une Chevrolet jaune et noire s'immobilise devant moi.

— Holà que tal ? dis-je tout fier en tendant l'adresse au chauffeur qui avoisine les 70 ans.

Il démarre en trombe. Sur le tableau de bord sont branché un mini téléviseur diffusant une télé novella, un écran retransmettant le journal télévisé et lui tient dans sa main gauche un téléphone duquel il injure copieusement son interlocuteur ! Bienvenue à Buenos Aires !

La circulation est encore dense à cette heure avancée de la soirée. J'hésite entre rire et panique… je veux juste arriver sain et sauf.

Il raccroche. Lui dans un français tout aussi approximatif que mon espagnol, nous tombons d'accord sur notre amour commun pour Paris. Quel sacré personnage : il ponctue notre conversation de chansons d'Aznavour, de Brel et de Joe Dassin puis me dépose en fredonnant « la vie en rose » ! C'est étrange de sentir combien chaque moment me rappelle la France, comme si elle refusait de me quitter.

Devant la porte de « Nino Bien », que le concierge m'a vendu comme la milonga la plus réputée de Buenos Aires, je respire un bon coup avant d'entrer.

À première vue, un lieu froid et peu accueillant. Seul le magnifique parquet ciré lui rend son cachet d'antan. Les tenues décontractées ont remplacé les costumes 3 pièces et les robes légères et virevoltantes, laissant entrevoir de jolies jambes juchées sur des talons vertigineux. D'un siècle à l'autre, malgré l'évolution des modes, les codes restaient les mêmes.

Je m'installe au bar, face à l'estrade et aux musiciens. Une vue à 360 degrés sur la piste. Je commande un Fernet Branca, sympathise avec mes voisins, fiers de m'expliquer les règles de ce bal si particulier.

Borges disait du tango qu'il donnait aux Argentins la certitude d'être valeureux et de satisfaire aux exigences du courage et de l'honneur. Tout est dit. La tension est à son comble. 1 h 30 du matin, les couples se forment sans échanger le moindre mot. Sensualité, suavité, tout est dans le regard. Les femmes d'un côté, les hommes de l'autre. Une invitation à distance. La femme consent d'un hochement de tête et le couple se retrouve sur la piste. Dans le cas contraire, la discrétion du refus évite ainsi une quelconque gêne ou offense au partenaire. Tout un langage, sans qu'un seul son ne soit prononcé. Enchanté, je contemple ces couples de mariés, d'amants ou d'amoureux, le temps d'une danse. L'illusion est parfaite. Non loin de moi, un homme âgé dicte les pas, donne le rythme et mêle les sentiments. La femme le suit, avec une confiance absolue. Les figures s'enchainent sans fausses notes, lisses, fortes, charnelles, sensuelles à souhait. Ils y mettent tout leur cœur même si, une fois la danse terminée, chacun repart de son côté.

Une rencontre saisissante. Libre de toutes frontières, linguistiques ou sociales, ces milongas brassent tous les âges et tous les genres. Une plongée dans l'âme argentine pour conclure cette première journée.

11

Gary

Cette virée dans le quartier de San Telmo et ses douces sonorités de tango ont eu l'effet d'un puissant sédatif. Noyé dans un sommeil profond et réparateur, je garde encore en mémoire cette hypnotisante milonga. Quelle soirée !

Sur la terrasse, installé devant mon petit déjeuner, je repense à ma première rencontre avec Gary, nos échanges et nos longs silences, bien plus parlants. Je couche tout cela sur mon carnet et prépare quelques questions ciblées pour notre prochaine entrevue. J'ai bien compris que Monsieur le Colonel excelle dans l'art de la pirouette verbale. Je suis tout autant intrigué par son passé que par sa vie présente, mais je garde une certaine méfiance à son égard. Finalement, je ne connais rien de lui.

Notre rendez-vous est fixé à 13 h devant la fondation Proa.

Impatient de connaître la suite de son histoire, je décide de partir très en avance en direction de La Boca. Je m'aventure en bus, enfin en « colectivo ». C'est une expérience à ne surtout pas rater : il passe, certes, mais quand ?! Mieux vaut ne pas être pressé.

Il ne peut tout de même pas être plus pittoresque que les bus de ma jeunesse à Casablanca ! Après mes 10 km de marche et ma soirée dansante de la veille, je n'envisage pas d'autre option. À l'arrêt le plus proche, je me glisse dans la longue file d'attente. Une dizaine de minutes plus tard arrive un autocar noir plaqué du numéro 86 : Palermo-La Boca. 40 minutes de trajet me précise le panneau d'affichage. Monté dans l'arène, un jeunot tente de frauder juste devant moi. Il est aussitôt éjecté comme un malpropre par le chauffeur plutôt effrayant.

Quel bel accueil matinal !

40 minutes plus tard en effet, je déambule sur l'avenue Don Pedro de Mendoza, une avenue pavée au charme fou. Mon regard d'esthète est soudain attiré par une gigantesque sculpture érigée sur le parterre du musée d'art moderne. Impossible de décrire ce que je vois. Mais elle est là, face à moi, plantée telle une oasis surgissant de nulle part. En m'éloignant, je découvre, amusé, une œuvre constituée de bicyclettes. Oui ! des vélos par centaines, un amoncellement, parfaitement assemblés les uns aux autres. Sur une grande plaque en marbre fixée au sol est inscrit :

« Bicycles forever » du chinois Ai Wei Wei...

Je recule de quelques mètres pour contempler, apprécier surtout. Même à l'autre bout du monde, ma passion pour l'art est toujours en éveil. Que d'audace et de folie dans cette œuvre-là ! Les formes se distordent, se croisent, presque en mouvement. Je m'interroge sur le sens de son travail : le vélo n'est-il pas le moyen de locomotion emblématique de

Shanghai ? Je me demande si la quantité utilisée est symbolique ou non… Je me promets de revenir pour mieux comprendre.

Soudain, une main ferme me presse l'épaule et me fait redescendre de mes envolées psychologico-artistique. Gary me surprend, peut-être m'observe-t-il déjà depuis quelques minutes ?

— Bonjour, Alexandre, je savais que cette œuvre te plairait.

— Bonjour Gary. En effet c'est splendide. Tiens, j'imagine que tu vas me dire que mon père était ami avec le père de l'artiste ou quelque chose du genre ?

— Non, non, rassure-toi, je voulais juste te faire un petit clin d'œil et te montrer à quel point la culture et l'art sont omniprésents ici. Le nom de l'artiste m'échappe, mais il s'agit d'un artiste chinois réputé, connu pour ses travaux engagés politiquement. Un militant pour la liberté d'expression, bref, une foutaise comme une autre.

— Pourquoi foutaise ?! m'écriais-je.

— J'ai toujours eu du mal à mesurer l'impact politique dans le discours artistique. Tu le sais comme moi, dans les années 90, la dictature chinoise est parvenue, à coups de centaines de millions de dollars, à imposer au monde entier une dizaine de ses artistes. Tout cela dans l'unique but de s'acheter une légitimité… J'ai été dépêché peu de temps après l'Argentine à Pékin puis dans d'autres villes asiatiques et je garde de ce moment un sentiment humain mitigé.

— Tu m'avais caché ton intérêt pour ce milieu ! Dis-je tentant de susciter ses confidences.

— On en reparlera une autre fois. Allez, assez parlé, j'ai faim ! Je t'emmène déjeuner dans un petit restaurant que j'aime beaucoup et qui devrait te plaire aussi.

Encore sa fameuse pirouette. Je n'insiste pas. Il m'impressionne. Face à cette autorité suprême, je respecte à la lettre chacune de ses injonctions. Il balaye différents sujets pour finir sur des banalités, l'histoire du quartier, de la ville, bref, de quoi nous occuper le temps du trajet, jusqu'à cette rue où tavernes, restaurants et bars s'entremêlent de manière surprenante. Arrêtés nets par la foule, les gens parlent, rient, dansent entre les bars et égayent la rue d'une fougue envoûtante. Nous voilà pris dans un tourbillon de vie et les souvenirs de la veille remontent. Pour la première fois, j'accepte de lâcher-prise. Depuis mon arrivée, les autres quartiers me semblaient une pâle réplique de métropoles internationales, mais ici tout est différent. La Boca possède l'âme des villes latines telles que je les imaginais et qui déjà m'envoûte.

Nous prenons place à la terrasse d'une pizzeria aux murs bleus. Les drapeaux de chaque pays à l'entrée, le décor kitsch ainsi que la spécialité pas vraiment locale annoncent clairement le piège à touriste. Peu importe, je ne suis pas venu là pour manger.

Sitôt assis, Gary reprend son récit.

— Nous venions souvent ici avec ton père. Les restaurants ont beaucoup changé depuis, mais l'âme du quartier reste authentique. Qu'est-ce que l'on n'a pas fait dans ces rues ! Que de soirées mémorables, si tu savais !

— Vraiment ? Mais dis-moi Gary, reprenons plutôt notre conversation d'hier. Tu m'as laissé sur ma faim.

J'étais prêt à encaisser tout ce qu'il fallait. En revanche, hors de question que je le laisse encore une fois s'esquiver !

— Où en étions-nous déjà ? Je ne suis plus tout jeune ! Ma mémoire…

— Nous parlions des contacts de mon père, ses connexions et tes raisons de le faire venir ici. Tu te souviens ?

— Ah oui ! Je te disais donc qu'il connaissait beaucoup de monde à Casa. Et du beau monde crois-moi ! Il adorait la boxe, il se prenait pour un vrai caïd et s'était lié d'amitié avec le plus grand des boxeurs des années 40 : Marcel Cerdan, ça te dit quelque chose, n'est-ce pas ? En 1949, avant de partir pour les États-Unis honorer un de ses plus grands combats contre Jake La Motta, il a invité Meyerson à Paris. Des jours de pure folie ! C'est là qu'il a rencontré Atahualpa Yupanqui, l'auteur compositeur et interprète le plus connu d'Argentine. Un communiste, farouche opposant de Perón qui s'était exilé en France après quelques séjours dans les geôles de son pays en 1948. Il était très introduit dans les milieux parisiens, chantait avec Édith Piaf, ou passait son temps avec Aragon, Paul Eluard, ou encore Picasso ! Et bien sûr comme tu le devines aussi : avec ton père. Sur son invitation, Atahualpa viendra même passer des vacances à Casablanca avant de rentrer dans son pays en 1952. J'ai fait sa connaissance à ce moment-là. Tu comprends mieux maintenant pourquoi j'ai fait venir ton père. Il était un maillon indispensable pour constituer une de mes cellules.

Cerdan ? Je savais qu'il aimait la boxe, mais de là… Piaf ? Et toute cette élite parisienne ? Mon père aurait donc simplement passé quelques soirées mémorables en France avec les géants de ce monde ! Complètement insensé !

— Attends Gary ! Si je résume, tu m'expliques que mon père fréquentait les mythes de la boxe et de la chanson de cette époque ?!

— Affirmatif !

— Tu me dis ça avec un tel naturel ! Pour moi c'est absolument grotesque et irréel ! Je ne l'ai jamais entendu fredonner une seule chanson de Piaf ou même lire un livre et encore moins un poème ! Et puis ces « cellules », quelles cellules ? De quoi me parles-tu ?

— Patience Meyerson junior ! Tiens, ça te va bien ce nom-là ! Ça t'ennuie si je t'appelle ainsi ?

— Gardons Alexandre, je ne suis plus un gamin ! lui répondis-je énervé. Cette proximité soudaine avec ce père qui me semble si éloigné de moi est dérangeante. Dis-moi, comment a-t-il retrouvé cet Atahualpa à Buenos Aires ? J'imagine qu'en 1953 les moyens de communication n'étaient pas les mêmes qu'aujourd'hui ! Et quels rapports avec Borges et Perón ?

— Je te rappelle que j'étais en mission. Un soir, nous sommes venus tous les deux dans ce quartier pour dîner. Atahualpa était là avec ses amis peintres, écrivains et acteurs. Impossible de ne pas le remarquer. Il n'avait pas le physique d'un Don Juan, mais son timbre de voix si particulier interpellait. Tous les promeneurs qui croisaient sa route s'arrêtaient juste pour l'entendre chanter, réciter un poème ou une plaidoirie pour la défense des minorités en danger. Cet homme engagé œuvrait pour de nombreuses causes argentines. En croisant le regard de ton père, il a failli renverser la table devant lui. Quelles retrouvailles !

— Tu veux dire quoi en fait ? Donne-moi des détails.

— Ce serait trop long à te raconter, mais je garde le souvenir d'une soirée où les alcools des quatre coins du monde ont coulé à flots ! En revanche, la suite ne va te faire plaisir mon cher Alexandre.

— Vraiment et pour quelles raisons ? Tout était planifié, c'est ça ?

— Affirmatif. Je savais où notre parolier local se trouvait ce soir-là. Je devais provoquer les évènements. Monter une opération aussi délicate à savoir s'infiltrer dans la politique d'un pays hostile nécessitait de prendre toutes les précautions. C'est là qu'interviennent toutes mes cellules. La première, la C1 exploitait la voix culturelle. Ton père en était le maillon fort grâce à ses relations. La C2 était un rassemblement d'universitaires et de fils de paysans, mis à mal par la politique menée par Perón. Et la troisième, la C3, une cellule sportive constituée d'athlètes argentins exclus, soucieux d'évincer voire d'éliminer le président. Mon rôle était de jongler avec tous ces contacts et de choisir, le moment venu, la meilleure option pour mener à bien ma mission.

— C'est effrayant ! Jusqu'où pouvait aller ta mission ? Hein !

— Pas jusqu'à kidnapper ou tuer un individu, quel qui soit ?

— Lorsque tu acceptes d'être un agent de la CIA, tu obéis aux ordres. C'est le contrat. Cependant, au moment de la rencontre, nous n'avions pas de but précis. L'objectif premier était d'approcher Perón, de s'infiltrer, d'élaborer un plan, tout en m'assurant de la sécurité de mes troupes et en veillant à conserver notre couverture.

Je touche ma pizza du bout des doigts, elle est froide. De toute façon, je n'ai aucune envie de manger. Absorbé par ses paroles, je l'implore de continuer.

— Durant le mois de mars, nous nous sommes vus très régulièrement à Buenos Aires. Il se vantait de tous ses nouveaux contacts, de ses nouveaux amis rencontrés dans les clubs de tango ou les cercles de jeux. Le jour, il profitait des terrasses ensoleillées avec ses conquêtes, traversait le fleuve

Rio de la Plata en bateau pour se détendre dans les stations balnéaires uruguayennes. Parfois le week-end, il rejoignait Atahualpa dans la pampa pour partager, selon la tradition, d'énormes quartiers de bœuf grillés et s'enivrer de bières. Il pestait tout le temps contre mon emploi du temps trop chargé, mais moi je n'étais pas en vacances ! Tu l'as bien compris. Et là, ton père a fait une rencontre déterminante pour la suite. Un matin, il me dit :

— Gary, devine qui j'ai rencontré hier soir ?
Sans me laisser le temps de répondre.

— Jorge Luis Borges. Mon colonel, tu vois de qui je parle ?

— Oui, très bien, rétorquais-je faussement serein. Et comment s'est passée la rencontre ?

— Tu sais, tu as une drôle de façon de concevoir les vacances entre amis. Tu n'es jamais disponible et j'aurais vraiment aimé passer cette soirée avec toi ! Alta est passé me prendre à l'hôtel. Il voulait que je l'accompagne pour un récital privé chez un particulier. Quelle soirée exceptionnelle ! Le lieu, les invités, le buffet, tout était parfait. Devant un parterre trié sur le volet, ce fameux Borges, que je ne connaissais pas, je t'avoue, lisait un recueil d'un de ses derniers ouvrages : Aleph. Ça parlait de labyrinthes, d'espaces, d'infini, d'Égypte et de mort. Je n'ai pas compris grand-chose, mais, peu importe, entre deux lectures, mon plaisir était d'entendre Alta chanter et le regarder jouer de sa guitare. À la fin de la soirée, il m'a présenté Borges.

— Quelle veine dis donc, et qu'en as-tu pensé ?

— De prime abord : froid, prétentieux, voire imbu de lui-même. Il a commencé par me parler de Perón qui se vantait partout de l'avoir démis de ses fonctions de patron de la bibliothèque nationale pour le nommer inspecteur des lapins et des volailles ! J'ai hurlé de rire !

— Effectivement, il y avait de quoi ! Mais quoi d'autre ?

— Il n'a pas du tout apprécié ! Puis, au fur et à mesure de notre discussion, j'ai découvert une tout autre personne, sensible et cultivée. En rentrant, Alta m'a expliqué qui était cette figure de la vie argentine, son parcours de poète, d'écrivain, d'homme politique altruiste dans l'âme, aimant profondément l'humain, malgré sa cécité naissante.

Gary fait une pause pour se désaltérer. Le pauvre homme, je ne lui laisse aucun répit ! Je suis tellement avide de tout savoir, de tout élucider ! Je n'arrive pas encore à croire que ce monde-là, si lointain, avait été celui de mon propre père !

— Voilà, Alexandre, pourquoi je l'admirais tant. En trois semaines, il s'était approprié la vie et les rues de Buenos Aires. Connu et apprécié, c'était un vrai soulagement de le voir si heureux. Cela me déculpabilisait. As-tu toi aussi les mêmes facilités à établir des relations ?

— Non, pas vraiment. Je suis plutôt timide et réservé. Je ne cherche pas forcément le contact avec le monde extérieur. Je le regrette parfois, et puis je n'ai jamais connu l'homme dont tu me parles. Jusqu'à présent, je pensais être comme mon père, mais il faut croire que non.

— Dis-moi, que s'est-il passé ensuite ?

— La suite est évidente, il ne les quittait plus ! Il passait son temps entre le domicile de Borges, dans le quartier de Palermo et son restaurant préféré « La Biela » qui, lui, se situe près de…

— Du cimetière de Recoleta ! Je l'ai croisé là-bas hier, le coupé-je fièrement avec un grand sourire.

Je lui mime ma conversation de la veille pour détendre un peu l'atmosphère avant de reprendre mon inquisition.

— Gary, si je te suis, la finalité c'était « Perón », n'est-ce pas ? Alors pourquoi ne t'es-tu pas inséré dans la bande aux côtés de mon père ?

— Mes mots d'ordre étaient discrétion et prudence ! Je préférais observer de loin. Meyerson était comme un poisson dans l'eau avec eux. Chaque contact en amenait un autre, du pain béni pour la CIA qui ne s'attendait pas si vite à de tels résultats. Il était d'une efficacité redoutable. Quant à moi, pressé par Washington, j'activais mes autres agents. Tout se déroulait à la perfection… jusqu'au 20 mars.

— Punaise, quelle précision militaire ! Et pourquoi le 20 mars ?

— Je me souviens de la date exacte, tant cette histoire m'a marqué. Ce jour-là, un grain de sable est venu enrayer toute la mécanique. Le matin, ton père s'est présenté devant moi, le regard triste et apeuré.

— Que se passe-t-il Meyerson ? lui demandé-je.

— Je veux rentrer à Casa. Ma vie me manque, laisse-moi rentrer chez moi. Merci pour ces vacances.

Distant, ton père avait un ton paniqué. Je ne le reconnaissais pas.

— « Du calme mon ami. Explique-moi, veux-tu ? Attends, je te sers un petit whisky et on va parler. Qu'est-ce qui ne va pas ? Tu ne te plais plus ici ?

— Non, non, tu ne comprends pas, je ne veux rien boire, je veux juste me tirer d'ici et rentrer chez moi !

— Je ne demande qu'à comprendre Meyer ! Seulement, explique-moi !

— D'accord, mais avant tout promets-moi de t'occuper de mon départ au plus vite. »

Ton père s'est mis à me décrire sa soirée de la veille. Ses mots résonnent encore en moi Alexandre, un à un. Le 19 au soir, il avait reçu la visite de ses deux acolytes à son hôtel. Borges était venu en personne le convier à une soirée organisée sur un yacht à la marina de Puerto Madero. Il l'avait un peu briefé sur l'aspect particulier de l'évènement.

L'enjeu était de dénoncer auprès de ton père et de ses amis étrangers, les dérives d'une partie du peuple argentin et de la politique péroniste. Il avait réuni un petit groupe, tous de nationalités différentes et espérait ainsi que chacun d'entre eux deviendrait ses portes-paroles à l'international.

Les invités officiels, eux, outrageusement apprêtés pour l'occasion, étaient arrivés en voiture de luxe, ne se souciant nullement de l'indécence de cette opulence vis-à-vis de la population. Avant d'emprunter la passerelle d'accès, un vigile déjà informé s'adressa à eux :

— Bonsoir, monsieur Borges, l'association est ravie de vous compter parmi nous ce soir, profitez donc, vous et vos amis de cette belle soirée.

— Ne vous méprenez surtout pas sur les raisons de notre présence ici ce soir, lui répondit-il alors sèchement.

Cet échange, froid et impromptu, a beaucoup surpris ton père. Rejoignant le pont du bateau, une coupe de champagne à la main et un petit four dans l'autre, il surprit quelques invités se saluant, le bras et la main droite tendue. Le choc ! Des nazis, là par dizaines. Fiers et décomplexés de prôner leurs idéaux antisémites. Qu'ils fussent actifs ou sympathisants, peu importe, Meyer se retrouvait jeté dans la gueule du loup.

Il a bien tenté de trouver du réconfort dans le regard d'Alta, mais comme tout leur petit groupe effaré, il était sous le choc de cette effroyable surprise, incapable d'une quelconque réaction. Pour noyer son désarroi et chasser de son esprit la scène terrifiante dont il venait d'être le témoin, Meyerson se réfugia dans l'observation minutieuse de la décoration. Le yacht mesurait une trentaine de mètres. L'intérieur, d'une grande élégance, resplendissait. Les coursives en bois précieux encadraient des tables en cristal de Baccarat et d'exubérants sièges en alligator. Isolé, tel l'étranger une fois de plus, c'est au moment de partir qu'un homme s'approcha de lui.

— Enchanté monsieur, je suis Helmut Schneider.

Surpris que cet homme veuille converser, il répliqua gentiment.

— Enchanté, Meyer Jakob.
— Je viens d'apprendre que vous êtes en vacances et que vous êtes marocain.
— Effectivement, vous êtes bien renseigné.
— Quel beau pays que le Maroc, j'y suis allé souvent, c'est un endroit que j'apprécie particulièrement.
— Je suis originaire de Casablanca, de loin la plus belle ville du pays ! Et vous d'où venez-vous ?
— Dites-moi, Jakob, est-ce juif ou musulman ?

Ton père heurté par la question demeura impassible. Ainsi, fidèle à lui-même et occultant sa peur, il lui expédiait, telle une roquette, une réponse des plus percutantes.

— Dites-moi, cher monsieur, Schneider est-ce allemand ou nazi ?

Meyer se rendit compte en prononçant ses mots qu'il venait de commettre l'irréparable. Les conversations voisines stoppèrent net, les regards se tournèrent vers lui, pendus aux lèvres de ce Schneider. L'atmosphère était lourde, visqueuse, et l'altercation latente. Mais rien ne se passa. Heureusement d'ailleurs. L'allemand fixa durement ton père et enchaina d'une voix grave et méprisante :

— Sachez cher Jakob que si j'avais été nazi, vous auriez été balancé par-dessus bord sitôt la passerelle franchie. Je ne vais pas m'étendre, mais j'avoue parfois regretter amèrement que mes ainés, tant en Europe qu'au Maroc, n'aient pu achever le travail entrepris. Malheureusement, nous ne pouvons refaire l'histoire.

Le malaise dans l'assemblée fut alors palpable. Ton père, conscient du danger, avait entrainé le groupe d'Alta avec lui. Par chance, la salle se mit soudainement à acclamer le président Perón qui faisait son entrée. Ils quittèrent les lieux précipitamment et il demanda à Alta de l'héberger pour la nuit. Il n'avait pas osé repasser à son hôtel et était venu directement chez moi ce matin-là. Il avait eu très peur et craignait désormais pour sa vie. J'étais aussi secoué que lui, mais j'avais ma mission à accomplir, je ne pouvais me laisser attendrir. Cet évènement avait précipité son désir de partir, lui qui souhaitait retrouver sa « belle Casa », sa famille et ses amis, depuis quelque temps.

Je ne savais que dire et lui, insistait lourdement :

— « Gary, mon ami, je suis juif et ils pullulent ici ces putains de… bref, c'est un vrai nid à nazis. C'en est trop pour moi, je veux quitter l'Argentine.

— Meyer, je comprends, mais tu dois m'aider.

— Comment ça t'aider ?

— J'ai besoin de rencontrer Borges. Mon gouvernement voudrait intervenir pour que tout cela cesse. Nous sommes informés de ces soirées et, pour le bien du monde, nous devons éloigner Perón du pouvoir. Il est devenu trop dangereux »

Tu sais Alexandre, je lui ai parlé avec ferveur. La guerre m'avait aussi beaucoup marqué et je devais être franc et direct. J'ai réussi à le convaincre de rester encore quelques jours, puisque de toute façon rien ne l'attendait chez lui. J'ai insisté : je ne voulais pas qu'il parte. Indépendamment de ma mission, il était mon ami.

Muet, j'écoute le colonel, à la fois écœuré, stupéfait, chamboulé… Je ne sais plus. J'engloutis un morceau de pizza froide, comme pour me donner un semblant de force, avant de l'arrêter net.

— Mais tu te rends compte de ce que tu me dis là, Gary ? Tu as sciemment mis mon père en danger ce soir-là face à ces pourritures ? Putain, mais qui es-tu pour t'être permis un tel abus de confiance ? Tu te disais son ami, son frère ! Quelle sorte d'ami es-tu ? Personne n'ose une telle chose et encore moins pour un complot politique dont tout le monde se fout !

— Je comprends ta colère, mais je ne gérais pas ses soirées et je ne pouvais pas soupçonner qu'il atterrirait dans cette fosse aux lions !

— Non, tu ne comprends rien du tout !

Je bondis hors de table. C'en est trop pour moi. Il y a encore trois jours, j'étais à Paris avec ma famille, mes amis, mon poker, mon vernissage à la tour Eiffel et là, je me retrouve projeté dans un passé sordide, que je vis par procuration. Un passé qui me terrifie et me dégoûte à la fois.

Cette fois, c'est moi qui mets fin à notre conversation, épuisé. Des heures durant Gary m'a confié son secret, sans filtre. Je devine qu'il est lui-même ébranlé sous sa carapace et que cette histoire le peine toujours autant. Cela lui rend un semblant d'humanité. Il se lève à son tour, me conseille de me perdre dans La Boca, à ses yeux le plus merveilleux quartier de Buenos Aires. Je le regarde s'en aller sans un mot.

Décidé à rentrer à pied, je suis ses recommandations. Mon guide à la main, je trace mon itinéraire : La Boca — San Telmo — Monserrat — Recoleta puis Palermo. Je remonte la calle Magallanes, m'attarde sur le street art qui me redonne un second souffle. Les maisons en bois colorées et les trompe-l'œil, uniques en leur genre par leurs tailles, leurs couleurs chatoyantes et les personnages burlesques, habillent le quartier. Une heure plus tard, j'arrive à San Telmo, le quartier colonial envahi par de mirifiques ateliers d'artistes, puis m'égare volontairement dans un vaste hangar empli de livres d'occasion, de vieux jouets et d'artisanat local.

Je traverse enfin le quartier de Monserrat, haut en couleur et tellement apaisant. J'explore, je me dépayse, j'assimile, pour mieux me retrouver ensuite.

À 19 heures, après deux bonnes heures de marche, je pousse enfin la porte vitrée de mon hôtel.

12

La genèse,

« La rue qui ne dort jamais » : tel est le lieu de notre nouveau rendez-vous. Les jours passent et m'éloignent imperceptiblement de mon quotidien parisien. La distance géographique amplifie ce sentiment, mais ce qui est certain c'est que je me sens bien. Loin. Néanmoins, tourmenté par un sentiment de culpabilité — celui de ne pas culpabiliser — j'envoie sporadiquement aux miens quelques photos et autres selfies amusants.

Y aurait-il deux personnes en moi ?

Depuis mon arrivée, mon double s'est réveillé. Je me redécouvre chaque jour, à mesure que j'avance ! Comment aurais-je pu deviner qu'à 50 ans passés, je vivrais une seconde jeunesse...

Les révélations de Gary me procurent un bien-être jusqu'alors insoupçonné. Presque en paix avec moi-même et avec mon père, j'apprends à le connaître, progressivement.

Insatiable, j'attends les entretiens avec le colonel tels des rendez-vous galants, trépignant d'impatience, de curiosité et d'excitation.

Ce matin donc, ticket en poche, je m'engouffre dans le métro, ligne B, pour descendre à la station 9 De Julio, au pied du célèbre obélisque, à l'intersection des deux plus grandes artères de Buenos Aires : l'avenue Diagonale Norte et l'avenue Corrientes. Forte de ses 140 mètres de large et de ses huit kilomètres six cents de long, cette dernière fut un haut lieu de la révolution argentine et le théâtre de moult manifestations. Son surnom était « le petit Broadway sud — américain » dans les années 50 ou « la rue qui ne dort jamais ». C'est drôle, chaque métropole a son quartier « qui ne dort jamais ».

Qu'importe. Je suis ici, dans cette rue ornée de spectres mêlés aux vivants, et j'aime ça.

Gary, toujours ponctuel, est posté devant le Teatro Gran Rex. M'observe-t-il encore, comme l'autre fois ? Je sens bien que je ne suis pas le seul dans l'histoire à observer et investiguer. Mais je préfère ne pas trop me poser de question, cela ne ferait que ralentir mon enquête. J'appréhende de le retrouver après notre dernier échange assez houleux. J'ai si peur de le froisser et de le contrarier alors je vais m'efforcer d'être plus diplomate à l'avenir.

Le colonel s'affiche tout aussi souriant et chaleureux qu'à son habitude. Je le trouve même de meilleure humeur, mieux apprêté, presque séduisant avec son jean, sa chemise blanche en lin impeccablement repassée et son panama.

— Comment vas-tu ? J'apprécie ta ponctualité ! Aujourd'hui, je vais te faire découvrir un lieu hautement symbolique.

À l'époque, ce café-bar restaurant abritait, dans la plus grande discrétion, les réunions entre syndicalistes et anti Perón. Chaque soir, ils refaisaient le monde, prêts à combattre pour défendre leurs idéaux.

— Je te suis, mais je voulais te dire, tu sais, pour avant-hier…

— Eh bien quoi avant-hier ? C'était sympa, non ? Allons-y, profitons de cette belle journée ensoleillée.

Probablement amnésique, il ne fait pas cas de notre altercation. Quant à moi, discipliné comme toujours, je le suis d'un pas quasi militaire dans une petite rue adjacente qui me semble familière… une rue, unique en son genre, où se côtoie une quarantaine de pizzerias des quatre coins de l'Italie !

— As-tu déjà entendu parler du Grand Rex ?

— Non, jamais.

— À l'époque, toutes les stars internationales se produisaient dans ce théâtre. Les notables et autres influents politiques s'y précipitaient, aux premières loges. Un nombre incalculable de Cadillac et de Rolls étaient garées sur l'avenue. Les plus modestes venaient en bus, saturés à toute heure, et revêtaient leurs plus belles tenues pour déambuler ici. Les classes sociales étaient abolies le temps d'une soirée. Paraitre était essentiel.

— Tout comme aujourd'hui, lui dis-je avec un sourire sarcastique. Tiens, d'ailleurs, je vous imagine bien, mon père et toi au volant d'une Cadillac Fleetwood rouge décapotable, fournie par la CIA pour mieux vous fondre dans la foule.

— Ah ah ah, je reconnais bien là ton humour ! Tu as visé juste, c'était une magnifique voiture. Mais non, la CIA, malheureusement, ne fournissait pas ce genre de caisse. Pas à Buenos Aires en tout cas.

Nous marchons alors en direction de la Calle Esmeralda. Gary s'arrête à l'entrée d'une devanture plus discrète que les autres. Quelques tables en formica disposées de part et d'autre dessinent la terrasse d'un modeste restaurant. Nous nous dirigeons instinctivement au fond, comme de vieux habitués. Le zinc est d'époque et je m'imagine entrer dans un café au fin fond de la Creuse tant la ressemblance est frappante avec les cafés de nos villages de France. Seule la musique me ramène à la réalité argentine, ce qui donne un ton assez burlesque à la situation.

Quelques porteños debout au bar nous ignorent, le visage inexpressif. Tout est resté dans son jus.

— Tu vois, les affiches au mur sont encore d'époque. 65 ans plus tard, tu peux encore lire les tracts syndicalistes. C'est fou non ?

— Oui, je vois ça… Mais dis-moi, pourquoi être venu ici ?

— Tu te souviens, je t'avais raconté que j'avais organisé trois cellules pour approcher Perón. Ébranlée par l'épisode du yacht, celle de la culture portée par ton père avait été écartée. C'est donc dans ce lieu anodin et discret que j'avais dû activer et rassembler la cellule 2, composée de jeunes rebelles universitaires et fils d'entrepreneurs eux aussi écœurés pas la politique menée.

— Et Meyerson faisait quoi pendant ce temps-là ?

— Je le retrouvais le soir. J'avais décidé de ne lui réserver que du bon temps. D'ailleurs nous avions nos habitudes dans un des clubs réputés assez chaud de l'avenue Corrientes, plein de jolies filles… tu sais, ce genre de filles volages et dociles.

— Oui, je vois, des putes quoi !

— Bon, que veux-tu ! Nous étions jeunes et beaux, avec des besoins comme tout le monde et ce pays avait le don de stimuler tous nos sens. Alors je ne vais pas te faire un dessin !

Cette révélation collait parfaitement avec le personnage de mon père que je découvrais : adepte des jeux, des soirées, des filles, du sexe... plus rien ne m'étonnait. Je trouvais cela plutôt sain qu'il ait connu une vie trépidante avant de se ranger.

— Donc, entre deux parties de jambes en l'air, ce café te servait de QG ?

— Exactement. Perón devait être éloigné du pouvoir coûte que coûte.

— Et comment pensais-tu y arriver ? Tu avais un plan ?

— Mieux. Un attentat.

Son ton ferme et sérieux me fait comprendre qu'il ne blague pas. Telle une gifle, ce mot me fait perdre mon calme.

— Un A-T-T-E-N-T-A-T, Gary ? Tu as embarqué mon père dans tes combines... criminelles ?

— Les ordres étaient stricts, la situation urgente, le temps pressait et nous n'avions pas d'autre choix que d'agir vite et efficacement.

Même la jeune et jolie serveuse aux longs cheveux bruns, au teint hâlé et à la silhouette élancée ne parvient pas à me détourner de ma stupéfaction. Elle pose les bouteilles d'eau gazeuse sur la table. Je fixe Gary, pressé de connaître la suite de l'histoire... ou le début.

— Ne me regarde pas avec ces yeux de merlans fris enfin, quel âge as-tu ? Laisse-moi te raconter, tu vas comprendre.

— Souviens-toi que nous sommes en 1953, c'était une autre époque, un autre monde !

— Bon, j'avais parmi les jeunes de la cellule 2, les frères Lanusse, étudiants en chimie, Alberto et Ernesto. J'avais fait courir le bruit que je soutenais la création d'un parti politique pour contrer et destituer Perón. Je n'avais eu aucune difficulté à les convaincre d'adhérer à ma cause. Ils étaient prêts à tout après que leur famille ait été ruinée par sa politique.

— Ils savaient dès le départ que tu préparais un attentat ?

— Non, mais l'idée avait émergé lors d'un rassemblement où nous élaborions une stratégie de renversement du pouvoir. Je ne cherchais pas à me débiner, mais c'était comme une évidence : nous devions employer les grands moyens !

— Admettons. Et les autres ?

— Roque Carranza, universitaire en sciences politiques et son ami Carlos Dogliotti complétaient ma cellule. Pour ne pas éveiller les soupçons et brouiller les pistes, nous avions différents lieux de rencontre, notamment le Jockey Club de Buenos Aires, fondé par l'élite du pays en 1882. Une bâtisse magnifiée qui abritait des toiles de maître, Monet, Goya, et où se déroulaient les plus belles parties de polo de la capitale. Cette maison, incendiée la nuit qui suivit l'attentat, a brûlé avec toutes ses toiles. D'ailleurs, c'est peut-être à ce moment-là que mon intérêt pour l'art est né...

Tant mieux s'il a des prises de conscience sur son passé, mais je n'ai pas l'intention de m'attarder sur ses parenthèses intimes. Pressé, je ne pense qu'à une chose : la suite !

— Des toiles de maître ? À qui appartenaient-elles ? Et pourquoi brûler cette bâtisse ?

— Pourquoi ? En raison « d'irrationnelles passions politiques ». Pour les œuvres, je n'ai jamais su qui en étaient les propriétaires, mais arrête de m'interrompre, je vais perdre le fil à force de digresser sans cesse !

— Une dernière question alors : l'incendie c'était toi et ta cellule ?

— Négatif ! Je viens de te dire que le Jockey club était notre fief et celui de tous les hommes politiques, partisans comme opposants du régime. Bon, je peux continuer ?

— Affirmatif colonel, lui balançais-je avec légèreté.

Surpris, Gary me regarde du coin de l'œil et sourit au son de ma réplique.

— Grâce à nos réunions quasi quotidiennes, je savais que Perón prononcerait un discours sur la place de Mai, devant la Casa Rosada, le 15 avril 1953. Comme de coutume, il avait prévu un rassemblement de travailleurs syndicalisés totalement voués à sa cause et accourant de toutes les provinces du pays. Il me suffisait de m'appuyer sur la bipolarisation de la vie politique et sur la montée de la violence pour faire en sorte que la CIA ne soit jamais inquiétée. Je n'avais plus que quinze jours pour agir.

— Et évidemment mon père ne se doutait toujours de rien ?

— De rien. Depuis la soirée du yacht, il passait ses journées sur une chaise longue autour de la piscine de son hôtel. Nous sortions pour dîner et nous amuser, voir un opéra, écouter des concerts au teatro Gran Rex, car nous n'avions pas que des soirées « caliente » ! dit-il avec un sourire malicieux.

— Sors-tu parfois à l'opéra ?

— Oui, j'apprécie la musique classique. C'est un art à part que j'aborde avec simplicité. Je me familiarise avec l'histoire, me laisse emporter et envelopper par les notes et les envolées des voix. Comme la plupart des mélomanes sans doute, Carmen est l'un de ceux qui me transcendent le plus. 150 ans et pas une ride. C'est fou. Cette femme libre, déterminée qui traverse sa vie à toute allure. J'aime ce genre de femme, forte et fascinante, celles que tu crois posséder, que tu touches du bout des doigts fébrilement et qui, avec intelligence et sans que tu ne t'en rendes compte, te révèle en tant qu'homme.

Mon esprit incontrôlé, s'envole un court instant vers Gwendoline. Tout en elle avait réveillé mes sens, laissant à notre rencontre un doux parfum d'excellence. Mais très vite, la voix de Gary me ramène à la réalité.

— Les femmes et leur pouvoir aussi puissant que controversé, Alexandre. Mais je suis de ton avis, c'est en effet un des plus beaux opéras.

— Dans un style différent, je me délecte aussi avec Aïda de Verdi. L'intrigue est plus intemporelle, mais l'exaltation des notes plus graves rend la musique si spectaculaire et si jouissive.

— C'est drôle, ton père avait une tendresse infinie pour Carmen. Est-ce lui qui t'a transmis cette passion ?

— Mon père, l'opéra ? Il n'a assisté à aucun de mes tournois de foot, il clamait qu'il préférait regarder de « vrais matchs » à la télé. Alors, m'initier à l'opéra ! Malheureusement, non.

J'aurais aimé lui répondre « oui ». Nous avions donc un autre point commun, une autre passion partagée. Ça me fait du bien et me rend pourtant nostalgique. Je revois cette pièce mystérieuse, toujours fermée à triples tours. Était-ce là qu'il vivait ses passions cachées ?

Les heures défilent, je commence à avoir faim. Le choix semble assez rudimentaire. Je souris en demandant à Gary s'il s'agit de me punir ou de me faire goûter au repas syndicaliste de l'époque ! Je me promets de l'inviter à dîner chez Tanta, le restaurant de mon ami Gaston Acurio, un grand chef réputé. En fin gastronome, le colonel ne refusera pas mon invitation. C'est décidé, je lui ferai la surprise.

— Dis-moi Alexandre, tu rêvasses ? Veux-tu que l'on fasse une pause ?

— Non, non ! Je ne rêvasse pas, bien au contraire, je t'écoute avidement !

Toute son histoire me transporte et l'espace d'un instant, je m'imagine dans l'une des scènes qu'il me décrit. Agent secret, plusieurs passeports en poche, je dévale les rues de Buenos Aires, sautant d'un toit à l'autre. Cette vie m'aurait plu, j'en suis certain.

— Ton père ne sera plus impliqué dans les évènements qui suivront, mais les rebondissements vont évidemment l'affecter. Cela se précisait. Les ordres étaient clairs : fabriquer deux bombes artisanales. Les frères Lanusse s'occupaient des mélanges chimiques et nous avions prévu de glisser des clous et des vis à l'intérieur. Tu imagines bien que nous n'étions pas habitués à ce genre d'explosifs ! On était loin des bombes au TNT, alors il fallait s'adapter. Tu piges ?

— Oui, oui, je « pige ». Mais vous n'étiez peut-être pas obligés d'y intégrer des clous et des vis ? C'était tout de même d'une grande violence, non ?

— Tu as raison, mais l'Amérique Latine de l'époque recelait des dictatures aux méthodes bien plus barbares que les nôtres.

Je devais éviter aussi d'utiliser des procédés qui auraient permis aux enquêteurs de soupçonner la CIA. La cellule universitaire ne faisait preuve d'aucun amateurisme et avait mis au point une solution chimique très puissante.

— Les substances venaient d'où ?

— C'est le capitaine Eduardo Thölke qui avait fourni tous les explosifs. Nous avions aménagé un labo dans la chambre d'étudiant de Carranza. Le lieu, l'acheminement, l'horaire, tout était parfaitement ficelé. Je pouvais à nouveau passer mes journées avec ton père, comme si de rien n'était. Nous multiplions nos escapes culino-sexo-culturelles, ce qui lui faisait un bien fou ! Son envie de rentrer à Casablanca s'était estompée, et il retrouvait enfin son sourire et sa joie de vivre légendaire. J'étais soulagé.

— Les deux jours précédant l'attentat ont, comme tu t'imagines, été très intenses, et nous étions tous sur nos gardes.

— J-2 : Tout était prêt. Chacun connaissait son rôle. Un minimum de contact entre nous. Ton père et moi avons passé une de nos soirées habituelles. Une bouteille de Rhum dominicain Matusalem et un cohiba m'avaient permis de ne rien laisser transparaître de mon stress. De toute façon, il n'était pas du genre intrusif, à poser des questions malvenues ou embarrassantes.

— Ah oui ? Tiens donc…

— J-1 : À l'aube, les frères Lanusse m'avaient présenté le poseur de bombes. Voilà la plus grosse erreur de ma carrière, Alexandre ! L'erreur d'un bleu ! Faire confiance à un inconnu… Chaque fois que j'y pense, j'ai cette amertume qui me prend à la gorge. Notre dernière journée avait été du farniente sur une plage, à quelques kilomètres de Buenos Aires, sous un chaud soleil d'automne. Dernière journée de répit. Tu imagines mon angoisse et mon excitation. Je refusais de penser au lendemain. De retour en ville, je me garais devant le café Tortoni.

— Plage, cigare et alcool avant de flinguer un mec !

— Pardon, c'est plus fort que moi, tu peux reprendre…

Avec son tact bien rodé de colonel, il fait mine de ne pas avoir entendu.

— Le matin du 15, j'étais obsédé par le timing de la journée. Le discours était prévu autour de 19 h. Je m'affairais à penser à autre chose, soignais mon look et endossais mon rôle. Tu sais, les missions difficiles j'en avais réussi quelques-unes et, sans me vanter, je les maîtrisais à la perfection. Mais là, tout était différent.

— Qu'y avait-il de si différent ?

— Je vivais certes mes premières années au sein de la CIA, mais je n'avais jamais été aussi tendu que ce jour-là. Le fait d'y impliquer ton père et d'autres civils devait probablement y être pour quelque chose. J'étais à deux doigts de tout lui avouer. Je culpabilisais de l'avoir dupé à deux reprises. D'abord en le faisant venir, puis en le forçant à rester alors qu'il était déjà complètement paniqué. Mais je n'en ai rien fait. En militaire de carrière, je contrôlais mes émotions, balayant tout sentiment de honte ou de culpabilité.

— Je suis rassuré de te l'entendre dire ! Je te sens sincère.

— Je le suis fiston.

H-2 : l'organisation était millimétrée et chronométrée. Les bombes, placées en haut de l'avenue Corrientes, étaient programmées pour exploser au moment du passage de Perón. Dix minutes avant son arrivée, je recevais le signal que tout était prêt. Ces dernières minutes furent probablement les plus longues de mon existence. Ton père ignorait tout de ce qui se tramait et moi, j'avais silencieusement débuté le compte à rebours sans rien montrer de l'angoisse qui m'étreignait.

13

L'explosion

Au balcon, voilà cinq minutes que Perón a commencé son discours. Il s'apprête à expliquer à la foule pourquoi il lui est impossible de décréter la liberté des prix.

Ces images sont intactes dans ma mémoire. Ce devait être l'une des soirées les plus chaudes de l'année, l'atmosphère était joyeuse et bon enfant, les écoliers chantaient à la gloire du président et la manifestation battait son plein.

Puis soudain, deux explosions.

Une envolée de pigeons s'échappe de la place. À cet instant, j'imagine que des pétards font partie de la mise en scène, mais non. Je ne vois plus rien, je suis pris dans un brouillard de fumée qui m'étourdit. La scène est terrifiante, le chaos.

Panique, cris, pleurs, tout s'enchaine comme dans un film. Les gens tentent de s'échapper, se bousculent, se marchent dessus… l'escalade de l'horreur commence alors. Le silence assourdissant qui a envahi la place est remplacé très vite par les slogans « la vida por Perón, la vida por Perón » qui jaillissent de la foule en furie. Désespéré, je tente de reprendre mes esprits et t'appelle, comme un enfant apeuré appellerait sa mère. Je ne discerne plus rien autour de moi. Qu'était-il donc arrivé ? Cette explosion me transporte dans une autre dimension, mais c'est ton absence qui me terrorise le plus. Et si mon meilleur ami se trouvait à terre parmi les blessés et se faisait marcher dessus ? Non, pas toi, pas si jeune, pas comme ça.

Puis soudain, en réponse à mes cris, une main salvatrice agrippe mon bras. Je me retourne, c'est toi. Je comprends d'instinct qu'il nous faut courir vite et nous échapper à toute allure.

Gary fait une pause, tandis que je le fixe. Je remarque que ses yeux brillent. Sa voix, sa lecture posée ainsi que la terrasse ombragée du célèbre Palacio Duhau marquent ce moment d'une grâce incroyable. Nous nous sommes installés pour l'après-midi dans le quartier de Recoleta, au milieu des jardins du palace le plus réputé d'Argentine.

— Alexandre, ce morceau de papier est le seul souvenir qu'il me reste de ton père. Je l'ai toujours conservé précieusement. Il l'a écrit quelques heures après l'attentat, dans notre planque de fortune.

J'observe de loin cette feuille jaunie par le temps, son encre effacée et son aspect tout chiffonné, mais ne relève pas. En temps normal, je me serais attardé plus longuement sur cette lettre, mais là, des questions fusent à une vitesse incontrôlable.

— Que s'est-il réellement passé ?

— Tu as saisi que l'attentat avait lamentablement échoué, les bombes avaient été déposées au mauvais endroit. En voyant

Perón arriver au balcon, il était déjà trop tard. Un échec total. Je devais réagir vite et extirper ton père de ce merdier. La foule nous bloquait tout passage. Le début de notre descente aux enfers. Un cauchemar, Alexandre, un cauchemar.

— L'embrasement fut instantané. Une grande panique générale avait envahi la capitale. Heureusement, la CIA avait tout prévu pour notre protection en cas d'échec. Une fois sortis, par chance indemnes de ce bourbier, nous avons rejoint un lieu sûr afin d'organiser une cellule de crise. J'avais alors une certitude : il y avait une taupe parmi mes équipes. Redoublant de prudence, j'ai dispatché chaque membre dans divers lieux tenus secrets. Ton père et moi nous nous sommes terrés dans la cave d'un immeuble proche de l'ambassade de France. Planqués avec très peu de nourriture, nous étions coupés de tout contact extérieur, en attendant que la situation s'apaise.

Happé par son récit, je reste muet, m'efforçant d'imaginer mon père embringué dans cette affaire.

Il me déroule le scénario du film, leur Histoire avec un grand H. Avais-je bien fait de chercher ce Gary pour en apprendre plus sur lui ? Je ne pouvais rien changer à leur destin, juste essayer d'en comprendre les soubresauts.

— Dans quel état était mon père ? Que savait-il ? Te disait-il quelque chose ?

— Il me harcelait de questions. Que faisions-nous là ? Pourquoi avoir fui pour nous cacher dans cet endroit sordide ? Il n'avait pas tort en effet. Je me suis senti obligé de tout lui avouer.

— Et ?

— Et, je lui ai tout raconté, que veux-tu d'autre ! Les raisons de ma venue à Buenos Aires et de la sienne, les plans de la CIA, les cellules, l'attentat, bref tout. Sa réaction ne s'est pas fait attendre ! Je m'en souviens encore comme si c'était hier.

— « Meyerson, il faut que je te dise la vérité.

— Écoute Gary, je ne comprends rien, mais je sens bien que tu me caches des choses. Tes sautes d'humeur, tes angoisses faussement réprimées, tes appels mystérieux, tes disparitions régulières... j'ai du mal à te reconnaitre depuis quelque temps. Cette situation absurde est incompréhensible ! Mais là, on a atteint le comble de l'aberration : nous sommes planqués comme des rats dans une cave dégueulasse, juste après une explosion au beau milieu de la capitale comme si nous étions des criminels recherchés ou à abattre. »

Ton père sentait les choses. Lui mentir fut pour moi le plus pénible durant toute l'opération.

— « Je suis en mission ici, Meyer et tu es là parce que j'avais besoin de toi.

— En mission ? Quelle mission ? Et pourquoi diable avoir besoin de moi ?

— Oui, j'avais besoin de ton aide pour approcher Perón.

— Comment ça ? Approcher Perón, c'est-à-dire ? Je ne le connais même pas !

— Non, mais grâce à ton amitié avec Altahualpa, ta sociabilité et ta facilité à créer des liens, je me doutais que tu me serais utile. D'ailleurs ce fut le cas, et crois-moi que je regrette aujourd'hui de ne pas t'avoir tout expliqué dès le début. »

Tu sais fiston, le ton est monté très vite entre nous. Nous étions deux sanguins, mais il avait toutes les raisons de vouloir m'étriper !

— « Tu t'es servi de moi à la fois comme appât et comme complice ? Tu m'as menti tout ce temps en abusant de ma confiance et en te jouant de notre amitié ? C'est immonde !

— Et que voulais-tu faire de ce Perón ? Le kidnapper ? L'assassiner ? Réponds-moi, bordel !

— Oui, l'attentat c'était bien nous. La CIA souhaitait l'écarter du pouvoir et c'était la seule solution. Ce que tu as vécu sur le yacht n'est rien en comparaison de ce qu'il fait subir à son peuple. C'est un dictateur, un tyran ! Mais rassure-toi, si c'est ça qui te tourmente, il n'est pas mort !

— Espèce de merde, tu as failli me faire tuer. Le pire dans cette histoire est que, si tu me l'avais demandé, je t'aurais sûrement aidé. Tu n'avais pas besoin de me mentir lâchement ! Tu as tout brisé entre nous. »

Gêné et ému, Gary fait une pause.

— J'étais littéralement abattu, comme si je recevais le contrecoup de l'attentat en pleine figure. J'ai découvert une facette de ton père que je ne connaissais pas : violente, mais aussi juste. J'ai d'ailleurs goûté à l'un de ses fameux uppercuts, celui que tout le monde craignait et qui m'a envoyé valser jusqu'à l'autre bout de la cave.

— Et il t'a mis KO j'espère, lui dis-je sur un ton à demi humoristique.

Je ressentais de la fierté pour mon père, pour sa force, son courage et sa droiture. Comme si je le connaissais finalement.

— Nous nous sommes battus tel Cerdan et La Motta, avant de nous retrouver à terre, visages tuméfiés. C'était plutôt violent je t'avoue. Et puis soudain, nous avons été pris d'un fou rire irrépressible, mettant un terme à cette tauromachie. La peur et la colère avaient été évincées d'un coup.

Un seul regard avait suffi pour nous calmer, le mien était celui de la désolation, le sien de l'incompréhension.

Pourquoi rien ne s'était passé comme prévu ? Pourquoi mentir ? Pourquoi lui, pourquoi moi ? L'après-guerre nous avait plongés dans des rôles qui n'étaient pas les nôtres et qui nous poussaient, le plus souvent, à agir sans écouter notre cœur.

À même le sol, les yeux fixant le plafond, avec son sens aigu de l'à-propos, ton père me dit :

— « Alors je suis un des vôtres maintenant c'est ça ? Un agent de la CIA par défaut ?

— Non, ne t'en fais pas Meyerson. Tu nous as juste aidés, et crois-moi c'est bien assez. Là, nous sommes en zone sûre et pour tout te dire, je ne pensais vraiment pas en arriver là.

— Nous aurions pu mourir !

— Oui, mais comme je te l'ai déjà dit, les évènements ne devaient pas se dérouler ainsi. Tout était prévu pour que…

— J'ai vraiment du mal à avaler ça. Je pensais être ton ami, ton frère… comment as-tu pu me mentir tout ce temps ?

— Je ne pouvais rien te dire, c'était trop dangereux. Et puis, tu connaissais déjà trop de personnes. Ça aurait pu tout compromettre.

— Le résultat n'est pas plus glorieux aujourd'hui, Gary… Tout était donc prémédité ? Nos sorties, nos rencontres soi-disant hasardeuses, et nos conversations, étaient-elles aussi, déjà écrites à l'avance ?

— Non. Bien sûr que non ! Tu sais, plusieurs fois j'ai voulu t'en parler, mais j'ai péché par ambition et par lâcheté.

— Et pour l'histoire du yacht, tu savais que j'allais être mis à mal par toute cette bande de nazis en furie ?

— Encore une fois, non ! Comment aurais-je pu le savoir ? Tu n'étais pas sous surveillance permanente et j'en ai été très affecté.

— Tu as quand même insisté pour que je reste et que je continue de t'aider, malgré le danger. C'est quand même fou ! Comme un couillon, je suis resté pour toi ! En fait, tu ne pensais qu'à ta carrière.

— Je comprends que tu m'en veuilles. Que pourrais-je te dire d'autre ?

— Je ne sais pas si je t'en veux. En fait, je ne sais plus vraiment qui tu es. Je suis fatigué, j'ai mal partout, cette cave est humide, il fait noir, ça pue… Je ne vois pas comment nous pourrions nous en sortir.

— Il va falloir être patient. Quelques jours peut-être… mais à vrai dire aujourd'hui, je ne suis plus sûr de rien. Oh, mon Meyerson je suis tellement désolé pour tout ça…

— Ah oui ? Patienter ? Ai-je vraiment le choix ? D'ailleurs ne m'appelle plus « mon Meyerson ». Regarde-nous. Il nous reste un malheureux jerricane d'eau, des paquets de biscuits et des boîtes de corned-beef ! Nous voilà comme des prisonniers tandis qu'il y a quelques heures nous étions encore au soleil, sur la plage à profiter de la vie.

— Tu n'es pas drôle, mais crois-moi ce n'est déjà pas si mal.

— Arrête ! Je dis ce que je veux. Et de toute façon, nous règlerons nos comptes lorsque nous sortirons de ce trou.

— Tu sais Meyerson, je voulais vraiment que tu sois le mieux possible ici. Même si je t'ai « utilisé », je voulais avant tout que tu passes du bon temps, et que tu profites de Buenos Aires avec moi.

— Je sais. Je te connais. Tu as d'ailleurs réussi cette mission. Et mes deux mois passés ici ont été malgré tout agréables et dépaysants.

Les mains moites, je revis la scène avec lui. Il me narre son récit comme s'il l'avait vécu la veille : j'en reste bouche bée. Tout est intact dans sa mémoire. Le temps lui a fait la fleur de ne pas effacer son passé.

Nous ne prêtons plus aucune attention à ce qui nous entoure. Les gens, les serveurs, les nappes immaculées sur les tables, les parasols et la pelouse parfaitement tondue, semblent soudain flous.

Je suis transporté avec lui dans les années 50.

— Alors il ne t'en voulait plus ? dis-je, comme un enfant captivé par son histoire.

— Attends la suite, c'est plus compliqué que ça… Mais ce qui est sûr c'est que nous étions si proches que cette épreuve a littéralement bouleversé nos vies. Ou du moins, la mienne.

— Et du coup, qu'avez-vous fait finalement dans cette cave ?

— Nous y sommes restés deux jours entiers. Dure épreuve. Nous squattions dans 9 min 2 s, une simple meurtrière laissait filtrer un mince rayon de soleil, et nous n'avions pour nos besoins que la rigole traversant la cave. La tension retombée, ton père avait le moral au plus bas. Le choc ou le traumatisme certainement. Jamais, il n'avait eu à s'adapter à des conditions de vie aussi extrêmes. Dehors, l'après-attentat déchainait les nationalistes. Des incendies embrasèrent plusieurs lieux symboliques de l'opposition dont le Jockey Club ou la bibliothèque du journal « La Vanguardia », en guise de représailles. Une vraie guérilla avait éclaté.

— Notre échec cuisant avait fait six victimes innocentes et une centaine de blessés. Meurtri, je me sentais responsable et craignais d'être lâché par ma hiérarchie. C'était un peu égoïste sans doute, mais tu ne peux pas imaginer dans quel état d'esprit nous nous trouvions alors.

— Mes seuls contacts avec l'extérieur étaient les frères Lanusse, Roque Carranza et les autres membres des cellules C2 et C3. Notre première réunion, organisée dans notre trou à rats, eut lieu dans la matinée du 16. Ils ne savaient pas réellement qui nous étions, mais ils s'étaient tout de même engagés à nous sortir de ce guêpier. Notre évasion était programmée pour le 20 au soir. La confiance et la fidélité de notre groupe nous redonnaient force et courage.

— Et la CIA, que faisait-elle pendant tout ce temps ?

Je ne comprenais pas grand-chose à la tournure de ces évènements. Prononcer le mot « CIA », comme si j'en parlais tous les jours, me faisait un drôle d'effet. Gary me captivait par son histoire et, sans l'ombre d'un doute, je m'en remettais à lui. Fabulait-il ? Peut-être que l'âge embellit ou amplifie les évènements ? Comment savoir ?

— Très bonne question ! Eh bien, je n'en avais aucune idée Alexandre. Sans nouvelle de mes supérieurs, le plan B était déjà organisé. Nous connaissions la date et le lieu de notre future cachette. Quant à ton père, trop épuisé par les évènements, il se résignait à me faire confiance. Il voulait rentrer au plus vite et c'était la seule alternative.

— La nuit fut calme, mais je savais bien que plus rien ne serait comme avant. Nous nous sommes mis à parler longuement de nos souvenirs de Casablanca, de nos amis, de nos sorties, et puis de Raquel.

— Ah tiens, toi aussi tu étais proche de cette cousine Raquel ?

L'expression de Gary, son regard, en disait bien plus que les mots qu'il aurait pu prononcer.

— Avez-vous parlé de moi durant votre rencontre ? Je veux dire, a-t-elle évoqué mon souvenir ?

— Pourquoi cette question ? En quoi cela peut-il t'intéresser ? dis-je à voix basse.

Mais oui, Gary, en regardant les photos, elle t'a tout de suite reconnu. Elle en a conservé une entre ses mains un long moment. Je me suis alors douté qu'il y avait eu quelque chose entre vous, mais je n'ai pas voulu insister. Vous êtes de drôles de cachotiers. Quelle femme magnifique, si classe et séduisante du haut de ses 80 ans…

— Oui, elle était d'un rayonnement et d'une beauté incroyable. Elle a marqué mon existence au point que ma vie amoureuse est restée bien tumultueuse et instable après notre rencontre.

— Elle semble vous avoir tous marqués en effet. Mais je n'ai jamais entendu parler d'elle, ni par ma mère ni par mon père avant l'enterrement. Enfin, je ne suis plus à un secret près.

— Nous étions fous amoureux Alexandre ! Ton père nous couvrait et moi je voulais tout plaquer pour faire ma vie avec elle. Nous étions jeunes, c'était l'après-guerre, nous ne pensions à rien d'autre qu'à mordre la vie à pleine dent sans se préoccuper du lendemain.

— Alors qu'est-ce qui t'a empêché de rester ou de revenir à Casablanca ?

— Meyerson a fini par m'en dissuader. Je l'ai écouté, en me persuadant qu'il avait raison.

— Pourquoi, si vous étiez si amoureux ?

— J'étais américain, GI, je vivais de missions à travers le monde. Rien de stable, rien de concret et surtout je suis chrétien, et crois-moi à cette époque, la mixité n'était pas de mise. Alors, quelle vie aurais-je pu lui offrir ? Elle méritait ce qu'il y avait de mieux.

— Je comprends, mais l'amour ne dépasse-t-il pas les religions ?

— Pour moi évidement que oui ! Notre relation amoureuse n'avait duré que le temps de ma présence au Maroc et nous avons dû lever le camp du jour au lendemain sans prévenir. Ainsi allait la vie et c'était probablement mieux. Mais sache que pas un jour n'est passé sans que je pense à elle.

Un vent chaud s'était levé sur Recoleta, bien agréable en ce milieu d'après-midi orageux. À ma grande surprise, Gary ne montrait aucun signe de fatigue, comme si parler de son passé l'avait ranimé. Son récit me réconfortait. Sa vie me passionnait et je pouvais projeter sur lui l'image du père que j'aurai rêvé avoir. Il en avait l'étoffe et le caractère.

— Tu ne veux pas grignoter quelque chose ? Depuis 13 h nous ne faisons que de boire, boire et pas que de l'eau !

— Non, aujourd'hui j'ai plus soif que faim ! Je mangerai plus tard.

— Parfait ! Alors ce soir, laisse-moi t'inviter chez mon ami Gaston.

— Affirmatif ! Oh, pardon. Oui merci, j'accepte avec grand plaisir.

Le colonel nous commande alors un magnum brut rosé « Elisabeth Salmon 2008 ». Je le découvre à présent amateur et connaisseur de champagne de grands crus. Nous avions donc plus de points communs que je ne le pensais. Je ne dis rien : j'attends sereinement qu'il continue à dérouler ses mystères.

— J'ai encore beaucoup à t'apprendre, mais avant, trinquons ! Trinquons à ton père, à Raquel, à Perón, à la CIA, à l'amour, au bonheur, à la vie et à toi !

Gary reprend. Je ne cesse de m'étonner de la rigueur et la précision de son esprit : la chronologie, les échanges avec mon père, les lieux, les dates, les heures même ! J'écoute et je bois, autant le champagne que ses paroles, ivre de l'un comme de l'autre. Il enchaine les coupes et je découvre un peu plus la personnalité complexe de cet homme tendre, généreux et accablé par la souffrance.

— Impossible de trouver le sommeil la nuit du 16 mars. Avec les moyens du bord, nous avions soigné les nombreuses plaies sur nos visages. J'avais un coquart à l'œil gauche, ma paupière saignait sans arrêt, j'avais des bleus partout. Ce fou m'avait vraiment fracassé la tronche avec ses uppercuts. À ce moment-là, nous avons dû nous assoupir une heure ou deux. La chaleur mêlée à l'humidité rendait l'air collant et l'odeur d'urine séchée était irrespirable. Mais Meyerson ne disait rien. Il avait pris son mal en patience, et affichait plus de sérénité que moi, à vrai dire… Assis chacun sur notre parcelle de survie, nous attendions. Par chance, ma montre avait survécu et nous avions au moins un repère temporel. L'eau s'épuisait et attendre jusqu'au 20 dans ces conditions nous paraissait impensable. Encore une fois, je me sentais impuissant.

— À l'aube, on tambourina violemment à la porte. Étrange ! Personne ne savait où nous étions. Notre dernière heure venait-elle de sonner ? Nous étions prêts à combattre. Les bruits sourds provenant de l'extérieur puis la voix de Thölke firent redescendre la pression. Il m'informa que tous les membres des cellules avaient été arrêtés et jetés en prison dans la nuit. L'étau se resserrait. Pas le temps de m'apitoyer sur leur sort. Je devais trouver une issue et garder mon énergie. Ton père ne cessait d'écrire sur un papier sorti de son portefeuille. Il avait une belle plume d'ailleurs ! Je ne l'entendais plus, il s'était muré dans le silence. D'un œil, je le regardais faire avec curiosité et admiration, et de l'autre je ne cessais d'activer mes contacts avec les moyens en ma possession : autant dire quasiment rien.

— Quitter cette cave miteuse était si dangereux pour vous ?

— Je ne voulais prendre aucun risque, et sans informations précises il était hors de question de tenter quoi que ce soit. Les arrestations de la veille invitaient à l'extrême prudence. Mais notre patience fut récompensée. Vers le milieu de l'après-midi, le cliquetis d'une clé dans la serrure nous fit sursauter. La porte s'ouvrit brutalement. Un homme corpulent s'approcha alors de moi, récitant dans un anglais approximatif les trois mots du « code secret ». Il précisa qu'une voiture nous attendait à l'entrée de l'immeuble. Nous avions cinq minutes, pas une de plus. Ton père et moi opérâmes sans discuter. À peine le temps d'aspirer une bouffée d'air frais que déjà la fourgonnette démarrait en trombe. Malgré une sourde angoisse, je reconnaissais bien là les méthodes de la CIA. Les États-Unis avaient organisé en coulisse notre exfiltration.

Le chauffeur prit la direction d'un aérodrome privé.

Soulagé, j'assurais à ton père qu'il allait enfin pouvoir rentrer chez lui, que son cauchemar touchait à sa fin. Il restait muet, probablement aussi tétanisé qu'épuisé par ces derniers rebondissements. Quel était son état d'âme ? Impossible de le savoir. Il gardait en permanence une part de mystère.

Une heure plus tard, la camionnette stoppa nette devant la passerelle d'un avion. La porte latérale droite s'ouvrit, on nous fit descendre. L'armoire à glace me donna un sac de voyage, une enveloppe kraft imposante et nous souhaita bon voyage.

Installés à bord du Mystère MD 454 mis à notre disposition, nous quittâmes Buenos Aires pour la frontière brésilienne : direction Iguaçu. Des vêtements de rechange avaient été mis à notre disposition et l'hôtesse nous fit son pitch spécial crash-gilet de sauvetage, nous indiquant que le vol durerait 4 h. Mon Meyerson retrouvait peu à peu ses esprits. Nous avions quitté la cave de l'enfer pour ce paradis volant.

— « Pourquoi la frontière brésilienne Gary ? Où m'emmènes-tu encore ? me demanda-t-il.

— Aucune idée Meyer, on se laisse prendre en charge.

— C'est ce que je fais ! Mais j'ai peur…

— Je n'ai pas plus d'informations pour le moment non plus. J'attends le décollage pour ouvrir le sac et l'enveloppe.

— Tu n'es pas curieux de savoir ce qu'ils contiennent ? Tout ça est si surprenant. D'un coup de baguette magique, nous voilà, à bord d'un jet privé. Il y a de quoi devenir fou, non ?

— Dans les airs, Meyer, nous prendrons le temps d'analyser la situation.

— Nous allons peut-être exploser en plein vol ?

— Mais non, enfin ! S'ils avaient voulu se débarrasser de nous, ils nous auraient déjà flingués dans la cave. »

Le temps de tourner la tête vers lui et il s'était déjà assoupi. Je posais alors le sac sur mes cuisses pour l'ouvrir enfin. À l'intérieur, une pochette remplie de liasses de billets flambant neuf : 25 000 dollars. Soit environ 250 000 dollars d'aujourd'hui. L'autre enveloppe contenait un acte de propriété d'un terrain à Iguaçu, au nom de ton père et daté du 16 avril 1953. Pour moi, quelques notes que je commençais à lire avant qu'un trou d'air brutal ne secoue tout le monde.

— « Tiens, Meyerson c'est pour toi.

— Pourquoi cette enveloppe ?

— Apparemment un cadeau de la CIA.

— Mais Gary tu es dingue ! Des liasses de fric ! Qu'est-ce que ça veut dire enfin !? Je n'en veux pas ! Garde ton argent.

— Ce n'est pas le mien, mais celui de mon patron. Prends-le comme dédommagement, s'il te plait. »

Le silence s'imposa une fois de plus. Tous deux épuisés, je devais malgré tout l'informer de la suite.

— « Voici un deuxième cadeau pour toi.

— On dirait un acte de propriété ?

— Affirmatif. Il te sera plus utile que sa valeur marchande. Selon mes notes, il y a une cabane sur ce terrain, enfin une maisonnette. Tu peux prendre tout le temps nécessaire pour te retaper physiquement et surtout psychologiquement de cette mésaventure.

— Je ne comprends pas tout là. Nous restons à Iguaçu, alors ?

— Non, cette maison est la tienne. Tu y restes le temps que tu veux. Du personnel sera là pour s'occuper de toi. Quand tu le jugeras opportun, tu la revendras, ou pas, et tu rentreras chez toi à Casablanca.

— Mais toi, tu vas où ? Tu ne restes pas avec moi ? Tu dois aussi te retaper !

— Je vais juste t'y déposer mon Meyerson, et ensuite je repars. Ma mission n'est pas terminée, je ne peux pas rester !

— On va se séparer comme ça ? Comme des cons ! Si c'est le cas, laisse-moi juste le temps de me requinquer et je viens te rejoindre aux États-Unis avec tout cet argent !

— Pourquoi pas ! Tu adorerais mon pays. Mais chaque chose en son temps. Après l'atterrissage, nous aurons un trajet en jeep puis quelques heures de marche le long de la frontière, à travers la forêt, avant d'arriver sur les lieux.

— Ce cauchemar ne s'arrêtera donc jamais ! Il fait nuit noire et nous allons devoir marcher dans la forêt !

— Courage mon Meyer. Nous arriverons côté argentin, des passeurs nous attendent pour traverser le fleuve Rio Iguaçu et nous déposer à l'entrée du terrain.

— J'espère juste que tes passeurs seront plus fiables que tes poseurs de bombes !

Plus aucun mot ne fut prononcé jusqu'à la fin du vol. D'ailleurs, il ne m'adressera plus jamais la parole. Tout était allé si vite, peut-être trop vite. Pour lui. Pour nous.

Gary alterne champagne et cocktails sans discontinuer. J'ai arrêté de compter à la cinquième coupe ! Moi, j'enchaine les jus d'ananas frais, goyave, et grignote des gâteaux au rythme de ses aventures.

L'émotion, cet après-midi, est encore plus vive que les précédentes.

Comment aurais-je pu, un jour, m'imaginer que mon père avait vécu toutes ces aventures… lui si hermétiquement rigide et terne.

Je savoure ce moment d'exclusivité : je ne souhaite le partager avec personne, pas maintenant. Peut-être même jamais. Je veux m'approprier tous les chapitres inconnus de son existence.

Je dévisage le colonel et me surprends en flagrant délit de jalousie. Jaloux de leurs moments partagés en Argentine et de leur complicité. Pourtant j'ai bien des amis dans ma vie, oh combien ! J'ai aussi partagé de grandes choses avec eux, mais jamais si intenses. De ces amitiés faites de grands bonheurs et de douleurs qui vous scindent et vous lient à vie.

Bref, même si Gary liquide les cocktails un à un, il tient le cap, ses mots et son débit de parole restent fluides et clairs.

— Je ne t'ai pas perdu en route ? me dit-il en souriant
— Non ! Tu plaisantes j'espère ! Certes mon cerveau n'était pas préparé à tout ça en venant à Buenos Aires ! Et j'avoue que depuis le café Tortoni…

Il me coupe la parole, pressé de finir son histoire :

— L'avion se posa sur une ancienne piste d'atterrissage qui devait servir aux contrebandiers ou trafiquants de drogue. Changés et chaussés pour la circonstance, nous étions prêts pour la randonnée nocturne. Ton père avait glissé son trésor autour de sa taille, enchevêtré dans sa ceinture. Nous avions une confiance limitée dans les trois passeurs, qui nous attendaient comme convenu. Nous parcourûmes 80 km dans des conditions difficiles, sur une route impraticable. Trois heures interminables, rythmées de soubresauts, de branchages, d'arrêts intempestifs… chaque kilomètre dans cette jeep était une véritable épreuve. Puis brusquement, le 4x4 s'arrêta au beau milieu de nulle part, ni route ni chemin, comme dans un film d'horreur. Nos compagnons d'un soir, s'exprimant en portugais ou dans un patois qui m'était incompréhensible, nous firent signe de les suivre. Pour couronner le tout, il se mit à pleuvoir des cordes. La marche commença, boueuse, laborieuse. Je regardais ma montre : elle affichait minuit. Déjà, seulement ? Nous n'en pouvions plus.

— Chauves-souris et autres bestioles abjectes venaient nous heurter en plein visage. La forêt, nous le savions, était dangereuse et sa moiteur, de plus en plus insupportable. Ton père marchait sans mot dire, malgré une balafre sanguinolente sur la joue gauche. La traversée du fleuve, notre ultime épreuve, annonçait aussi la fin du voyage. Une traversée à la nage dans une eau glacée qui nous arrivait à la taille. Gelés, nous luttions contre le courant, les crevasses et des fonds mouvants qui menaçaient de nous emporter à chaque instant.

— Sur la rive opposée, quelques centaines de mètres nous séparaient d'un grillage où nous attendait un autre individu. Il s'adressa directement à ton père en français, précisant qu'il l'accompagnerait jusqu'à la propriété. Mon Meyerson ne parlait toujours pas, mais je sentais qu'entendre cet homme lui parler sa langue le réconfortait et le rassurait. Une fois le grillage escaladé, il nous restait encore deux bons kilomètres à parcourir. Je me souviens de ce chemin de terre et d'une pancarte de fortune en bois, clouée sur un pied planté dans le sol. Exténués, nous aperçûmes enfin au loin la maisonnette éclairée. Je pris alors ton père dans mes bras pour l'embrasser avec pudeur. Il semblait déjà terriblement loin, toujours cloitré dans ce silence de mort. Il fourra sa feuille de papier pliée en 4 dans ma poche avec un dernier regard qui exprimait tant. Il se dirigea vers sa nouvelle maison. Sans plus jamais se retourner.

Un léger frisson me parcourt le corps. Gary semble essoufflé, comme exténué d'avoir revécu toute cette histoire et fait ressurgir ce passé hanté. En avait-il parlé à quelqu'un ? Se remémorait-il souvent cette blessure ?

Visiblement noyé dans son chagrin, il conclut :

— Mon cher Alexandre, mon cœur était brisé, mais je n'avais pas d'autres choix que de l'abandonner là.

Gary, haut gradé des services secrets américains, avait enfin baissé les armes. Après cette journée de confidences, j'avais devant moi un homme vulnérable, à l'humanité que je ne lui soupçonnais pas. M'installer comme par effraction dans son intimité m'avait ouvert à ce monde si rare et si précieux, ce monde trop galvaudé, parce qu'évident, souvent oublié avec le temps et qui pourtant nourrit une part essentielle de notre vie. Un monde que l'on a le luxe de choisir : l'amitié.

Il se met alors à pleurer, sans retenue. Je détourne le regard pour cacher mes larmes. Puis le colonel relève sa tête, et dans un ultime sanglot m'avoue mourir de faim ! Enfin !

Reprenant la lettre posée sur la table, il lit la dernière phrase :

« … Et quel ami il était, un vrai, de la race de ceux qui ne vous abandonne jamais. »

Cette lettre, mon père n'avait pas eu le temps de la terminer ; ils étaient partis précipitamment ce 17 avril 1953 à 16 h.

14

Chez Gaston

J'avais quitté Gary devant le Palacio Duhau en fin d'après-midi, un peu secoué, mais fort d'une vitalité nouvelle. Nous avions deux bonnes heures pour nous mettre sur notre trente et un, en prévision de notre dernier dîner. J'abordais cette soirée avec soulagement et un regain d'espoir pour la suite.

Notre épopée argentine touchait à sa fin, non sans une certaine nostalgie. Le temps avait filé trop vite, je n'avais reconstitué qu'une partie de l'histoire en mettant des noms et des lieux sur des photos. Certaines avaient un sens et d'autres pas encore.

Une expérience qui avait attisé mon désir de poursuivre cette enquête. Je n'avais aucune idée de la suite alors que Gary, lui, avait déjà son billet de retour en poche.

Je souris en repensant à mon arrivée, mon appréhension et ma crainte de la déception. Le phénomène Gary, le rendez-vous en chair et en os, l'insoupçonnable rencontre ! J'avais sous-estimé l'attraction dès la première minute, l'alchimie parfaite balayant la différence d'âge et de génération. Nous retrouver ici, en Argentine, signait une évidence.

Avais-je apprivoisé cet homme blessé ou était-ce lui, finalement, qui avait réussi à déverrouiller la forteresse paternelle pour me dévoiler sa vérité ? Peu importe : il n'avait pas réinventé l'histoire, il me l'avait simplement confiée. En revivant ses souvenirs, il m'avait replongé avec brutalité dans les blessures de mon passé. Cela faisait-il pour autant de nous des amis ? Cette symbiose de nos vies et de nos émotions avait donné naissance à un lien bien plus fort, indéfinissable.

Surpris par toutes ces cachoteries, je veux en savoir plus. J'appelle Raquel, je suis sûr qu'elle a volontairement omis de me dire certaines choses lors de ma visite.

— Bonjour Raquel. Quelle semaine ! Gary m'a confié tant de révélations, je ne sais par où commencer !

— J'ai hâte de t'écouter, le temps m'a semblé long depuis ta venue à Marbella

— Tu as la voix tremblante, tout va bien ?

— Oui, oui, je suis juste un peu anxieuse…

— Ne le sois pas. Gary s'est confié longuement sur mon père…

— Uniquement sur Meyer ?

— Non, j'ai aussi appris que vous aviez été amants du temps de Casablanca.

— Ah, il t'en a parlé. Je n'ai jamais cicatrisé de cette période. Lors de ta visite, j'ai pris peur, le déballage de toutes ces photos a ravivé de vifs souvenirs. J'étais effectivement follement amoureuse de lui et Meyer m'avait demandé de garder le silence, ce que j'ai fait. Il m'avait juste informé qu'il le rejoignait à Buenos Aires. À son retour, il s'était isolé de nous tous, se livrant à moi que par bribes, avare de ses mots.

— Et Borges, ce n'était pas un hasard non plus…

— Je me doutais que c'était lui. J'ai alors tenté de t'aider, mais j'avais promis à ton cher père de ne rien dire, jamais.

— J'imagine que tu ne me dis pas toute la vérité.

— Je ne sais rien de ce qu'il s'est passé ensuite en Argentine. Je te le jure.

— Que de mystères ! Ça m'a fait plaisir de te parler, Raquel. Nous prendrons plus de temps la prochaine fois, Gary m'attend pour le dîner.

— Pourrais-tu lui transmettre de belles pensées de ma part ?

— Je le ferai.

Pour notre dernière soirée à Buenos Aires, le restaurant Tanta, Calle Esmeralda 938, se situait précisément à 150 mètres de l'ancien repère syndicaliste du Colonel.

Fallait-il y voir le signe de la symbolique ou celui du hasard ?

Exaltation, plaisir des papilles, volupté : telle serait la devise de notre dîner et de ce temps suspendu.

À notre arrivée, deux cocktails nous sont offerts.

Monsieur Gaston, comme on l'appelle ici, nous a installés à l'une de ses meilleures tables et nous propose un repas délicatement imposé : le menu dégustation, ou à l'aveugle comme ils disent, de 9 plats.

Gaston, je l'avais rencontré à Paris quelques années auparavant, grâce à un ami chef, le soir de l'inauguration de son célèbre restaurant Le Manko. J'avais été conquis d'emblée, tant par le personnage que par la magie de cette nouvelle gastronomie péruvienne. Je me souviens de ses « ceviches » gourmands, colorés, généreux, tout à son image. Mon estomac avait été surpris, le seul poisson cru qu'il avait rencontré jusqu'alors était le sushi ! Enthousiasmé par son talent, je m'étais rendu en cuisine pour le féliciter, comme ça, par pure gratitude. Nous avions longuement échangé, comparant son art à celui que je m'efforçais de mettre en lumière.

Dès lors, nous avons gardé contact malgré nos vies chargées et notre course incessante de par le monde. Nos chemins convergeaient ici, à Buenos Aires.

Gary descend son cocktail d'un trait, je reste estomaqué. Depuis ce midi, il liquide les verres avec une facilité qui m'effraye. C'est qu'il tient la cadence, le colonel !

En réglant sa note d'hôtel, je m'imaginais ses soirées solitaires avec comme exutoire le mini bar de sa chambre ou celui du lounge de l'hôtel. Ses matinées d'absences se justifiaient ainsi…

Je ne le jugeais pas. Non. Ce soir, d'humeur joviale, j'avais face à moi un autre homme, libéré et heureux, bien différent de celui rencontré huit jours auparavant. Huit jours seulement. Huit jours déjà. Le temps avait filé suivant sa trajectoire, n'épargnant rien ni personne.

J'avais appris bien plus ici de mon père que durant les cinquante années passées à ses côtés.

Fugacité de la vie, je me revois attablé là, dans ce prestigieux restaurant, en voyage d'hommes, face à lui… Si seulement lui et moi, nous… si seulement ça avait existé… Si… si… si… je laisse mon esprit s'envoler vers lui, là-haut quelques secondes, intenses, puis souris à Gary.

Ce soir, je leur rends à tous deux, un ultime hommage. Ma manière de le remercier d'être là. Il a servi sa mémoire, témoin d'une tranche de vie. Comme un fils, avec fierté, je voulais qu'il savoure ce voyage gustatif et lui offrir mon Argentine.

Nous saluons Gaston qui, d'un simple hochement de tête, ordonne au sommelier de nous servir le breuvage divin… un vin d'une excellence rare : Château Lafite Rothschild 1953… Je suis, pour ce dîner, sans limites.

Le ballet des mets commence dans une mise en scène des plus épurée… D'abord silencieux, seul le son des couverts effleurant les assiettes vient troubler la quiétude, puis les palais s'exaltent, les langues se délient de commentaires élogieux. Gary semble conquis.

L'idylle se proroge dans une dégustation aux mille et une saveurs. S'enchaine la valse des crevettes sautées à la pâte de piment, des ceviches de différents poissons, des fritures de légumes locaux, pour conclure sur un slow motion de citrons farcis.

Ça pétille. L'émerveillement claque à chaque bouchée. Nous scellons notre lien dans l'assiette.

Certains doutes subsistent malgré tout. Rien ne lui est étranger dans ce pays, il parle espagnol couramment, les rues, chacune avec leurs particularités, lui sont familières… Il m'a pourtant assuré avoir quitté le pays lui aussi ce 17 avril 1953.

Je veux en savoir plus. Toujours plus, telle est ma nouvelle drogue. Face à mon instance et ma redoutable détermination, il finit par se livrer sur sa vie entière. Il m'avoue avoir reçu des ordres dans cet avion : sa mission n'était pas terminée. Après avoir laissé mon père aux limites de son terrain, il était rentré cette même nuit à Buenos Aires. Il s'était battu pour la libération de ses agents dont certains avaient entamé, par la suite, de brillantes carrières politiques au sein des gouvernements successifs. Bénéficiant de moyens financiers et humains bien plus importants, il n'avait quitté le pays qu'en 1955, peu après la chute de Perón.

Il s'exaltait : c'était du pur Gary avec ses codes de l'honneur, de l'amitié, du dévouement. Sa vie durant, il n'aura eu de cesse de parcourir le monde pour défendre l'honneur de sa patrie. Jamais marié, malgré une ou deux d'histoires plus ou moins longues, il avait été incapable de s'engager. Il me confesse n'être plus jamais tombé amoureux : Raquel était, est et resterait son unique amour.

Lassé de ses missions, il avait pris sa retraite après trente années d'une vie sans attache et sans famille. Il était revenu s'installer en Argentine, sa vraie famille, son foyer, là où l'attendait le souvenir de ses plus belles années.

Quel parcours, quelle force de vie !

Mais ses confessions ne s'arrêtaient pas là : la maladie l'avait rattrapé, celle qu'il fuyait, qu'il snobait même. Comme pour mieux le défier, elle était réapparue, précipitant son retour définitif à Los Angeles en 2012.

Puis il finit par me raconter son hésitation, à la réception de mon fameux mail. Au début il n'y croyait pas. Il ne se donna pas un temps de « réflexion », comme il me l'avait poliment écrit, mais un temps méditatif. Il savait que cela l'obligerait à ouvrir certains tiroirs du passé, pour la plupart rudes et douloureux. Dès la lecture de mon mail, il savait ce qui l'attendait.

Nous arrivons déjà au dessert… puis au deuxième dessert, au café… puis au deuxième café… la soirée nous a brûlé les doigts. Le temps nous a rattrapé. Il a gagné cette fois-ci… Nous restons parmi les derniers, puis les derniers. Je demande l'addition. Ce cher Gaston vient nous saluer d'une accolade chaleureuse avant de s'éclipser au fond du restaurant.

Je prends une grande respiration, pour méditer sur les dernières révélations de Gary et sur leur fuite à Iguaçu, dernière trace de mon père…

J'ai l'acte de propriété avec moi, des photos, des noms, des visages inconnus. Instinctivement, je sors mon iPhone, surfe, réserve d'un clic puis paie.

Gary est rongé par la fatigue. Il me regarde sans réaction, ses gestes lui échappent. Il se lève de la table et s'avance vers moi en titubant. Je ne lui laisse pas le temps de parler et lui ordonne de se rassoir. Cette journée a été pour moi salvatrice.

— Gary, nous partons demain pour Iguaçu.

Silence de circonstance. Nous nous levons, le restaurant ferme ses portes. En le raccompagnant à son hôtel, je lui intime d'être au garde-à-vous à 6 h 30 dans le hall. Notre avion décolle à 9 h.

Certes, je ne le ménage pas. Mais je ne peux pas continuer sans lui, et son sourire me conforte dans l'idée qu'il ne me laisserait pas non plus continuer seul.

Ce soir, je n'ai pas de lettre à lui confier, mais je suis, moi aussi, de la race de ceux qui n'abandonnent jamais.

LE BRÉSIL

15

Iguaçu

Plus jeune, je n'avais jamais rêvé de posséder une maison, un château, ou autres chimères. Je crois même que je n'y avais jamais pensé. Adulte, j'ai acheté mon lieu de vie pour mettre ma famille à l'abri, mais être propriétaire ou spéculer sur l'immobilier ne faisait pas partie de mes priorités.

Ce testament a le don de tout chambouler pour me mettre face à des situations inédites. Je me retrouve, comme par enchantement, projeté à Iguaçu avec ce cadeau empoisonné entre les mains. Que puis-je espérer de cet acte de propriété ? Qu'en reste-t-il aujourd'hui ? Un champ en friche ? Un hôtel ? Une villa hollywoodienne ?

De toute façon, depuis ce 31 juillet où tout a basculé, les surprises, bonnes ou mauvaises, ne me font plus peur.

Je rejoins Gary pour notre rendez-vous quotidien et installé face à lui, je l'observe ingurgiter son déjeuner. Son incroyable voracité me surprend toujours autant et me fait sourire. D'ailleurs, après ces quelques jours passés ensemble, il ne cherche plus à deviner l'origine de mes rictus incessants. Il doit me prendre pour un benêt, joyeux et enthousiaste de chaque nouvelle journée.

Comprend-il encore pourquoi je fais tout cela ? Qu'importe, il profite de la situation autant que moi de l'aventure.

Fidèle à lui-même, Gary engouffre son super hamburger avec toute la férocité d'une bête affamée !

Le chef l'a bel et bien gâté : le « Spécial Le Loi » 3 steaks de 200 g avec sauce piquante et fromage. 3 steaks exterminés, pulvérisés de la planète en quelques minutes par sa mâchoire bulldozer. Le crime est parfait et ses incisives redoutables d'efficacité.

Cette scène à la fois scabreuse et poétique me ravit. Je profite du moment pour lui partager mon enthousiasme.

— Je t'interromps dans ton festin, mais merci sincèrement d'être là avec moi.

— Fiston, c'est moi qui ai choisi de te suivre jusqu'ici. C'est donc à moi de te bénir de m'avoir retrouvé. Grâce à toi, je revis un peu de ma jeunesse chaque jour, mâche-t-il en replongeant dans son assiette.

Un dernier sourire pour remercier mon compagnon de route et j'attaque le vif du sujet : Iguaçu.

Cette ville est le check-point de trois pays : Argentine-Paraguay-Brésil. Son immense richesse va nous offrir un changement de décor radical et nous faire basculer dans un autre univers. Une des sept merveilles du monde pour ses extraordinaires chutes d'eau au cœur de la forêt tropicale. La légende Guarani raconte même qu'avec ses 275 cascades, la forêt pleure de l'amour contrarié de Naipi et Taroba par le Dieu indien M'Boi. Pour honorer leurs mémoires, les amoureux du monde entier viennent immortaliser leur idylle : c'est beau et romantique.

J'avais, la veille, effectué quelques recherches sur Google Earth et à ma grande surprise, le terrain se révélait immense. Était-ce le reflet de la réalité ou juste une hallucination après cette soirée tant arrosée ?

Notre départ précipité m'avait juste laissé le temps de nous dégoter un guide en sus des billets d'avion et de l'hôtel situé côté argentin. Le prénommé Edson assumerait surtout les rôles d'interprète et de chauffeur. Face à l'urgence, j'allais devoir m'en contenter, faute de temps et de postulants !

13 h 50, un SMS m'alerte de son arrivée. Ponctuel, il marque son premier point. C'est une qualité que j'apprécie. Gary déglutit ses dernières frites sans les mâcher et je liquide mon soda d'un trait avant de rejoindre la voiture.

Adossé à la portière passager, il nous attend sous escorte quasi militaire. La délinquance s'est accrue et les touristes sont devenus les cibles les plus faciles. Désormais, toutes les entrées et sorties s'effectuent sous un contrôle minutieux et notre établissement n'échappe pas à la règle, dixit le concierge.

— Bonjour Mr Alexandre,

— Bonjour, Edson, Alexandre suffira, je vous présente Gary.

— Enchanté Mr Gary

— Salut « O Guia », belle caisse, rétorque Gary.

— Merci. Il s'agit de la dernière version du Land Cruiser Life de Toyota. Une voiture solide.

Une heure de trajet sur une route boueuse et chaotique devrait nous suffire pour rejoindre notre destination, précise Edson. Immédiatement, notre bolide déplace des nuages de terre rouge à chaque accélération. Au cœur de cette forêt humide, le paysage linéaire défile dans un surprenant effet de surplace.

Notre guide connaît parfaitement les lieux et nous prenons plaisir à l'écouter dans un français des plus parfaits. Grand, proche de la quarantaine, Edson est doté d'un tempérament agréable, voire apaisant. De mère française et de père brésilien, il nous décrit sa jeunesse, sa passion pour la pêche, pour la nature et l'amour qu'il voue à sa terre. Il nous conte l'histoire de sa région riche en beautés naturelles et s'épanche sur les cataratas, ces chutes phénoménales qui ont fait la réputation du lieu.

Une vraie vocation ! Son entrain rend la route moins ennuyeuse.

Je lui dresse un bref résumé de ce que j'attends de lui. Il me rassure, prétend connaître cet endroit depuis son adolescence et m'informe que la ferme est toujours habitée par la même famille. Quant à Gary, après son repas gargantuesque, il s'est mis en mode hibernation et a dormi durant une partie du trajet. Réveillé par l'arrêt brutal de la voiture, il me regarde avec des yeux ébahis et interrogatifs.

— Bienvenue à Capanema, hurle Edson.

— Outre le nom du bled, dis-moi Gary, tu reconnais le grillage ? Ou quelque chose d'autre ?

— Non, rien. Il y a si longtemps et il faisait nuit noire ! Et puis, comment veux-tu que je reconnaisse un grillage ?

— Ne vous inquiétez pas, monsieur, la mémoire va vous revenir, ose Edson, ironique. On va contourner le terrain.

C'est drôle, ce type fraichement embarqué fait déjà office de médiateur entre nos deux tempéraments de feu.

La voiture stoppe une centaine de mètres plus loin, devant une grille enchainée et cadenassée. Le silence règne, tout parait abandonné et délabré. Cependant, je pressens les vestiges d'un passé glorieux. Un moment fort et unique, à l'autre bout du monde, face à cette hypothétique chez moi, si mystérieux et impénétrable.

Gary secoue avec force le portail, sans grand résultat. Pour une fois, l'impatient ce n'était pas moi.

— Bon sang, dit Gary, il doit bien y avoir une sonnette quelque part !

— Une sonnette dans la pampa ! Bien vu 007 ! Il y a sûrement un autre moyen de rentrer.

— Les gars, je vais nous trouver une solution, s'exclame <O Guia> et dans le pire des cas, nous entrerons à la Brésilienne.

Voilà notre chauffeur transformé lui aussi en agent secret. Il disparaît soudain, juste avant que le grincement d'un des vantaux du portail me fasse sursauter.

« Welcome to Brazil », lance-t-il alors, fier de son intrusion.

J'avance d'un pas léger, tel Neil Armstrong, l'espace d'un instant. Enfin je marche sur ma terre, celle qui m'a été cachée et me revient aujourd'hui. C'est si excitant d'y entrer illégalement, à la brésilienne, comme le proclame si fièrement Edson !

Nous reprenons place, traversons une petite forêt subtropicale dont les virages décourageraient bien des étrangers, même les plus téméraires ! Tout voleur chevronné rebrousserait chemin à moins d'être certain d'y trouver un trésor inestimable !

Google ne mentait pas, le terrain est immense.

Je reste concentré, à l'affut de la moindre forme de vie, le moindre signe : une cabane, un hangar, un chien errant ou attaché au bout d'une corde, que sais-je encore !

Notre témérité est enfin récompensée : face à nous se dresse une ferme délabrée, mais qui, malgré tout, tient encore debout. La toiture en tôle ondulée affiche de jolis trous ainsi qu'une antenne érigée telle une flèche de cathédrale, entremêlée de fils électriques. La porte d'entrée, en piteux état et les quelques volets restants laissent à penser que la construction n'est pas si ancienne. Année 70, ose mon œil d'expert !

Cette ruine ressemble plus à une favela, certes haut de gamme, qu'à une ferme entretenue. J'ai peine à croire qu'il y ait encore âme qui vive.

J'imagine alors mon père ici, foulant ces mêmes pas, sur cette même boue, face à cette même maison.

Tous les trois muets, nous nous regardons un peu embarrassés, et je demande à Edson d'avancer, à la recherche d'un quelconque habitant. Il toque sur la vitre. J'aperçois la silhouette d'un jeune homme sortir sur la terrasse et échanger quelques mots. L'hospitalité ne semble pas de mise. Il nous considère probablement comme des imposteurs entrés chez lui par effraction.

Gary, assis sur une pierre, parait songeur. Égaré dans sa mémoire évanescente, à la recherche d'un vague souvenir, j'ai peine à le voir ainsi.

Le jeune homme se rapproche et nous salue d'un geste de la main. L'annonce de mon identité a balayé toute agressivité. Neymar JR, né dans cette maison trente ans auparavant, vit ici avec femme et enfants, succédant ainsi à son grand-père Ernesto puis à son père.

Terriblement excité, je somme Edson de le questionner davantage. Il m'apprend que son grand-père lui parlait souvent d'un ami français recueilli ici dans les années 50. Il ne l'avait jamais pris au sérieux, persuadé que le vieil homme déraillait et que tout n'était que fable !

Est-il possible de rencontrer cet Ernesto ?

Neymar JR nous propose de revenir le lendemain à 14 h.

Un coup d'œil sur ma montre : déjà 18 h. Le retour s'annonce tout aussi chaotique que l'aller, le temps pour franchir la frontière dépendant uniquement de la bonne volonté des douaniers. Edson démarre au plus vite pour éviter de se faire surprendre par la nuit au beau milieu de la forêt tropicale. Sur le chemin, mi-rêveur, mi-tourmenté, je regarde Gary. Il n'est à ce moment que l'ombre de lui-même. Que se trame-t-il dans son esprit ? Il partage peu. Ce personnage m'intrigue et m'intimide à la fois.

En enquêteur égoïste, avide de trouver des réponses, j'en oublie son âge avancé. La cadence imposée ces derniers jours est peut-être difficile à suivre. Pourtant, l'Argentine m'avait dépeint un colonel résistant et volontaire, prêt à tout pour surmonter les démons de son passé. Car finalement, le passé de mon père était aussi un peu le sien. Je bouillonne et frémis d'exaltation à l'idée de rencontrer ce vieil Ernesto. Mon imagination gambade et de multiples scénarios défilent dans ma tête. Je m'empresse de les partager avec lui.

— Tu imagines un peu que le grand-père…

— Calme-toi Alexandre, ne t'emballe pas trop.

— Eh Gary ! J'ai l'impression que tu n'es pas content de ce qui nous arrive, qu'est ce qui se passe ? Je te sens distant…

— Si, bien sûr que si, je suis très content, crois-moi.

— Eh bien, ça ne saute pas aux yeux ! Je ne sais pas, on a peut-être retrouvé la trace de mon père ! Ton Meyerson !!

On va pouvoir continuer de reconstituer son histoire, son périple... Bref, tu pourrais être plus démonstratif !

— Je veux juste que tu ne sois pas déçu. Attends demain pour crier victoire, tu t'emballes toujours trop vite.

— Oui, mais...

— Demain !

— OK, mon colonel.

J'acquiesce sans broncher. Chacun exprime ses émotions comme il peut. Même les héros ont leurs failles. Il sourit et me serre pudiquement, mais fermement la main, comme pour me témoigner son soutien.

Le pauvre Edson, aux prises avec la route, nous assure tant bien que mal une conduite à peu près supportable. Les nuages de terre rouge de l'aller ont fait place à des nuées de moustiques agressifs et autres bestioles volantes inconnues qui s'écrasent sur les vitres et le pare-brise. Installé sur la banquette arrière en simple spectateur, je repense au récit de Gary quelques jours plus tôt et à leur traversée au cœur de cette forêt, cette fameuse nuit du 17 avril 53.

Impossible d'imaginer ce qu'ils avaient dû vivre ce soir-là.

De retour à l'hôtel, je mets un peu d'ordre dans les photos et consigne toutes les informations et découvertes de la journée. Fier de mon organisation infaillible, je suis sûr à présent de la chronologie. Je clos le chapitre Argentine sur mon ordinateur et ouvre, optimiste, le dossier « Brésil ».

Un mail de Gwendoline s'affiche comme par magie sur mon écran. Elle a cette délicatesse d'apparaitre sans s'imposer et de me surprendre. Nous échangeons sur nos activités des derniers jours, ainsi, les minutes défilent, nos baisers et mots tendres s'enchainent.

J'en ai oublié de dîner. Je consulte la carte du room-service. Bien qu'aguicheuse, ce soir je me contenterai d'un encas : gaspacho-salade de fruits. Dans mon demi-sommeil digestif, je décide d'emmener Gary visiter ces fameuses chutes le lendemain matin. Je lui envoie un message lui demandant de se tenir prêt pour 8 h en tenue sportwear.

Edson, ponctuel une fois de plus, nous attend sur le parvis de l'hôtel. La chaleur est supportable à cette heure de la matinée malgré un taux d'humidité qui avoisine déjà les quatre-vingts pour cent.

Comme convenu, Gary se tient prêt, paré d'un bermuda, d'une chemise en lin, de sa veste saharienne sans manche et de son inséparable panama…

Pour nous rapprocher de notre rendez-vous de l'après-midi, j'avais opté pour la visite côté brésilien. À l'entrée du parc national, je m'imagine découvrir un sanctuaire de la nature, un lieu magique et irréel où l'homme n'a pas encore imposé ses lois. Quel naïf je suis !

Passé la zone commerciale et artisanale, notre pass et la carte du site en poche, nous arpentons le parc comme bon nous semble. C'est en fait une ville dans la ville, avec des routes goudronnées et de nombreux bus panoramiques. Quelle déception ! Notre premier rendez-vous avec la nature semble être tombé à l'eau. Mais, quelques centaines de mètres plus loin, un spectacle grandiose nous saisit : sur plus d'un kilomètre, un nombre incalculable de montagnes d'eau surgissent de la forêt pour se jeter dans la célèbre « gorge du diable ». Paralysés devant tant de puissance, nous nous appuyons sur l'un des rochers voisins pour contempler silencieusement ce paysage.

Combien de temps ? Je n'en ai aucune idée, le monde s'est figé l'espace de quelques minutes.

Emportés par notre élan, nous sommes vite stoppés par un parcours assez long, escarpé, et trop difficile à suivre pour Gary. Pas question de continuer sans lui. Qu'à cela ne tienne : nous volerons ! Sur les conseils avisés d'Edson et du bureau d'accueil, nous nous embarquons donc pour un tour en hélicoptère d'une vingtaine de minutes. Dès le décollage, nous sommes époustouflés. La vue sur la rivière Iguaçu zigzagant dans un fracas sans nom jusqu'à l'embouchure de la rivière Parańa est étourdissante. La sensation de liberté, d'immensité et de toute-puissance nous laisse sans voix. Nos vies sont en suspens. Muets, seuls nos regards se croisent pour sceller ce moment inoubliable.

Gary avait probablement tout vécu dans sa vie, mais je sentais bien que cette expérience avec moi le touchait particulièrement. Décidément, ce voyage prenait aussi une dimension spirituelle, et les hasards qui rythmaient mon exploration me confortaient dans ma démarche.

Pour nous remettre de nos émotions, Edson décide, sans nous concerter, de nous emmener déjeuner dans un endroit méconnu des touristes : « Porto Canoas ». Ni auberge, ni restaurant, le lieu ressemble fort à une taverne grecque perdue sur une île, que je fréquentais souvent lors de mes escapades. Le rideau de plastique multicolore faisant office de porte d'entrée, la patronne Gabriela nous accueille chaleureusement. Installés à l'intérieur près d'un ventilateur de fortune, Edson nous garantit un repas « comme à la maison ». L'atmosphère est en effet aussi conviviale que le lieu burlesque.

Nous descendons trois brocs d'eau faussement frais juste avant que cette chère Gabriela dépose une série d'assiettes sur la table. Se succèdent ainsi sans pause, la Feijao Tropeiro, La Farofa, ainsi que la délicieuse Empadao. Le repas se déroule dans un brouhaha indescriptible, animé de nos expériences culinaires et de nos anecdotes de voyage. Ça rit, ça chante et le café avec marc dans la tasse et grains qui collent aux dents est avalé sur le pas de la porte !

Edson nous presse. La route dite « de la mort » nous attend une fois de plus ! Cette fois, Gary, reste éveillé et revient avec émotion sur notre vol du matin, commente, émerveillé tel un gamin. Il semble en meilleur état que la veille et ses mâchoires bulldozers sont restées disciplinées ce midi.

Nous ne sentons pas le chemin passer, les routes et le temps semblent être de notre côté lorsque nous arrivons enfin devant mon fameux terrain. La grille est ouverte, la voiture entre et roule au pas. Sereinement, je pénètre légalement dans mon domaine.

Aujourd'hui rien n'est pareil : je suis attendu.

16

Ernesto, la rencontre

Le fameux grand-père est confortablement installé sur le perron, dans un fauteuil en rotin. Je me répète en boucle, telle une comptine, ce que Gary m'a dit la veille : ne pas m'emballer, écouter ses révélations et s'assurer de leur véracité avant de crier victoire.

Comme toujours, Gary est à mes côtés tandis qu'Edson reste un peu en retrait. Si la discrétion est le trait de caractère qui le définit le mieux, je le somme néanmoins de s'approcher. Certes je le rémunère comme chauffeur, mais aussi et avant tout pour être mon interprète. D'ailleurs, je trouve que notre petite équipe se complète à merveille.

Le vieil homme se lève, son visage lumineux fixe Gary quelques secondes avant de le saluer, puis il me dévisage longuement, scrutant chaque trait de mon visage comme s'il essayait de me reconnaitre. Je le laisse faire, immobile et silencieux.

— Bonjour, quel enchantement de vous rencontrer, me lance-t-il dans un français parfait.

— Bonjour, monsieur, et merci de nous recevoir, répondis-je.

Son accueil est d'emblée amical et chaleureux, n'en déplaise à son petit-fils qui montre déjà des signes d'agacement.

— Je m'appelle Ernesto. Mais tout le monde ici me surnomme le vieil Ernesto.

— Je suis enchanté. Moi, c'est Alexandre.

— Je sais, j'ai déjà entendu ton prénom il y a bien des années ! Je cherche une ressemblance avec Meyer. Tu n'imagines pas le bonheur que je ressens de te rencontrer.

— Vous parlez bien notre langue.

— C'est grâce à lui. Il m'avait appris le français et moi un peu le portugais. Parler ta langue est resté l'unique moyen de conserver mes souvenirs toutes ses années.

Première bonne nouvelle ! Mon père parlait le portugais ! Même si plus rien ne me surprend, j'aurais aimé l'entendre parler une autre langue que l'arabe ou le français. Le regard foudroyant de Gary me rappelle à l'ordre : ne pas m'emballer et m'enliser dans des questions superflues. Un devin celui-là ! Il voit et ressent tout, ça en devient embarrassant, mais il a raison.

Ainsi s'instaure entre ce vieil homme et moi une certaine familiarité, singulière et rassurante.

— Maintenant, dis-moi un peu ce qui t'amène à Iguaçu.

Après Raquel, Gary et Edson, je m'apprête à lui réciter le même refrain. Loin de me lasser, je m'y attèle avec une certaine fierté.

— Mon père est décédé en juillet dernier et m'a laissé un héritage assez unique : une série de photos et d'objets relatant un voyage effectué dans les années 50. J'ai décidé d'en comprendre le sens, de découvrir qui il était vraiment et surtout pourquoi il avait fait tous ces voyages dans le secret le plus complet. Il m'a laissé ces bribes de vie, ces morceaux du passé qui ne demandent qu'à être reconstitués. Ainsi je me suis mis en route, j'ai rencontré Gary sur mon chemin, qui m'a permis de lever le voile sur toute une partie de son histoire. Puis il m'a parlé de l'existence de ce terrain, qui corroborait certains clichés et qui m'ont donc naturellement conduit ici.

— Je suis attristé et peiné d'apprendre cette terrible nouvelle.

Ému, il lève les yeux au ciel en faisant un signe de croix.

— Que Dieu veille sur son âme. Mais dis-moi Alexandre, es-tu sûr qu'il s'agisse de la principale raison de ta présence ici ?

Était-ce l'annonce du décès qui le rendait fébrile ou l'incertitude sur le sort de sa famille ? Il semble connaître l'histoire de ce terrain et son anxiété est peut-être liée à la crainte d'une possible expulsion.

— Oui Ernesto. Aujourd'hui ma principale obsession est de reconstituer une partie de sa vie. Effectivement, ce terrain appartient désormais à l'une de mes sœurs et j'ai l'acte de propriété avec moi. Nous ignorions tout ceci avant sa mort. Cependant l'aspect immobilier n'est pas à l'ordre du jour, dis-je afin d'éviter de le braquer.

— Tu ne sais donc pas ce qu'il a fait ici pour nous ? Et l'amour inconditionnel qu'il portait à cette terre et à ce peuple ?

— Non, rien de tout cela, rétorquais-je cette fois-ci gêné.

— Alors, je vais te faire visiter la maison puis je te raconterai toute l'histoire.

Nous n'entrons que tous les deux. L'intérieur de la bâtisse est à l'image de son délabrement extérieur. Il y reste encore, malgré tout, les vestiges d'un confort et d'un certain luxe de l'époque, certes sommaire, mais dont ils s'accommodaient alors. Lorsque nous arrivons dans la cuisine, nous croisons sa femme Elvira, qu'il me présente avec fierté. Son petit-fils Neymar JR est installé avec ses enfants dans la grande pièce du salon. Cette scène de quiétude familiale empreinte d'une atmosphère chaleureuse et figée dans le temps me plonge quelques secondes dans l'univers nostalgique des toiles d'Edward Hopper.

Sur la terrasse, Gary s'est alloué une vieille balancelle et profite de la sérénité du moment dans une position confortable. Ernesto poursuit son récit.

— Ton père m'a très souvent parlé de toi et de votre famille et malgré mon insistance, je n'ai jamais su pourquoi il vous cachait certaines choses. Pour nous tous, il a été un bienfaiteur, un sauveur et pour moi bien plus encore. Un mentor, un ami, presque un frère. Il aurait été digne de partager tout ça avec les siens...

— Le contact entre vous n'a donc jamais été rompu ?

— Non, enfin, très peu.

— Il y a un évènement qui me tourmente et sur lequel j'aimerais que tu m'éclaires. Te souviens-tu de ce 17 avril 53, ce fameux soir où tout a commencé ?

— J'avais été prévenu la veille de l'arrivée imminente du nouveau propriétaire, par nos amis « les envahisseurs ». Je savais seulement qu'il était d'origine française et que notre mission était d'être à son service. Cependant, il est arrivé en pleine nuit, dans un tel état de déchéance et de détresse psychologique que j'en ai été bouleversé.

— « Les envahisseurs » ? Mais de qui parles-tu donc ! Et pourquoi « nous » ? Vous étiez nombreux ? Étais-tu un de leur agent ?

— Oh non, pas un agent, sûrement pas un des leurs !

« Les envahisseurs » était le surnom attribué ici aux Américains dans les années 50. J'ai eu la chance d'aller à l'école et d'apprendre l'anglais. Je suppose que j'avais été recruté pour ça. Ils me rémunéraient en échange d'informations sur la région, très prisée à l'époque du fait de sa proximité frontalière avec le Paraguay et l'Argentine. Un jour, un de leur chef m'informa qu'ils avaient acheté un immense terrain sur lequel était construite une maisonnette et qu'ils cherchaient quelqu'un pour s'en occuper moyennant une rétribution hebdomadaire. C'était pour moi un cadeau de Dieu ! En plus d'être gracieusement payé et logé, je gagnais l'espoir de fonder une famille dans d'excellentes conditions. J'avais 20 ans, je caressais de grands rêves. Quelques mois plus tard, soutenu par mes voisins, je démarrais l'exploitation de plusieurs parcelles du domaine. Bien sûr pas grand-chose, je n'étais encore qu'un novice, mais j'avais tout de même planté une vingtaine d'orangers et de citronniers pour satisfaire notre propre consommation. Plus tard, je créais une petite plantation de soja et de canne à sucre sur quelques hectares. Le Brésil à cette époque, et surtout la région d'Iguaçu, était réputé pour son climat favorable à ces cultures.

— Si je comprends bien, lorsque mon père est arrivé tu n'étais donc pas seul ?

— Non, je vivais ici avec mes deux sœurs, Celia, l'ainée, mariée, qui s'occupait de la cueillette et de la basse-cour, et Rosetta, la cadette, célibataire, en charge de nourrir les employés agricoles.

Gary écoute le récit d'Ernesto sans en perdre une miette, laissant le pauvre Edson, seul dans son coin, s'affairer sur son portable ! Tout est vétuste ici, mais le réseau 4G fonctionne, pour son plus grand bonheur…

Elvira, courbée par les années, a conservé un visage de poupée. Elle nous apporte gentiment des boissons fraîches et du café puis quelques gourmandises qui ne laissent pas Gary insensible. Quant à moi je m'abstiens de tout grignotage. Dévoré par la curiosité, j'attends juste qu'Ernesto poursuive.

— Ton père, transit de froid et mouillé jusqu'aux os, avait toqué à la fenêtre. Muré dans un mutisme consternant, il s'était changé, avait englouti le bol de soupe que Rosetta avait préparé, puis avait rejoint sa chambre où il y resta cloitré une semaine entière. D'où venait-il, que s'était-il passé, que venait-il faire ? Nul ne le savait.

Moi, j'aspirais juste à le remettre sur pied et veiller à sa sécurité. Rosetta lui déposait quotidiennement ses repas devant sa porte. Parfois le soir, lorsque nous étions attablés dans le jardin avec d'autres paysans autour de grillades, enivrés de musique et d'alcool, je l'observais, debout derrière sa fenêtre. Il ne nous espionnait pas, non. Il prenait plaisir à nous regarder et se reconstruisait doucement.

Ainsi, le matin du huitième jour, il est enfin sorti de sa tanière, son bagage à la main, déterminé comme jamais à trouver le moyen le plus rapide pour rentrer chez lui à Casablanca. Le regard toujours aussi perdu malgré un visage reposé, il paraissait si éloigné de ses racines. Il me confiera par la suite que de nous regarder le soir autour du brasero, lui avait rappelé les délicieux moments partagés avec sa famille.

Ce matin-là, Rosetta était restée seule à la ferme et avait pour la première fois pris le temps de lui parler longuement. Que s'étaient-ils dit ? Ou qu'avaient-ils fait d'ailleurs ?

Personne ne sut, car personne n'osait rien lui demander.

Mais il prit la décision de rester encore parmi nous quelque temps et s'ouvrit progressivement à la vie brésilienne. Il se levait à l'aube, s'intéressait à notre quotidien, nous parlait et partageait même nos repas de famille. C'est à ce moment-là que notre relation est née véritablement, que nous sommes devenus de plus en plus proches, jusqu'à devenir des amis. Des vrais. Les soirs suivants, il venait avec nous pour partager notre rhum ! Ah ce fameux rhum, le compagnon indispensable de nos confidences. Seuls au coin du feu, nous savourions quelques verres voire quelques bouteilles, alors il se confiait et me parlait de sa vie, de sa famille, de ses rêves et surtout de sa <belle Casa>. C'en était devenu un rituel quotidien… je me souviens encore de ses histoires et de la passion qu'il mettait pour me raconter ses aventures avec son ami Gary à Buenos Aires.

Est-ce lui sur la balancelle ?

— Oui, c'est bien lui.

Le vieil homme me confesse qu'il me trouve fort courageux de vouloir déterrer le passé… puis il reprend.

— Un soir, ton père m'a dit : « Ernesto, j'ai une idée pour que nous puissions gagner de l'argent et bien vivre de cette terre ». Sans doute parce que nous avions bu plus que de raison, il m'avoua très naturellement que les Américains lui avaient offert ce terrain, pour services rendus, la ferme ainsi qu'une somme d'argent substantielle. Je ne l'avais pas pris au sérieux, nous étions tellement saouls ! Mais ces mots résonnent encore dans ma tête comme si c'était hier...

« Mon ami, à partir de demain nous allons organiser le travail et je vais vous aider. Aux premières heures, avec quatre hommes nous poserons des clôtures pour délimiter le terrain et nous réfléchirons aux différentes cultures en cours et à venir ».

Ton père était un homme déterminé et surtout de parole. Alors comme convenu, le lendemain matin, tandis que la ferme sommeillait encore, il se mit à l'œuvre, pour notre plus grand bonheur. Il ne connaissait rien à la terre, mais qu'importe, il apprendrait ! Pour lui, seules l'envie, la volonté et la bonne humeur comptaient. Sache Alexandre qu'à partir de ce jour, tout s'est accéléré.

Je ne sais pas comment ni par quel miracle, il a tenu un discours si affûté sur ses projets devant toute la communauté. Sa première décision fut de réduire les plantations de canne à sucre et de faire la part belle aux agrumes. Plus rentable disait-il et surtout moins compliqué, et il avait raison ! Il avait aussi mis en place, tous les mardis, un système de troc : nous pouvions échanger 10 kg de viande contre 15 d'oranges, 10 de citrons et cinq poulets ou encore notre production contre l'utilisation d'un tracteur le temps d'un après-midi. Une révolution dans le monde paysan ici ! Son sens du commerce et son côté débrouillard en avaient fait une star locale, le transformant en une véritable machine de guerre, seulement cinq semaines après son atterrissage forcé. Sa période d'hibernation et de reconstruction était bien loin. Moi, ce qui m'enchantait, c'était de le voir si intégré à la vie brésilienne, adoptant nos coutumes et notre appétence pour la fête

Je ne peux que sourire à son monologue.

Mon père, du temps de sa jeunesse, avait donc dans les rues de Casablanca, d'Iguaçu et d'ailleurs, réussi à faire du « troc » son langage. Après l'avoir imaginé en agent secret, héros de guerre ou tombeur, je l'imaginais à présent en meneur des forces paysannes. Quel personnage surprenant, comme s'il y avait eu plusieurs Meyer ! D'ailleurs l'idée qu'il y ait un malentendu sur le nom me chatouilla l'esprit un instant... juste un instant.

— Es-tu allé visiter les cataratas ? me demande-t-il.

— Oui, ce matin, le côté brésilien. Je n'ai jamais rien vu d'aussi beau de toute ma vie !

Instantanément, les images hypnotiques du mouvement de l'eau qui se projette dans le vide et le bruit sourd qui s'en dégage inondèrent mon cerveau.

— Dans les années 50, l'accès aux chutes était bien plus compliqué. Malgré tout, ton père s'y rendait tous les dimanches avec deux ou trois gars d'ici... Voiture, vélo, barque et marche interminable étaient nécessaires, mais rien ne l'arrêtait. D'ailleurs, rien ne l'arrêtait jamais ! ajoute-t-il admiratif.

Gary s'est assoupi sur la balancelle, tout comme Edson qui, lui, avait préféré l'ombre d'un olivier.

Je présente les quelques photos en ma possession à Ernesto.

— Elles ont été prises ici, n'est-ce pas ?

— Oh ! Oui, j'avais oublié ces beaux moments ! Rosetta adorait la photographie, alors elle prenait sans cesse des polaroids de ton père.

— Mais dis-moi, Rosetta... elle n'avait pas que cette passion-là, apparemment...

— On ne peut rien te cacher ! Leur idylle avait commencé dès les premiers soirs de son arrivée. J'avais tout de suite remarqué la manière qu'il avait de la dévisager lorsque la nuit tombait et qu'il se tenait derrière sa fenêtre en pensant que personne ne le voyait. Puis elle se mettait à danser et à virevolter au rythme de la samba. Il était facile pour ton père, comme pour tous les hommes de la ville de la désirer, tant elle était belle et attirante. Ses longs cheveux ébènes bouclés épousaient parfaitement son corps plantureux.

Elle était la chaleur, l'indomptable, la femme latine, lui, l'étranger, l'athlète, celui qu'elle avait sauvé… à eux deux ils formaient le duo parfait !

Rosetta représentait son meilleur allié, son atout pour nous apprivoiser et se joindre à nous. Certains soirs, ils finissaient même par s'endormir tous les deux autour du brasero. Plus par désir que par véritable amour, ton père l'attirait, ils profitaient de la vie, faisaient l'amour dans la grange pensant que personne ne savait ! Ils étaient jeunes et fous, mais Rosetta savait qu'il finirait par partir un jour et qu'il ne l'emmènerait pas…

— Qu'est-elle devenue ?

— Tu sais, ma sœur, c'était un oiseau libre. Avec un savant dosage d'intelligence et d'indépendance, elle a mené la vie qu'elle souhaitait. Depuis près de 20 ans maintenant, elle vit dans la forêt amazonienne, au nord du pays, entourée de ses enfants, ses petits-enfants et d'une multitude d'animaux.

Ernesto ne semble pas vouloir s'éterniser dans des confidences, et poursuit.

— À la ferme et aux champs, ton père était tellement bien intégré dans notre village qu'on en oubliait parfois qu'il était notre patron ! Manipulateur et beau-parleur, il avait converti nos paysans au travail et crois-moi que ce n'était pas gagné tant les Brésiliens savent être nonchalants ! Mais il avait réussi.

Oui, il avait imposé une grande rigueur dans le travail et avait obtenu auprès de ceux qui l'entouraient, un respect et un total dévouement pour mener à bien ses projets. Sa fraicheur orientale tempérait notre exubérance latine et certains fermiers l'avaient surnommé le « petit Morocco ».

Je ne saurais te dire pourquoi, mais il m'a fait totalement confiance. Notre lien se révélait de plus en plus fort, c'est donc ensemble que nous avons décidé de cacher son fameux trésor dans un coin reculé du terrain, au fond d'un puits. Personne ne devait savoir pour son argent.

La construction des premières centrales électriques avait drainé des bandes de jeunes d'une rare violence, qui terrorisaient les paysans de la région. Tu penses bien que nous devions prendre toutes les précautions d'usage.

— Quelle histoire ! C'est passionnant. En revanche, sa volonté de nous exclure de son passé et de ce riche vécu demeure un vrai mystère pour moi.

— Je poursuis Alexandre, sinon je risque de perdre le fil. Le printemps annonçait doucement l'été. Le dernier dimanche de mai à Iguaçu, nous fêtions la fin des récoltes et célébrions même le jour de l'indépendance de l'Argentine. Au Brésil, toutes les occasions sont bonnes pour s'amuser. Alors ce fameux soir, tout le village sans exception s'était réuni autour d'un gigantesque rodizio. Parmi les convives de renom, nous avions à notre table l'un des plus grands compositeurs de tous les temps, auteur et interprète de samba et de chansons brésiliennes, le célèbre Dorival Caymmi ! Notre Charles Aznavour local ! Il venait régulièrement se reposer et s'inspirer ici et comme tu imagines, le courant est parfaitement passé avec ton père. Ils devinrent, en peu de temps, les meilleurs amis du monde. Je n'étais pas jaloux, au contraire. Voir ton père heureux sur notre terre ne pouvait que me ravir. Malgré leur différence d'âge, ils étaient devenus inséparables. Les soirées s'enchainaient, ils débattaient politique, musique et échangeaient sur Buenos Aires et Casablanca, leurs deux mondes si différents et si proches à la fois.

La journée, ton père travaillait avec nous dans les champs puis le soir venu, il s'évaporait avec ce Dorival, au grand dam de Rosetta. Je crois qu'elle l'accompagnait au début, mais elle sentait bien qu'elle n'était pas à sa place dans ce trio politico-musical amoureux. Alors, naturellement, le temps fit son œuvre, leur romance progressivement s'étiola, et sans faire de bruit, elle s'éteignit comme elle s'était allumée.

Ernesto continue de m'embarquer avec lui dans cet incroyable passé et j'en oublie presque les deux loustics. L'après-midi s'écoule à son rythme, lentement, paisiblement, avec le soleil comme ultime témoin de nos confidences. Je n'ose l'interrompre tant j'ai peur de le perdre ou de le perturber. Je suis pourtant tiraillé par la soif depuis un bon moment, alors je saisis discrètement le verre d'eau fraîche que Gary avait posé sur la petite table en bois. Je le liquide d'une traite, sans réveiller monsieur le colonel toujours endormi sur sa balancelle. Ernesto, plus concentré que jamais, devient de plus en plus précis.

— Un soir, ton père m'a annoncé qu'il désirait rejoindre Rio à moto avec Dorival. De là, il pourrait rentrer plus facilement en Europe puis à Casablanca. Je me refusais de voir à quel point sa vie d'avant lui manquait, car ton père faisait preuve d'un enthousiasme et d'une joie de vivre remarquables. Mais sa vie était au Maroc alors, tôt ou tard, il nous quitterait pour de bon. Très vite, tel son fidèle serviteur, je lui dégotais une moto, et pas des moindres ! Une Warrior

500 cm3 de la marque Indian. J'étais fier, et lui de plus en plus impatient. Tout s'est enchainé à une vitesse surprenante. Imagine que pour rejoindre Rio, il leur fallait, trois jours durant, traverser les routes brésiliennes toutes aussi capricieuses que dangereuses. Ainsi, à l'aube d'une magnifique journée de juin, ton père, Dorival et leurs deux engins quittèrent Iguaçu pour rejoindre la belle Rio.

La 500 cm^3 d'Indian dont il parle fièrement me rappelle le contenu de l'enveloppe intitulée Brésil et me convainc de la véracité de ses propos. Avec l'aide d'Ernesto, une nouvelle série de photos prend enfin vie.

— Meyer sera resté quelques mois avec nous, mais il me promit de revenir le plus vite possible. En contrepartie, je lui assurais me vouer corps et âme à notre dessein et d'atteindre la prospérité escomptée. Il m'avait secrètement offert une enveloppe conséquente pour financer notre commerce. Un geste sommaire en rapport à sa fortune, mais cela représentait le jackpot à nos yeux. Quant à ma sœur, il lui laissa une lettre d'amour dont jamais elle ne me parla. L'avait-elle lue ? L'avait-elle jetée ?

Je ne sais même pas s'ils se sont vraiment dit au revoir. Ton père et ma sœur étaient d'une grande discrétion et d'une grande pudeur quant à leurs sentiments. Je ne les ai jamais questionnés, je n'ai fait que supposer.

Les mois ont passé, les saisons se sont succédé et l'idée de revoir Meyer un jour s'était éclipsée. Pour Rosetta, Celia et moi-même, les enfants sont arrivés et la vie a continué. Pourtant, durant toutes ces années sans nouvelle, je ne pouvais m'empêcher de me demander s'il ne lui était pas arrivé quelque chose de grave. J'avais du mal à croire qu'il ne viendrait plus.

Avec le temps, motiver les troupes devenait de plus en plus difficile au vu de nos maigres résultats, l'argent commençait à manquer et faire fortune semblait de plus en plus inconcevable. C'est donc avec mon fils que je m'efforçais tant bien que mal d'honorer ma promesse. De toute façon, que pouvais-je bien faire d'autre ?

Mais un matin d'automne, je le revis derrière la clôture. Je n'en croyais pas mes yeux ! Tu imagines le choc ? Cela faisait 7 ou 8 ans qu'il avait déserté, sans donner signe de vie !

D'emblée, il s'est avancé vers moi pour m'embrasser chaleureusement. Ni mot ni excuse. Cependant je restais sceptique, malgré l'accolade. Je ne savais pas quoi dire ni comment réagir face à ce retour soudain et inexpliqué.

Venait-il nous chasser et récupérer ses terres ?

Avant même que je ne prononce le moindre mot, il se mit à me raconter, avec son enthousiasme légendaire, les différentes possibilités qu'il avait étudié toutes ces années pour rentabiliser notre business ici. Encore une fois, son arrivée augurait de nouvelles perspectives, une ouverture, un renouveau. Comme s'il n'était jamais parti. Cependant nos arbres fructifiaient difficilement, nos bêtes survivaient péniblement et nous frôlions indubitablement l'agonie. Nous étions alors au début des années 60, et tout restait encore à faire. Lui de son côté s'était marié et était déjà père de deux enfants.

— Une question, Ernesto.

— Je t'écoute.

— As-tu eu des détails de son épopée à moto ou de son séjour à Rio ?

— Non, de ça, je ne sais rien. J'ai pourtant souvent tenté de l'interroger, mais en vain.

— Je te crois. J'ai tant de fois connu ce sentiment d'impuissance face à sa froide indifférence !

— Excuse-moi, je t'ai interrompu, mais continue…

— Ton père a toujours été un homme secret de toute façon.

À partir de ce jour, il a pris pour habitude de revenir une fois tous les deux ans, puis tous les cinq ans, puis plus rien encore une fois. Dans les années 70, il a financé beaucoup de travaux d'aménagement et de décoration et je n'ai d'ailleurs jamais su comment le remercier. Ma gratitude envers lui est immense et aujourd'hui encore je sais ce que je lui dois et à quel point j'ai été chanceux d'avoir croisé son chemin.

D'ailleurs Alexandre, en te voyant ici, je me dis que c'est un signe, que si je n'ai jamais pu le remercier lui, je pourrais peut-être faire quelque chose pour toi, je ne sais pas…

Je souris, gêné et le laisse poursuivre.

— Au début des années 80, il débarqua, accompagné d'agriculteurs et de professionnels céréaliers. Les temps avaient changé, l'agriculture aussi et les progrès étaient fulgurants. Il avait pour objectif de commercialiser nos cultures par l'entremise d'une coopérative agricole rentable et concurrentielle. L'année suivante, une armée d'avocats chevronnés débarquait ici pour lancer son projet. Des machines modernes et flambant neuves nous furent livrées et notre travail devenait enfin moins pénible.

Tandis qu'il détaille les avancés du projet de mon père, je ne peux m'empêcher de penser à ma mère. Comment avait-il pu voyager autant sans qu'elle n'apprenne la vérité ? Quels stratagèmes ou mensonges avait-il pu inventer ? Et surtout, pourquoi nous avoir caché ce pan de vie qui me l'aurait rendu si différent ? Subitement, je réfléchis à Raquel. J'avais la sensation qu'elle savait pour ses voyages et qu'elle me mentait une fois de plus ? Je m'en occuperai plus tard.

L'histoire de ce vieil Ernesto me captive tout en me laissant le goût amer des regrets : j'aurais pu reprendre l'affaire et lui prouver que, moi aussi, j'étais capable d'en faire quelque chose de grand ! Un magnifique hôtel avec vue sur les chutes ou tout simplement pérenniser son projet si tel avait été son souhait ! Je me prends à rêver quelques instants, mais je ne peux m'empêcher de le harceler à nouveau.

— Que répondait-il quand tu le questionnais sur nous ?

— Des réponses vagues et évasives. Il parlait souvent de sa famille, de Casa, parfois de son dernier enfant, toi j'imagine, qui grandissait si vite. Du bac de son ainée, de la crise d'ado de la cadette, des banalités de vie sans jamais émettre l'idée de vous faire partager ces moments avec lui. Je ne saurais te dire pourquoi.

— Depuis son décès, je n'ai eu ni le temps, ni l'envie, ni la patience de me pencher sur ses comptes, mais toi, sais-tu comment il a réussi à assumer de telles dépenses toutes ces années ?

— Je ne sais pas trop. Je sais juste que les dépenses afférentes au domaine étaient gérées par un cabinet juridique carioca. Ce furent des années plus que florissantes. Cependant, ton père espaça ses visites et ses nouvelles, de plus en plus rares, nous parvenaient uniquement par courrier postal. Je sais que ce n'était pas sa faute, il avait sa vie, sa famille et de graves soucis de santé, le cœur si je me souviens bien.

Sans lui, nous étions plus vulnérables et ces salauds d'avocats, censés nous épauler et nous rétribuer, nous spolièrent lâchement, fermant à notre insu la coopérative et nous laissant en prime une série de dettes colossales. La banqueroute totale !

Puis comme pour mieux jeter le discrédit, certains d'entre eux firent porter la responsabilité de ce désastre sur ton défunt père. Tu vois jusqu'où peut aller la lâcheté des hommes !

Mais nous avons été sauvés par la justice divine. Tous les villageois, soutenus par nos représentants locaux, se sont battus à nos côtés corps et âme pour que le terrain ne soit jamais saisi. Indéfectiblement, mon fils puis mon petit-fils sont restés ici. Comme tu peux le constater, faute d'argent, ils n'ont rien pu faire non plus pour éviter le délabrement de la ferme et de nos cultures. C'est ce qui explique aujourd'hui tous ces champs en jachère.

— J'ai amené avec moi d'autres photos. Tu veux bien les regarder ? dis-je pour alléger la conversation.

D'un geste brusque, ses mains accaparent les miennes et m'extirpent les clichés. La nostalgie se lit dans ses yeux larmoyants.

— Alexandre, que de lointains souvenirs ! Voir ces photos, ressuscite en moi tant d'émotions... il m'a vraiment manqué, tu sais. Mais attends ! Je n'en reviens pas s'exclame-t-il subitement. Tiens, garde celle-ci entre tes mains, je vais vous montrer quelque chose.

Ernesto me prend le bras, je fais basculer Gary de sa balancelle et tous les trois traversons une partie du domaine. Edson nous emboîte le pas. En effet, tout n'est que friche et les cultures sont depuis bien longtemps livrées à elles-mêmes ! Nous sommes face à un hangar de fortune fait de vieilles planches de bois pourri et de branchage, le tout fixé avec des lianes et des clous rouillés. L'ensemble est recouvert de longues tiges vertes et d'un feuillage marbré proche du lierre.

Je n'ai aucune idée de ce qu'il cache dans cette grange désaffectée, mais je tiens toujours fermement ma photo dans ma main gauche.

Nous poussons la porte d'entrée, non sans difficulté. Branlante, elle rase le sol. Sous un amas de poubelles, accolé à de grosses meules de foin, se trouve un énorme tracteur. Il est gravé sur ce qui devait être à l'époque une calandre : Gartner T28 1959. Ce vieil Ernesto est si fier de le posséder encore qu'il nous en fait l'argumentaire de vente !!

— Voilà le dernier vestige de l'investissement de ton père. C'était une révolution de posséder un tel engin dans les années 80. Il roule encore, tu sais ! Je le garde en souvenir, cela me rappelle notre belle amitié, si épique.

Je confie mon portable à Edson et grimpe sur le tracteur. J'adopte alors la même pose que mon père en son temps. Fier de moi, j'envoie les deux clichés à mes enfants. Cela les fera sourire, eux qui m'ont vu me triturer l'esprit et chambarder la moitié de la maison avec toutes ces photos !

Ernesto est ému et je crois bien que Gary aussi…

Je réalise alors que la vision hédoniste d'une simple photo, aussi banale soit-elle, peut à elle seule éveiller tantôt l'effervescence, tantôt la fragilité et les fêlures d'un homme, même les plus profondes.

Dans un souffle de poussière, le zonda nous rappelle qu'il est grand temps de nous éclipser. Le signe de tête de Gary résume en un regard sa fatigue, son ennui et son empressement à retrouver son hôtel. Il salue Ernesto puis grimpe dans la voiture.

Étourdi par ses dernières révélations, je prends le temps de le remercier et surtout de lui exprimer ma gratitude pour ses confidences qui ont éclairé un passé jusqu'alors insoupçonné. Il ne savait rien de plus et n'avait partagé qu'une tranche infime de sa vie si mystérieuse.

— Ernesto, je reviendrai te voir demain. Nous devons parler de l'avenir du terrain.

Son visage s'assombrit, il me répond oui d'un hochement de tête. J'aimerais le rassurer une dernière fois, mais le klaxon abrège notre au revoir. Je rejoins la voiture et lance à Gary :

— Prochaine étape : Rio ?

S'ensuit à nouveau son interminable intervalle de réflexion puis il lâche :

— Fiston, la prochaine étape pour nous, c'est d'abord le dîner de ce soir dans le restaurant de fruits de mer de ton choix !

Allez, en route Edson

17

L'adieu

Cohiba BHK56, mon luxe de ce soir, mon refuge, 16,6 cm de vif plaisir. La fumée ambrée s'envole gracieusement, comme pour me protéger ou ne pas me démasquer et me plonge dans une ivresse aussi profonde que fugace. Loin de tout, je savoure à nouveau ces petits moments précieux qui me sont devenus indispensables.

Gary m'avait paru préoccupé durant tout le repas, comme empreint d'une mystérieuse mélancolie qui laisse transparaitre le vide que l'on ressent et que l'on ne peut plus combler.

Pour la première fois ce soir, il avait souhaité que je me révèle, pas sur mon travail, non, mais sur moi, sur l'homme que j'étais. Je lui confiais alors quelques morceaux choisis de ma vie, de l'intime, de ma famille, à quel point j'étais le père le plus comblé de la planète, le plus possessif aussi. En parlant, je réalisais que mes enfants étaient ma plus grande fierté, la partie de ma vie que j'avais probablement le mieux réussi.

Pour le reste, la plupart des hommes de cinquante ans traversent des moments de doutes, de remises en question et je ne dérogeais pas à la règle… les miens avaient commencé bien plus tôt… bien trop tôt, mais je m'interdisais de les voir. Je m'étais volontairement laissé enfermer dans l'ennui, et ce voyage m'éclairait un peu plus sur mon rejet du bonheur.

Puis, clin d'œil du destin, un nouveau message de Gwendoline m'ôte en un éclair tout vague à l'âme. Je ne peux réprimer mon excitation à la vue de son nom sur mon écran. Elle désire que nos chemins s'épousent à nouveau une fois de retour à Paris…

Qu'importe ma décision prise avant mon départ, je me sens désiré, attendu, flatté dans mon égo d'homme. J'aime ça. Les images de cette fameuse nuit où son corps s'est révélé au mien ne me quittent plus, mon envie d'elle devient obsessionnelle. Me perdant dans ces souvenirs brûlants et lointains, je suis cruellement rappelé à l'ordre par un sentiment de culpabilité.

Qu'advient-il de mon mariage dans tout ça ?

Difficile de trancher. Sarah n'est plus une femme de plaisir, si absente à mes envies. Notre sexualité, au fil des années, de recréation épisodique est devenue quasi inexistante. Je ne la blâme pas pour autant, non. Peut-être suis-je à présent l'étranger et que mon attitude lassée, dénuée de désir dictait inexorablement la sienne. Même notre union professionnelle, en y repensant, me pesait lourdement.

Le constat est glacial. Y avait-il une issue ?

Probablement. Et l'homme ressuscité qui bouillonne en moi aspire à une nouvelle vie libre et sans contrainte. Je rêve de ressentir tant de choses fortes, démesurées et sans condition. J'ai soif d'un amour encore inconnu, qui me transporte vers des mondes insoupçonnés, vers cette bulle d'enchantement inespérée.

Je m'exprime à voix haute et je suis surpris de voir avec quelle facilité je me confie à Gary. Je ne sais pas s'il comprend ce que je raconte, mais en tout cas il m'écoute attentivement.

Puis sa voix grave me stoppe nette.

— « Alexandre, choisis ton bonheur et vis-le sans peur. Ton choix sera le bon si tu es heureux chaque jour. Ne te cherche pas d'excuses superficielles et surtout, ne le refuse pas, comme j'ai pu le faire, car tu passeras à côté de ton existence ».

Cette phrase, celle d'un militaire qui a bourlingué toute sa vie et qui vieillit seul aujourd'hui, me touche profondément. Il avait eu le mot de la fin, les mots paternels qui concluaient mélodieusement notre repas. Tandis qu'il dégustait son gâteau aux poires, je digérais ses paroles qui résonnaient comme des notes de musique sur mes dernières bouffées de cigare.

À présent sur la terrasse, je prolonge cet aparté voluptueux et tire délicatement les dernières taffes, silencieux. Une fine averse dépose ses minuscules gouttes translucides sur le fil électrique face à moi comme si la pluie étendait son linge sous mon nez.

Mon regard curieux vient alors s'échouer sur la baie vitrée du restaurant. Et je l'épie, lui, le fort, le roc, dessinant avec ses doigts de petits cercles sur la nappe, tel l'enfant pris en flagrant délit de je ne sais quelle bêtise et attendant, craintif, sa punition. Gary vient de fêter ses 89 ans, mais à cet instant, dans son costume blanc en soie sauvage, détendu au téléphone, il en parait à nouveau 20. L'amour possède cette magie qui préserve et épargne du temps. Je ne m'inquiète pas pour mon iPhone, Gary le tient comme un trésor… Je lui ai laissé, après avoir composé le numéro de Raquel.

Ne tenant plus en place, j'écrase mon cigare dans le cendrier, avale d'un trait mon rhum millésimé et le rejoins.

— Alors, excité ? Impatient ?

— Oui Alexandre, je suis conquis depuis 60 ans, alors impatient je ne sais pas… mais heureux oui indubitablement.

— Annonce-moi une bonne nouvelle ! Dis-moi que tu vas la rejoindre à Marbella ?

— Non, c'est elle qui vient à L.A me rendre visite.

— Los Angeles ? Tu es fort dis donc ! Un coup de fil et elle rapplique ! Quel charme, lui dis-je amusé.

— Quand je repense à elle, à notre idylle d'il y a 50 ans… si seulement je n'avais pas fui ! Aujourd'hui la donne est différente. Mes jours sont comptés, deux voire trois mois tout au plus. Mon cancer s'est généralisé et je n'ai aucune chance de m'en sortir. En résumé, elle débarque parce que je suis en train de crever, fiston.

— Pourquoi ne m'as-tu pas dit que c'était imminent ? Que tu souffrais ? Comme un imbécile, j'ai avancé tête baissée ! Craignais-tu que je refuse de t'emmener avec moi ?

Il fait mine de ne pas entendre.

— Sais-tu ce qui me ferait vraiment plaisir ?

— Non, je t'écoute,

— Une fois ton voyage mémoriel terminé, viens me voir avec ta famille, j'aimerais rencontrer la descendance de mon Meyerson avant de…

— Oui, je le ferai, c'est promis.

— J'ai réservé mon retour pour demain matin. Sais-tu, à présent, ce que vous comptez faire de ce foutu domaine ?
— Pas la moindre idée, Gary, pas la moindre.

Je le sentais épuisé depuis notre arrivée à Iguaçu. Du coup, après ses confidences, sa décision ne me surprenait pas. J'étais ravi que Raquel lui rende visite. Tel un rêve, il finirait sa vie comme il l'avait commencée… amoureusement… avec Raquel, son amour de toujours.

Le moment était venu pour moi de continuer seul mon aventure. Désormais émancipé, j'étais prêt.

Le lendemain matin, Edson s'est posté sur le parvis VIP Cars de l'hôtel. La valise dans le coffre, il démarre sans un mot vers l'aéroport. Nos adieux, car il est bel et bien question d'adieux, se font silencieux. Je ne suis pas dupe sur l'avenir de mon colonel, mon Gary, mon ami. Il est devenu tout à la fois en si peu de temps et c'est le cœur serré que je le regarde s'éloigner avec cette élégance qui le caractérise et qu'il gardera jusqu'au bout. Je suis si fier d'avoir fait partie de sa vie, l'espace de ces quelques mois. Face au douanier qui lui rend son passeport, sans se retourner, il tortille ses doigts tel un marionnettiste en guise de salut. Il sait que je continue de l'observer… Pudique, mais toujours plaisantin, il aura réussi à me faire sourire une dernière fois.

En quittant le terminal, j'appelle instinctivement les miens. J'aime bien dire les miens, comme s'ils m'appartenaient tous, sans exception. Pour commencer ma femme, puis mes enfants, mes sœurs et pour terminer ma tendre mère, plus sensible, que j'épargne avec mes mensonges. Je ne leur lâche que quelques fragments de mes avancées et découvertes pour les rassurer. Comme un sale égoïste, je prends les décisions seul, y compris sur cette histoire de propriété familiale. Je m'étais auto-proclamé chef de famille, puisque le seul fils. Je n'avais nul besoin de leur absolution.

Je conclus ma pause téléphonique par mon autre tribu, celle de mes artistes. Telle une seconde famille, depuis la vente de la galerie, ils me harcèlent encore. Au-delà des affaires, devais-je en conclure qu'ils me portaient une affection singulière ? Peu importe la nature du lien, leur geste me touche. Néanmoins, le besoin de distance d'avec mon « avant » est indispensable, alors je m'efforce de leur expliquer que je ne suis plus dans l'arène artistique, qu'il leur faut se trouver un autre parrain, une autre providence, du moins pour le moment.

Une fois tous ces échanges avec mon ancienne vie terminés, je reprends mon cap vers l'avenir, ce demain si convoité, si attendu et que j'ignore.

— Edson, direction le domaine s'il te plait.

Cette fois-ci le trajet me semble interminable, empreint d'une solitude sans nom. Je préviens Neymar JR de notre arrivée. Bien que toujours indécis concernant l'avenir de ce terrain, je me dois de clarifier certains points avec la famille Do Nacimiento.

Devions-nous vendre ? Exploiter de nouveau ? Investir dans des travaux ou tout transformer en hôtel ? Autant de possibilités que d'obstacles à étudier. En parler avec eux m'inciterait au bon choix.

Sitôt le portail franchi, quatre hommes à la mine patibulaire nous accueillent. Étrange et hostile comme atmosphère.

— C'est une entrée VIP ce matin ! dis-je à Edson.

Des gardiens ? Une possibilité, vu l'isolement du terrain et l'insécurité grandissante d'Iguaçu. Mais pourquoi les croiser seulement aujourd'hui ?

Mes deux hôtes m'attendent sur la terrasse. À vrai dire, cette ferme me plait de plus en plus. Le vieil Ernesto revient sur quelques anecdotes concernant mon père, pensant peut-être m'attendrir et me détourner de la raison de ma visite. Peine perdue. Je le laisse mener la conversation, me prête au jeu, reculant le moment fatidique d'aborder la question préoccupante. Il s'épanche un peu plus sérieusement sur ce Dorival et leur fameuse virée à moto sur plus de 1300 km pour rejoindre Rio. Même installé sur une 500 cm^3, le parcours laisse rêveur.

Je bouillonne de savoir ce qui avait bien pu se passer lors de cette épopée sauvage. J'ai effectivement besoin d'un point de départ à Rio pour engager de nouvelles pistes, ou d'un contact capable de retrouver ne serait-ce qu'une infime trace de son passage. Je repense alors à Romero, le professeur qui m'avait, un temps, proposé son aide.

Depuis près d'un an, je foule une fois par semaine les parquets de son club, place de la Bastille. J'accompagne en catimini ma cadette passionnée de danses latines. La salsa pour moi en est encore au stade de la découverte et je l'avoue, mes accointances pour le football et la boxe sont bien plus naturelles !

Deux sonneries suffisent pour entendre sa voix familière.

— Salut, Romero, comment vas-tu ? C'est Alexandre.

— Alexandre, content de t'entendre ! Où es-tu en ce moment ? Comment se déroule ton voyage ?

— Très bien, justement j'aurais besoin de toi.

— Bien sûr, dis-moi ce que je peux faire ?

— Il faudrait que tu m'organises une rencontre avec les enfants de Dorival Caymmi, mais le plus vite possible. Je dois bientôt me rendre à Rio.

— Je m'en occupe tout de suite. En attendant, puisque tu es dans le pays de la Samba, il serait temps de montrer ce que je t'ai appris et de leur faire un show ! s'exclame-t-il content de sa plaisanterie.

Je raccroche. Neymar, drapé dans son attitude menaçante, se rapproche de moi et me demande ce que je pense faire du domaine. Il me rappelle qu'il serait judicieux de respecter le travail que sa famille a fourni pendant toutes ces années. Il ne me laissera pas faire ce que je veux ! Hargneux, il ajoute se sentir tout à fait capable de relancer l'activité agricole.

Son ton vindicatif et inapproprié ne m'impressionne pas du tout. Je le fusille du regard et souligne que le fruit de leurs activités ces dernières années semble bien dérisoire. Mais je ne suis pas un ingrat et de toute façon, je n'ai pas encore statué sur l'affaire. Dans son propre intérêt, je lui conseille de calmer son agressivité et de ne plus jamais tenter de m'intimider de la sorte. Je suis et reste son propriétaire après tout.

— Pour le moment, vous conservez l'usufruit du domaine, lui dis-je sèchement.

Ernesto, plongé dans ses souvenirs, m'avoue ne plus savoir qui était les deux acolytes qui accompagnaient Dorival. Il m'en fait une vague description physique, vieille de soixante ans. Autrement dit, rien ! Je les remercie de leur accueil, les informe que je reviendrai les voir au plus vite et prends congé sans m'attarder. Ce Neymar dégage des ondes qui me rendent nerveux.

En franchissant le grillage, Edson change d'attitude. Les hommes de l'entrée ont disparu.

— Je n'aime pas ça Alexandre. Allons-nous-en au plus vite.
— Explique-moi, pourquoi accélères-tu de la sorte ?
— Barrons-nous au plus vite, je te dirai après.
— Tu me fous la trouille, explique-moi bon sang !

Edson, dans un silence effrayant, ne décolle pas ses yeux du rétroviseur. Une première secousse nous saisit violemment, projetant ma tête sur la portière. Sous le choc, je reste muet.
Je n'ai aucune idée de ce qui se passe.

— Accroche-toi, nous sommes poursuivis par deux bagnoles.
— Tu plaisantes j'espère !
— Attache-toi, eux ne semblent pas plaisanter.

J'obéis sans piper mot. Mais qui pouvait bien s'attaquer à notre 4x4 ? Quelle menace pouvais-je bien représenter pour être coursé de la sorte ?

— Alexandre, je reconnais les hommes de Neymar, ceux qui nous ont accueillis tout à l'heure.
— Tu es sûr ? Peut-être qu'ils nous prennent pour des dealers ou des trafiquants ?

L'une des voitures nous rattrape, et tente de nous faire perdre le contrôle du véhicule à grands coups de volant par la droite.
L'autre chauffard, collé au pare-chocs arrière, nous projette par à-coups vers le ravin. Edson me surprend par la

maîtrise de sa conduite sportive et le contrôle de sa trajectoire. Il accélère du mieux qu'il peut jusqu'à friser les 130 km/h sur une route boueuse à faible visibilité.

— Non, les trafiquants, ici, on les flingue direct.
— Mais pourquoi alors ? Tu penses pouvoir les semer ?
— Je fais de mon mieux, j'espère que leur but est simplement de nous effrayer.

La tension est à son comble. Il accélère à nouveau brutalement, le compteur affiche désormais 150 km/h. Les phares de la voiture arrière continuent de nous coller au train tandis que l'autre semble s'être éloignée. Je reprends ma respiration et la vue de la frontière brésilienne au loin me rassure enfin. Edson ralentit à l'approche de la douane, laissant la voiture assassine disparaître dans la forêt.

Durant les quelques kilomètres qui nous séparent de l'hôtel, j'écoute à peine ses mises en garde concernant les propos de Neymar : « Méfie-toi de la nouvelle génération brésilienne. Elle est avide de violence, de pouvoir et sans scrupule, comme si tout leur était dû. L'amitié et le passé de son grand-père ne pèsent rien dans la balance et ne changeront rien à son attitude envers toi », lance-t-il inquiet.

Le calme revenu, je m'empresse de le féliciter de sa performance au volant.

— Mais quel conducteur chevronné tu fais ! As-tu d'autres secrets comme ça ? Sous tes airs calmes et patients, tu caches bien ton jeu !
— Alexandre, réalises-tu que nous venons d'être avertis gentiment ? Tu sais, la prochaine fois, ils seront moins cléments.

— Gentiment ! On a failli nous tuer, cela n'avait rien de gentil !

— C'était un avertissement, fais attention à toi, vraiment. Comme je te le disais, la jeune mafia locale ne plaisante pas, et ta présence ici semble les contrarier.

Je reste encore très choqué. Que puis-je faire ? Porter plainte ? L'idée m'effleure un instant, mais je ne désire ni envenimer les choses ni attiser la haine ou la colère. Et puis, qui me garantirait de la loyauté de la police locale ?

Soudain, j'imagine mes sœurs avec moi dans la voiture ; elles seraient déjà dans le premier vol en direction de Paris. L'idée me fait sourire, puis éclater de rire.

Notre conversation s'oriente alors sur Rio et mon envie de m'y perdre. La simple évocation de son nom fait rêver la planète entière. Pour moi, cette ville a un écho particulier, et ce depuis 10 ans maintenant. Je lui cache l'hommage que j'ai à accomplir là-bas. Bien plus qu'une envie, une nécessité, un acte intime.

Arrivé à l'hôtel, épuisé, je m'effondre sur le lit.

La dernière journée sera consacrée à une ultime visite des chutes d'Iguaçu. Cette fois, j'aspire à retourner seul arpenter les sentiers pédestres côté argentin. Quelle nature luxuriante ! Certains arbres atteignent 30 mètres de hauteur. Tout est ressourçant, d'une rare beauté tant pour la faune que la flore. Même les coatis insouciants zigzaguent entre mes jambes, comme pour me rappeler de les respecter.

J'arrive sur la passerelle Garganta Del Diablo après quinze minutes de petit train.

La rambarde, en forme de fer à cheval, est réquisitionnée par un Geais Acahé, cette espèce rare, réputée pour ses couleurs chatoyantes de jaune, de bleu et de noir. Je stoppe net mon ascension, captivé par cet animal peu farouche.

Ainsi va la vie : hier, je frôlais la mort et aujourd'hui je m'extasie face à cet oiseau.

Aux premières loges de ce spectacle, tous mes sens se mettent instantanément en éveil. Mon ouïe capte le grondement assourdissant des chutes, je plonge mes mains et mon visage dans la fraicheur des embruns et ma vue est happée par ces quantités d'eau qui disparaissent sous mes pieds dans un brouillard improbable. Je prends quelques photos et enchaine avec le dernier passage : l'Isla San Martin menant aux plus hautes chutes de la région.

Je me sens calme et apaisé, comme seul au monde. Je rapetisse, vidé de mon énergie, de plus en plus minuscule face à l'immensité. Une sensation indescriptible.

Plus tard dans la soirée, je propose à Edson de poursuivre notre collaboration à Rio. Mon sauveur accepte sans hésiter. Ainsi, avec « O guia » à mes côtés, je me sentirai plus en sécurité. Sans attendre le coup de fil de Roméro, je décide de partir au plus vite.

Au même instant, dans un bref SMS, Gary me rassure d'un « Bien arrivé fiston ! »

18

À toi, mon ami de cellule

J'espère vraiment qu'il ne sera pas en retard, pas encore, pas aujourd'hui. Notre voyage est enfin advenu, notre moment à nous, notre virée brésilienne pour fêter notre glorieuse cinquantaine !

Je lui ai toujours pardonné son manque de ponctualité, ses absences ou ses pirouettes pour chaque évènement important de ma vie. Depuis notre rencontre au lycée Turgot, il est mon plus fidèle compagnon de route, mon confident, le frère que je n'ai pas eu. Je peux l'appeler à 2 h du matin pour une insomnie, lui confier mes peurs, mes angoisses, mes souffrances, sans filtre, sans pudeur. Il répond toujours.

Serge c'est mon autre moi.

On partage tout, même les copies d'examen ! Je me souviens encore comment il m'a sauvé de l'épreuve de maths du BTS en me laissant sa copie en libre accès. D'ailleurs, il m'en voudra longtemps d'avoir décroché une meilleure note que lui ! À croire que les copies sont plus appréciées que les originaux !

Doté d'une immense patience, c'est celui qui s'évertuera, des nuits entières, à m'expliquer comment jouer à la belote, sans jamais perdre son sang-froid ou émettre le moindre soupir d'agacement. Le seul aussi capable sur les pistes de ski de me faire hurler de rire jusqu'à en uriner dans ma combinaison !!

Quoi qu'il en soit, il va m'entendre en arrivant ! Six mois que nous préparons minutieusement notre escapade dans les moindres détails, samba, fiestas, visites, musées, restaurants gastronomiques, foot… et malgré tout ce programme, il n'est pas fichu d'arriver à l'heure à l'aéroport.

« Dernier appel pour le vol IB 3445 à destination de…. »

La bande sonore du terminal propulsant pas moins de 110 décibels me fait atterrir violemment. Je me suis littéralement endormi sur l'une des banquettes en simili cuir et cette voix féminine met fin trop brutalement à mon fabuleux rêve. Celui de nos retrouvailles, Serge et moi.

Quelle belle invention que les songes, l'unique moyen pour le cerveau humain de s'évader. Tout semblait si vrai !

Le tapis roulant, qui d'ordinaire fait valser les bagages, danse à vide. Silencieux, j'attends ma valise, Edson la sienne…

Je tente douloureusement de reprendre mes esprits sur ce sofa. J'ai atterri 45 minutes plus tôt à l'aéroport Tom Jobim. Sans lui. Il m'a précédé, il y a 10 ans de ça. Vol AF447… Putain d'avion, putain de jour, putain de destin.

Je m'étais fait la promesse de venir un jour en pèlerinage à Rio me recueillir et lui faire mes adieux.

Mais je n'arrive pas de Paris, je n'ai rien prémédité et me retrouver ici relève de l'insoutenable.

Le choc émotionnel s'empare de tout mon être. Mon corps m'abandonne et je me surprends à revivre la même affliction, tant redoutée, une décennie plus tard...

Qui a le pouvoir de se prémunir contre la cruauté des évènements du passé ? Probablement personne, quand on a été affecté si violemment. Alors on tente d'enfouir nos émotions au plus profond, on essaie de panser nos blessures tout en évitant que le passé ne ressurgisse et nous jette à terre une seconde fois.

J'envoie un message à sa fille pour l'informer que je suis à l'aéroport de Rio. En retour, comme pour couronner le bal des synchronicités, elle me rappelle que c'est le jour de son anniversaire.

Quelques instants plus tard, le SMS tant attendu de Romero arrive enfin. Il m'a obtenu un rendez-vous avec un certain Danilo, le fils cadet de Dorival, dans seulement 48 heures.

Quelle chance de le connaître celui-là et surtout d'avoir fait appel à lui ! Je jouis donc de deux jours de liberté absolue et de flâneries brésiliennes pour décompresser et me changer un peu les idées. Ma seule ambition : me perdre dans cette ville qui suscite autant le fantasme que la peur. Je suis impatient de m'étourdir sur ses plages de sable fin, de m'enivrer de Caïpirinha, de batida de maracuja, bercé par les rythmes endiablés de la samba et des parades de danseuses à moitié nues. Ce pays est le royaume de la fête et de la vie, celui de tous les excès.

Edson finit par récupérer tant bien que mal nos deux bagages sur le tapis roulant. Absent et étourdi, je n'ai même pas remarqué leur arrivée. Il a assisté, impuissant, à ma scène de catharsis, mais ne me pose aucune question. J'apprécie son tact et sa discrétion.

Dans ma tête, le programme des deux prochains jours se dessine progressivement. Je n'ai plus une minute à perdre pour conquérir la belle Rio de Janeiro.

Notre point de chute est l'hôtel Fasano, sur la mythique plage d'Ipanema. La terrasse de ma chambre, au luxe raffiné, ouvre sur le bord de mer et sur les silhouettes de la « Morro Dois Irmaos » plus connu en Europe sous le nom de « Montagne des deux frères ». À peine nos valises posées, nous flânons gaiment sur l'Avenida Vieira Souto quand un concert improvisé en pleine rue nous happe. À Rio, c'est comme ça, on marche, on s'arrête, on écoute, on danse et chaque minute est différente de la précédente. Nous poursuivons en musique notre chemin en direction du musée d'art moderne, place Maravilha. Il a bonne presse à travers le monde, mais bizarrement mon esprit a du mal à se canaliser. Je suis comme dispersé. Déçu par les œuvres présentées, seule son architecture futuriste me séduira.

Hors de question pour moi de galvauder ces délicieuses heures de liberté avant ma visite chez ce Danilo. D'ailleurs, Edson me facilite la tâche. J'ai le statut de brésilien avec lui ! Ni file d'attente de touristes, ni barrière de langage, ni truanderies en tous genres ! Il connaît la belle comme sa poche et me concocte un circuit basé sur les photos de mon paternel !

Bien que très touristique, il était impensable de ne pas visiter le Corcovado. J'ai en tête le souvenir de mon père, celui où il pose avec deux saltimbanques au pied du Christ rédempteur à 710 mètres d'altitude. Nous attaquons donc la montée au départ de la gare de Cosme Velho, installés dans un petit train rouge, aux faux airs de ceux du Costa Rica.

Je ne suis ni impressionné ni transcendé, il m'en faut dorénavant bien plus ! Je souhaite juste marcher sur ses pas, le reste m'importe peu.

13 h 30, il est enfin temps de déjeuner. Edson nous entraine en direction de Santa-Teresa, au Bar Do Mineiro.

Je jette un coup d'œil furtif dans mes archives photographiques. Le lieu ne semble pas avoir pris une ride. Un véritable capharnaüm, des tables partout, autant de monde dehors que dedans, un vrai souk à la décoration aussi déstructurée que kitch. Derrière le bar sont suspendues des figurines, telles des poupées animées et sur les murs blancs, une faïence vieillotte recouverte de cadres photos, mais aussi des peintures des danseurs et chanteurs des années glorieuses de la Bossa-Nova. Un peu partout, des plats en fer, en tôle, sont accrochés tels des trophées gastronomiques… du jaune, de l'orange, du rouge. C'est gai, ça crépite ! Pour ce qui est des assiettes, nous avons droit à un feu d'artifice de saveurs. Tout est délicieux, chaleureux, on commente et partage avec nos voisins de table, une parfaite fusion des cultures !

Je me sens si bien. Comment ne pas tomber amoureux de cette ville qui bouscule tous les codes, toutes les modes ?

Rio la libre,
La poétique,
La volcanique,
La colorée,
La mystérieuse.

C'est une véritable claque d'humanité où le passé ne se cumule pas au présent. Rien n'est suranné. 2017 est aussi décomplexée que les années 50, 60 et même 70 en leur temps.

Une fois de plus, Edson m'immerge dans les endroits les plus controversés et nous nous enfonçons au cœur de la cité, sillonnant bidonvilles et rues réputées dangereuses. J'ai soif de tout, entrevoir le décor et son envers, impatient à l'idée de découvrir ce qui se cache. L'autre versant de la belle héroïne.

Rio la ténébreuse,
La dure,
La repoussante,
L'affamée,
L'affligeante,
L'agressive.

Qu'importe le lieu : il se dégage partout la même chaleur et cette même convivialité magique. Et mon père dans tout ça ?! Comment avait-il pu fuir ce paradis des sens pour finir sa vie au Maroc ? Quelle idée saugrenue ! Il aura décidément souvent fait les mauvais choix, me dis-je un peu révolté.

J'imagine mon enfance ici, en jeune et tumultueux brésilien. Le mode de vie devait être assez similaire, certes, mais l'âme de cette ville reste malgré tout aux antipodes de notre douce Casablanca. Je ne regrette rien, je m'interroge seulement.

Je consulte ma messagerie. Le nom de Gary s'affiche sur mon portable. Il doit déjà s'ennuyer de moi…

Eh ben non, le bougre m'informe… Raquel arrive dans 48 h.

Je suis tout excité pour lui et surtout j'apprécie tellement notre nouvelle complicité. 48h chrono… the final countdown.

Optimisant ma pause à l'hôtel, je liste sur mon portable l'inventaire des escapades de la journée. Corcovado, Tijuca,

Santa-Teresa, les escaliers Selarón, tout y est pour que mon rêve devienne lucide.

Bien que l'ensemble soit captivant, ce sont les escaliers Selarón, qui comblent l'inconditionnel de street art que je suis. Un arc-en-ciel en dégradé de rouge. Les marches sont parées d'un patchwork de faïence, une véritable prouesse artistique, une œuvre d'art publique, réalisée en l'honneur de la coupe du monde de football de 1994 ! Quelle idée farfelue et pourtant si unique et déjantée, à l'image de son singulier créateur, Jorge Selarón ! Je demande à Edson comment je peux le rencontrer. Avec son détachement habituel, il m'apprend que l'artiste est décédé, quelques années auparavant, dans des circonstances atroces. Son corps, affreusement mutilé, avait été retrouvé couvert de brûlures. Dommage. J'aurais adoré échanger avec lui.

La fin d'après-midi sur la plage clôture magistralement cette journée. Le sable s'est refroidi. Le soleil, déjà éteint, nous laisse admirer les lueurs du crépuscule pour mieux nous entrainer vers les saveurs épicées de la nuit… la fête s'empare des lieux avec son naturel délicat. Edson me rejoint, deux caïpirinhas à la main.

— Nous sommes mardi Alexandre, alors je te propose un dîner dans un endroit improbable, lance-t-il un brin farceur.

— Vin ?

— Oui !

— Fromage ?

— Pour moi c'est encore un oui !

— Et enfin, huitres ?

Je m'exclame alors d'un ultime et grand oui jouissif !

D'une voix pétillante, il me lâche : « En avant pour Canasta Bar : les huitres c'est uniquement le mardi ! »

J'acquiesce en levant mon pouce droit, ma bouche encore imbibée de ce cocktail démoniaque. Edson m'avait bien cerné, et désormais je le suivais les yeux fermés. La soirée s'annonçait prometteuse et je ne voulais surtout rien rater.

Le repas est à la hauteur de mes attentes : copieux et délicieux. Nous finissons notre dîner un peu éméchés mais prêts à continuer la fête. C'est dans le quartier de Lapa que nous prolongerons la nuit, dans un bar karaoké, le « Beco do Rato ». Notre état d'ébriété abolit toutes les barrières, nous chantons et dansons aux rythmes des salsas, sambas et autre bossa-nova ou chansons françaises. Si je m'attendais à tout ça !

J'exulte, je revis... le fêtard en moi, jusqu'alors endormi ressuscite. Touristes, locaux, jeunes, vieux, tout le monde nous parle sans gêne et sans timidité, comme si tous se connaissaient. Les verres s'enchainent aux mêmes rythmes que nos fous rires, la musique, les cigares...

Décomplexé, je me surprends à danser avec toutes les cavalières. Je vis une véritable soirée brésilienne... avec pour unique témoin de ma débauche, Edson. J'avais besoin de ce moment, de crier ma gaité, de lâcher la pression ce soir. Un soir, au beau milieu d'inconnus.

La fête bat son plein, quand soudain : trou noir.

Était-ce l'euphorie du moment ? L'alcool ? Je n'en sais rien, mais certains détails m'échappent encore ou demeurent bien flous dans ma mémoire.

J'émerge péniblement. La scène de mon corps allongé à même le sol contre celui d'une sublime et voluptueuse Brésilienne m'intrigue. La chambre d'hôtel est sens dessus dessous, l'odeur du cendrier encore rempli de mégots et autres substances non identifiées ranime ma curiosité.

Je n'ai, à regret d'ailleurs, aucun souvenir de ma défaillance !

Discrètement, je me lève tel un contorsionniste maladroit et vérifie qu'il ne me manque rien. Je reprends à peine mes esprits pour sauter dans un taxi et regagner mon hôtel.

Le jour se lève déjà et une seule chose m'importe : m'installer sur un transat disposé sur l'une des plus belles plages du monde, dans le quartier le plus mythique de la ville : Copacabana.

Les yeux levés vers le ciel, une dernière pensée pour Serge se faufile avant de sombrer dans un sommeil profond.

19

Chez Danilo

En selle sur un scooter, je me laisse guider vers le charmant quartier résidentiel où demeure Danilo Dorival. La samba envahit les ruelles telle une gourmandise auditive et plus je me rapproche, plus le son se précise. Bercé par la musique sur mon deux roues, repérer sa maison se révèle être un jeu d'enfant.

Il m'ouvre personnellement la porte de son petit paradis. Seuls quelques domestiques sont employés pour la cuisine et l'entretien de la propriété. La villa s'apparente à un cube architectural aux lignes édulcorées, démembrées, où toutes les pièces du bas s'ouvrent sur la piscine à débordement ainsi que sur le parc.

Dans un français parfait, Danilo m'invite à m'installer autour du bassin, un cocktail de fruits frais à la main. D'un claquement de doigts, le son d'une douce musique résonne de part et d'autre des enceintes discrètement disséminées dans le jardin.

Touché par sa chaleur et son hospitalité, je savoure l'ambiance de cet après-midi douce et bohème… Danilo, comme tous les membres de sa famille, est à la fois chanteur et musicien. Il me confie avoir enregistré plus d'une dizaine de disques puis à demi-mot, comme pour s'excuser de porter le nom de Caymmi, me confesse que sans talent il n'aurait jamais perduré dans ce métier. Il m'explique ensuite avoir reçu quelques coups de fils d'amis à mon sujet.

— Alexandre, je ne sais pas si je vous serai d'une quelconque utilité, mais dites-moi dans quelle mesure je peux vous aider.

— Vous le savez peut-être déjà, j'effectue des recherches sur la vie de mon père. Il semblerait qu'il ait connu et fréquenté le vôtre dans les années 50. D'abord à Iguaçu puis ici, à Rio.

— Comment s'appelait-il ?

— Meyer, Meyer Jakob.

— Cela ne me dit rien… euh. Laissez-moi réfléchir quelques instants.

— Je vous en prie !

— De mon enfance, j'ai des souvenirs, mais pas de nom précis. Lorsque Dorival organisait des barbecues avec ses amis musiciens ou composait des chansons, j'ai pu, c'est vrai, entendre certaines expressions inhabituelles comme « Africano », « Casablanca » ou « français ». Ces mots revenaient souvent dans les conversations, mais de là à savoir s'il s'agissait de votre père… je ne voudrais pas vous donner de fausses joies ou vous induire en erreur.

— Africano ?

— Oui, c'est un sobriquet affectif dont les Brésiliens affublent les voyageurs venus de lointaines contrées.

— Et rien de plus précis ?

— C'est bien loin dans ma mémoire. Je n'ai aucune certitude, mais je me demande si le prénom de votre père n'était pas souvent associé à ceux de Tom et Joao. Il me serait tellement plus simple de vous parler de ces deux extra-terrestres aujourd'hui si emblématiques.

— Tom Jobim et Joao Gilberto ? Seraient-ce eux par hasard ?

J'ai apporté avec moi quelques photos, mais aussi une pochette de disque sur laquelle est écrit, de la main de votre père, un mot empli de gratitude. Tenez, regardez.

— Je reconnais bien Dorival, et lui juste à côté c'est ce cher Tom Jobim. Mais, je suis désolé, le visage de votre père ne m'évoque aucun souvenir. En tout cas, elles sont bien conservées, tout comme le disque aussi, il me semble !

— Oui, à la suite de son décès, on m'a confié un carton de photos, d'objets et de souvenirs parfaitement protégés et…

— Excusez-moi de vous couper la parole, mais vous me faites penser qu'après la mort de mon père, il y a une dizaine d'années, nous avons, nous aussi, trouvé une valise entière de lettres et de photos relatant une grande partie de son passé. Mon frère, ma sœur et moi-même n'y avons trouvé aucun intérêt, mais au vu de sa notoriété, nous avons préféré tout conserver. À la fin de sa vie, mon père vivait ici, à l'étage, dans ses appartements. Montez ! Je vous laisse libre accès à son bureau, vous y trouverez encore beaucoup d'objets et d'archives le concernant. Moi je n'ai jamais jugé utile de les ouvrir ou les regarder, par pudeur ou peut-être par peur. Fouillez où vous voulez : cartons, malles et autres tiroirs, vous trouverez peut-être des pistes ou des indices qui vous intéresseront, qui sait !

— Eh bien merci ! Je ne sais quoi vous dire d'autre. Vous m'offrez là un magnifique cadeau. Mais je ne voudrais surtout pas abuser de votre temps, cela risque de prendre plusieurs heures, voire plusieurs jours !

— Ne vous inquiétez pas, faites vos recherches, emportez même ce qui vous semble essentiel le concernant et revenez autant de fois que cela vous sera nécessaire, dit-il avec gentillesse.

Je le suis sans me faire prier.

— Mais vous êtes sûr que cela...

— Puisque je vous le propose ! Ce ne sont pour nous que des archives sans valeur, les souvenirs précieux et personnels sont ailleurs, croyez-moi !

Pourquoi cet homme m'ouvrait-il si facilement les portes de son royaume, jusqu'aux archives personnelles de son père ? Romero avait dû lui brosser un portrait de moi vraiment flatteur pour susciter une telle confiance !

Je profite de cette chance et laisse mon excitation l'emporter sur tout raisonnement rationnel.

L'escalier qui mène au premier étage foisonne de peintures diverses et le couloir desservant les appartements me semble interminable. Danilo ouvre enfin une grande porte en bois verni et me tend la clé. J'entre ainsi dans ce qui avait dû être l'ultime bureau de son père.

Un amoncellement de vieillerie tranche avec l'apparence claire et ordonnée de la maison. Une bibliothèque vitrée en acajou, massive, habillée d'une écharpe de poussière, regorge de disques, d'écrits, de dessins, de livres. À ma gauche, le bureau style art déco est enseveli sous des toiles vierges et des tableaux peints par Caymmi lui-même.

Par où commencer ? Mes yeux ont bien du mal à se fixer quelque part. Ce sont finalement les tiroirs du secrétaire, puis les caisses stockées aux pieds de la bibliothèque qui m'attirent en premier. L'effervescence de la découverte m'anime à nouveau.

Je me revois quelques mois plus tôt, après une soirée similaire à celle de la veille, frileux devant mon héritage. La scène me paralyse un instant, mais très vite, je m'en amuse.

Je trépigne à l'idée de découvrir, peut-être, dans ce bureau, des moments de vie cachés de cette vedette, encore méconnus de tous. Ce serait drôle, non ?

Sans perdre une minute, j'entame mon inquisition et ouvre tour à tour de vieux cartons insignifiants qui renferment une pléiade de photos d'enfants, de plage, de monuments, bref tout, sauf ce qui pourrait me relier à Meyer.

Les heures défilent à une vitesse affolante. Un, deux, trois cartons que je déballe et toujours rien. J'ai envie de tout arrêter, de descendre pour me désaltérer et satisfaire une subite fringale, lorsque je découvre dans le quatrième, un ensemble d'enregistrements, de cassettes, de bobines de film toutes aussi intrigantes les unes que les autres. Il n'y a évidemment rien pour les écouter ou les visionner dans cette foire aux antiquités. Je mets tout de même ces broques de côté, sait-on jamais.

Au même instant, la porte grinçante du bureau s'ouvre et me fait sursauter.

— Ce n'est que moi ! Danilo s'amuse de ma réaction.

— Pardon, j'étais absorbé par mes recherches !

— Alors, la pêche est bonne ?

Je montre mon petit butin d'un air un peu désabusé.

— Pour l'instant, j'avance chichement, mais ces quelques trouvailles du 7e art suscitent tout de même un léger espoir.

— Je n'en suis pas étonné ! Mon père enregistrait tout ce qu'il pouvait de ses soirées entre amis ! Il adorait garder des souvenirs.

— Pensez-vous possible de les projeter ou d'écouter un morceau ?

— Je vais voir ce que je peux trouver à la cave et si le vieux lecteur de cassette fonctionne toujours. Concernant le visionnage, je ne vous garantis pas grand-chose !

Après tout, que pourrais-je bien trouver sur ses films qui serait susceptibles de faire avancer mon enquête ? Sceptique, j'étais conscient que les chances d'y voir apparaitre mon père étaient inexistantes. Le film, c'est moi qui me le tournais une fois de plus dans ma tête !

Je supposais qu'après leur épopée sauvage à moto, les deux acolytes avaient probablement poursuivi leur folle virée à Rio entre soirées huppées, concerts et jolies filles…

La réapparition de Danilo stoppe un instant mon imagination galopante. Il porte sous son bras un tourne-disque des années 60, un vieux radiocassette et une sorte de projecteur art déco en Bakélite noire de la marque Cinéric-Ericsson muni de deux antennes susceptibles d'accueillir les bobines. Miracle !

— J'espère que cet attirail moyenâgeux vous sera utile !

— Cela semble parfait !

— Je peux rester avec vous pour visionner ce qui peut l'être encore ?

— J'en serais ravi !!

Danilo avoisine les 70 ans et ce flash-back dans son adolescence excite sa curiosité. Il retourne nous chercher des chips et quelques boissons, le temps d'insérer les films dans les antennes.

Celui-ci est à peine déclenché que Danilo s'est déjà installé à mes côtés. Comme au cinéma, la bobine crépite tel un Hitchcock... ne manque plus que le pop-corn !

Les deux premières heures de visionnage me semblent inutiles, mais je fais mine de m'intéresser aux images émouvantes pour mon voisin. Quand soudain, alors que je commence sérieusement à décrocher, je n'en crois pas mes yeux... la pépite : mon père est là, face à moi, âgé d'une vingtaine d'années, fumant une cigarette et riant aux éclats entouré d'une dizaine de personnes. Le côté pentu de la rue et la singularité des habitations rappellent celle d'une favela. Le son grésille, l'image saute. Saisi, j'en oublie presque que l'on se situe bien avant la naissance du super 8 !

Danilo s'esclaffe devant son père poussant la chansonnette et moi devant le mien assis près de lui. Et puis, tout s'arrête net, la suite est inexploitable. Qu'importe, ému et silencieux, les yeux fixés sur le mur, je viens de voir bien plus que ce que j'espérais.

Nous changeons la bobine, Danilo reconnait cette fois-ci la maison de son enfance avec toujours les mêmes copains entourés d'inconnus. Puis il identifie immédiatement deux des personnages.

— Alexandre, à gauche c'est Tom Jobim au piano et Gilberto à la guitare.

— Quels âges pouvaient-ils bien avoir ?

— Une petite vingtaine d'années tout au plus ! Ils sont encore bien inconscients de leur avenir et de leur succès planétaire.

— En effet, Tom Jobim a même un aéroport qui porte son nom !

Ma remarque fait mouche ! Il éclate de rire et moi je tente vainement d'entendre à travers des grésillements, le son de la voix de mon père. À la fois troublant et émouvant, le film s'attarde encore quelques secondes sur sa bande d'amis avant de nous lâcher définitivement... seul le crépitement persiste, puis le noir complet. Les autres bobines sont illisibles et les cassettes inaudibles. Les images précédentes me hantent. J'avais enfin pu le voir tel que Raquel et Gary me l'avaient décrit... c'était donc vrai. Il avait bel et bien été cet homme beau, enthousiaste et bon vivant, apprécié de tous.

Ce film m'offre alors bien mieux qu'une image, il se pose en grand témoin. Revigoré, je déballe, je fouine à n'en plus finir dans les amas de papiers et photos entassés dans une malle en métal. Après de longues minutes de recherche, je tombe enfin sur des lettres qui m'intéressent : des échanges entre Dorival et Meyer et bien d'autres. Ils se racontent la naissance de leurs enfants, leur vie, leurs amours mille fois rêvés, leurs déboires et leurs désillusions aussi. L'une d'elles attire mon attention tout particulièrement.

« Mon ami, comme toi, à présent j'ai un fils, je suis si heureux, si tu savais, mais certains sou.... me ...n... ent... encore, tout est enco... si... trop dur, indélébile. Jamais je ne réussirai à ai..... elle... ».

La lettre, abimée par le temps, et son encre effacée sur le reste de la page me frustre d'autant plus. Ils correspondaient donc encore en 1964, puisque je suis certain d'être ce fils dont il parle. À moins que Rosetta ou... non, non. C'est certain, il ne pouvait s'agir que de moi. Je range le papier dans ma poche, cette parcelle de missive prend du sens à présent.

Mais qu'est-ce qui avait bien pu être « indélébile » ? Je tente alors de me rappeler les propos d'Ernesto, son dernier contact avant Rio, mais rien de concret ne me revient à l'esprit.

Une autre lettre écrite de la main de Dorival le remercie de l'avoir emmené dans la favela da Providencia et de lui avoir présenté, ce fameux soir, ces deux jeunes prodiges Joao et Tom... Dans un autre courrier, mon père se vante de les avoir rencontrés peu de temps après son arrivée à Rio, chez « Armazem do Senado » un bar populaire situé en plein centre-ville.

Au fond de la malle, je dégote un vieux 45 t. Tiens donc ! Ce même vieux vinyle reçu dans mon héritage ! « Chega de saudade » : quel trésor ai-je entre les mains !

Danilo m'apprend que c'est précisément ce premier disque de Bossa-Nova qui imposera ce courant musical dans le monde entier. Il avait été chanté par Joao Gilberto en 1959 puis repris dans les années 60 par son ami Tom Jobim et bien d'autres par la suite...

Les pièces du gigantesque puzzle commencent à s'emboîter et tout prend enfin forme. Mon esprit, bousculé par cette journée à ressasser ces moments uniques et privilégiés, se met, lui aussi, à crépiter. Je suis en train de vivre sa vie par procuration, et plus que d'en jouir, je l'usurpe tant elle me grise.

Mon portable ne cesse de vibrer m'annonçant à la fois des nouvelles de ma femme, un message de mon ami Yves, un lien vidéo de mon fils, un appel manqué de mon artiste Denis Fremond, curieux de savoir où j'en suis et enfin un message d'Edson soucieux, lui, de savoir s'il doit venir me récupérer.

Réfugié et bienheureux dans ma bulle Carioca aseptisée, je répondrais à ce joli monde plus tard dans la soirée.

À la tombée de la nuit, j'emporte avec moi une vingtaine de photos et quelques-unes des lettres encore lisibles. Certains lieux où il avait été photographié existaient peut-être encore.

Cette visite m'aide finalement bien plus que je ne l'avais espéré. Danilo m'invite à prendre avec moi les deux autres films encore exploitables pour les analyser tranquillement à l'hôtel. Un palace comme celui-ci doit forcément avoir de quoi visionner ces merveilles... du moins je l'espère !

Je quitte la villa en le remerciant chaleureusement. Je scrute les alentours avant d'enfourcher mon scooter. Je reste alerte, échaudé par ma dernière course poursuite qui a bien failli me couter la vie.

Edson m'attend pour dîner sur la terrasse. Nous nous mettons à parler de tout et de rien, évitant soigneusement toute allusion sur notre virée de la veille. Après tout, une sortie nocturne ne fait pas de nous des amis intimes ! Je garde pour moi mes nouvelles du jour et abrège le repas. J'ai encore une fois envie d'être seul, vraiment seul.

Endossant le rôle de patron, je lui souhaite une bonne soirée et m'éclipse dans ma chambre, emportant avec moi une farandole de desserts. Ce soir, je suis aussi pressé qu'angoissé de décrypter mes découvertes et d'y puiser un quelconque éclaircissement quant à son « après Rio ».

Il me reste à exploiter les photos prises avec cette femme asiatique. Mais comment retrouver sa trace ? « L.P. et la boîte à bijoux », ce pourrait être un joli titre pour la suite de mes aventures.

Allongé sur mon lit, les gâteaux éparpillés entre lettres et photos, le film de l'après-midi repasse en boucle dans ma tête.

Au lieu de me réjouir et d'appeler mes sœurs pour partager cette pépite familiale, je décide, une fois encore, de tout garder pour moi. Je veux savourer seul son rire, son allure, son histoire. Je jubile à l'idée de le posséder comme nul autre membre de notre famille, de partager sa vie secrète et de profiter du vrai Meyer jeune, fougueux, cet inconnu…

Et si moi, je perçais le mystère… si moi…

23 h,

Dans l'effervescence de la soirée, je m'attarde longuement sur l'une des photos de Gwendoline reçue quelques jours plus tôt. Elle me plait vraiment cette fille. Alors, je profite d'un petit relâchement pour répondre à son message, lui avouant sans crainte mon désir pour elle. L'envie insoutenable d'entendre sa voix me pousse à composer son numéro. Une sonnerie, deux sonneries, puis trois. Je me ravise, pris d'un trac soudain. Je n'ai pas pour habitude de dévoiler mes sentiments au téléphone… Je reçois un de ses petits mots tendres en retour. Il se fait tard, mais je me remets au travail. Penaud.

Je réalise à quel point le Brésil a été un Eldorado. C'est là qu'il a retrouvé le goût de vivre, notamment à Iguaçu avec Ernesto, Rosetta, les cultures, la musique… puis ici à Rio. Je lis, dans une autre de ses confidences à Caymmi, qu'il a rencontré un certain Bernard, dans un restaurant fin juillet 53. Qui était-il ? Je n'en ai pas la moindre idée. Je reprends une à une les photos de Rio, mais le coup de fil impromptu de mon fils me sauve du sac de nœuds dans lequel je barbote.

— Papa, ça va ?

— Tom, comme je suis heureux de t'entendre !

— Ton voyage te plait ? Tu fais quoi ? Tu ne réponds presque jamais aux messages, ce n'est pas cool !

— J'allais me coucher là, je suis désolé, tu sais avec le décalage, les déplacements qui n'arrêtent pas... ça va toi ? Tu bosses tes cours j'espère !

— Oui, oui, c'est bon ! Je t'appelle pour que tu me parles de toi, pas de mes cours !

— Je te taquine ! Mais tu ne dors pas encore ?

— Papa, tu es drôle il est 19 h à Paris ! Bon j'ai l'impression que je te dérange, pas grave, je te rappellerai une autre fois !

— Non pas du tout fiston, excuse-moi je suis juste un peu sonné.

— Bon, je te rappelle à un autre moment. Tout le monde t'embrasse.

— Oui, un autre moment, parfait. J'avance dans les recherches, les rencontres, les imprévus, les...

— Cool ! Tu as l'air de bien kiffer, à bientôt alors !

Il me raccroche au nez, sans que je puisse terminer ma phrase. A-t-il senti qu'il me dérangeait au simple son de ma voix ? Je suis pourtant si heureux de l'entendre ! Mais tout ce qui évoque mon passé parisien me fatigue rien que d'y penser ! Ici, je suis une extension de moi-même, alors, lui parler me ramène inévitablement à mon existence réelle. Et ce n'est pas mon désir du moment.

Descendu au bar de l'hôtel pour m'aérer, je commande mon fameux Moscow-mule, face à l'océan. Lui, au moins, saura chasser mes idées noires d'un simple ressac.

Je reprends le fil de l'enquête. Pourquoi le nom de Tom Jobim revient-il si souvent, et qui était donc ce Bernard ?

Que lui voulait-il ? Enfin toutes ces lettres entre Dorival et lui, à quoi rimaient-elles ?

Je me replonge attentivement sur une lettre balayée brièvement du regard cet après-midi, datée du 07 août 1953.

« Mon cher Ami,

Je suis allé vagabonder dans le quartier français de Rio il y a quelques jours. J'y ai fait la connaissance de Bernard et Charles. Ce sont deux cinéastes qui rejoignent l'équipe du commandant Cousteau en mission à Tahiti. Ils travaillent avec cet homme, un explorateur parait-il du monde sous-marin et me proposent de les accompagner. Je vais accepter cette aubaine. Tahiti est un territoire français, je pourrai peut-être rejoindre Paris plus facilement et enfin rentrer à Casablanca... ou prendre un bateau de là-bas et rejoindre le Maroc. Le départ est prévu le 15 août. Nous continuerons d'échanger mon ami, je t'enverrai des courriers.

Amitiés,

Meyer. »

J'en suis déjà à mon troisième verre et je me demande si je n'hallucine pas. Il serait donc aussi parti à Tahiti. De mieux en mieux... je n'avais pourtant aucune trace de cette aventure hormis le miro des fameuses boîtes à bijoux.

Après une nuit agitée, je fignole avec O Guia les détails de la journée. Dans un ordre à définir, je souhaite rendre visite à Vik Muniz, déguster les meilleures Feijoadas et enfin trainer dans le quartier de Botafogo. Pour ce qui est de notre soirée, pourquoi ne pas assister à un match au stade Maracaña, le temple du ballon rond ! Oui, je pouvais être tout à la fois un amoureux d'art contemporain et de football !

— Tu ne m'as pas raconté hier ta visite chez Danilo ? lance-t-il, non sans une certaine familiarité !

— Ah oui, je suis content, je vais pouvoir avancer.
— Eh, c'est une bonne nouvelle alors !
— Oui, je pense aussi.

Il me scrute, mi-figue, mi-raisin. Comprenant que je ne souhaite pas m'attarder sur le sujet, il me presse d'un « OK, alors maintenant direction le studio de ton artiste ? ».

Je compose le numéro de Vik Muniz, ce photographe plasticien brésilien, dont j'affectionne le travail. Son œuvre consiste à rendre hommage à l'histoire de l'art en revisitant les classiques à l'aide de matériaux, substances et objets inattendus.

Il décroche, me confirme son adresse et le plaisir qu'il a de me revoir.

Nous visitons son hangar qui oscille entre la caverne d'Ali Baba et un cabinet de curiosités. Tous ses tableaux gisent, serrés les uns contre les autres, posés à même le sol et emmaillotés dans du papier bulle. Deux heures plus tard, je ressors doublement charmé de ce moment magique passé avec ce génie et de notre conclusion commune : où que l'on aille, quoi que l'on fasse et, quelles que soient les rencontres qui jalonnent notre existence… nos racines se rappellent toujours à nous, inlassablement, tel un aimant.

Longeant la plage d'Ipanéma, je médite sur tout cela.

Quelle pouvait être la suite de mon périple ? J'ai bien encore quelques photos, c'est vrai, mais vers quelle destination me tourner ?

J'hésite à rejouer le brouillon de mes 16 ans, celui de mes étés d'adolescent. Tahiti apparait comme une évidence, mais là, plus question de plages fantasmées, de piscine en forme de guitare, d'Eden, ou de mon exutoire… mais de cette île paradisiaque au cœur du pacifique, de Bora-Bora plus précisément. Mon destin m'emporte au-delà de toute espérance, détrônant mon imagination.

Je me replonge mentalement dans mon carton de déshérité : non, Tahiti ne m'est d'aucun intérêt. Néanmoins, je me promets de m'y rendre, un jour… pourquoi pas avec Gwendolyne.

Seul, je m'y serais probablement égaré et en aurait oublié le plus important, à savoir l'héritage familial. Il me reste à résoudre le mystère de l'appartement de Shanghai ; alors quoi qu'il en soit, il n'est pas encore temps pour moi de rentrer à Paris. Heureusement.

CHINE — VIETNAM

20

Shanghai,

Quelque vingt et une heures plus tard, j'atterris dans un autre monde, un autre siècle, une autre civilisation.

Quelles sont mes chances d'aboutir ?

Nulles probablement, mais je sens qu'il faut que je sois là.

Désormais sans ami et sans guide, je poursuis mon chemin à l'aveugle dans cette jungle humaine. Shanghai.

L'adresse du *<486 Shaanxi N RD, Jian Q>* constitue mon unique indice. Sitôt ma valise déposée à l'hôtel, je réussis vaillamment à m'y rendre, bien que je ne parle ni ne comprenne un mot de cette langue et de leurs codes. Excentrée et limitrophe d'une cité dortoir, cette rue inerte à la mi-journée ne m'inspire rien. Une multitude d'échoppes aux enseignes surannées, de petits restaurants aux rideaux métalliques baissés et des temples, bouddhistes pour la plupart, encadrent l'entrée de l'immeuble.

À quelques pas de là s'érige une bâtisse plus familière : une synagogue. Drôle de hasard, moi qui n'y mets que rarement les pieds. La protection divine s'inviterait-elle dans mon périple ? Un signe ? Un rappel originel ?

La seule de tout Shanghai, peut-être même du pays tout entier, se tient là, devant moi. Elle me rassure, me tend les bras. Désormais, rien de funeste ne pourra m'arriver.

Je me poste devant ma fameuse adresse : « un bien situé au 486 Shaanxi N RD Jian Q, de 48 min 2 s ». Cette phrase, cette ritournelle du notaire m'obsède. L'immeuble de trois étages en brique rouge est l'antichambre d'un certain conformisme. Curieuse architecture comparée au reste de la ville. Sans être un grand connaisseur de l'urbanisme chinois, je ne m'attendais pas à ce style ! Fatigué et jetlagué, je ne prétendais à rien, d'ailleurs.

Bloquée-ouverte, la porte du hall en bois au verni tout effrité est très vétuste. Je longe un long couloir sombre et exigu où seules trois ou quatre boîtes aux lettres semblent d'usage. Les noms me sont incompréhensibles. Une capture d'écran sur mon téléphone, je garde le décryptage pour plus tard.

Tout dans cet immeuble n'est que fantôme. Pas de loge de gardienne comme à la française, un silence angoissant et une atmosphère lugubre : tout pourrait chavirer en un quart de seconde. Je n'ai pas mesuré le danger et en Chine bien plus qu'ailleurs, l'étranger furtif dérange. Je scrute chaque détail en espérant y trouver une piste : un escalier branlant, un éclairage sommaire, voire inexistant, une balustrade rouge typique des jardins chinois, comme le reste de peinture à la chaux sur les murs. Tout est désuet. Je tente de monter, même si les marches ne tiennent plus que par trois piliers en bois.

Une forte odeur d'anis étoilé, de badiane et autres épices qui ont bercé mon enfance me chatouille les papilles et me réconforte. Des familles vivent bien ici !

Arrivé sur le dernier palier, je ne suis pas plus avancé. L'acte d'achat ne précise aucun emplacement et j'imagine mal m'adresser au voisinage avec mes photos des années 50 pour cette insolite chasse à l'homme. Redescendu, je m'installe au salon de thé en face pour surveiller l'immeuble. Les heures passent, interminables. Même la serveuse trouve mon attente suspecte et s'adresse vivement à son patron qui, surgi de nulle part, se met à son tour à me dévisager telle une bête de foire. Nous nous retrouvons tous les trois à nous scruter sans pouvoir communiquer. J'improvise alors une conversation m'appuyant sur mon dictionnaire phonétique. Très mauvaise idée ! Mon élocution proche de celle d'un analphabète à moitié saoul le rend encore plus agressif. Ses petits yeux noirs me fixent et le débit monotone de ses vociférations et de ses onomatopées m'effraye. Douché par ses postillons, j'avale le fond de ma tasse et m'empresse de fuir.

Rien n'est attachant, les gens, les rues, l'esprit. Je n'ai qu'une envie : partir loin, retourner à Iguaçu à Rio ou à Buenos Aires.

Bredouille, perdu dans les boyaux du métro shanghaïen, il me faudra une bonne heure pour regagner mon hôtel. La nuit est tombée, le centre-ville s'apprête à vivre une nouvelle soirée d'effervescence. L'évidence me saisit : sans aide extérieure je n'y arriverai jamais. Et je n'ai pas l'intention de passer les prochains jours devant cet immeuble décrépi à attendre un hypothétique miracle !

Swartz ! Son nom me vient spontanément à l'esprit.

J'appelle mon avocat, sans me soucier du décalage horaire.

— Bonjour, Norbert, comme je suis soulagé que tu répondes ! Excuse-moi de te déranger si tard, je suis perdu à Shanghai et j'aurais besoin de tes conseils.

— Alexandre ! Shanghai ! Quelle bonne idée ! Des vacances ? Il est 1 h du matin à Paris, que peut-il y avoir de si urgent ?

— Écoute, il y a quelques mois, j'ai hérité d'un appartement ici et j'aimerais le récupérer. Il est probablement habité. Je cherche à le localiser et à contacter le « soi-disant » locataire. Mais seul ici et sans parler la langue, comment y arriver ?

— Et tu me déranges pour ça à cette heure-ci ! S'il s'agissait de quelqu'un d'autre, j'aurais raccroché, considérant cet appel comme une mauvaise blague.

Bon, je connais un confrère sur place qui pourrait t'aider : Vincent NGuyen-Khoa. Je t'envoie ses coordonnées par mail. Prends contact avec lui de ma part, il s'occupera de tout, mais je préfère te prévenir, ça risque de te couter cher !

Bon courage dans tes recherches, et évite les appels aussi tardifs la prochaine fois !

Ah, l'accueil français... ça me manquait presque !

Une heure plus tard, je venais, sans le savoir d'embaucher un des meilleurs avocats de la ville. Le fameux Vincent parle couramment français. Rendez-vous est pris pour le lendemain midi.

Le cœur et l'esprit plus légers, je me sens désormais confiant quant à la suite de mon séjour. Je sors faire connaissance avec la ville et ses habitants. Vêtus à la mode des années 70, sans aucun goût, riches ou pauvres, nul n'est jugé ici sur son apparence. Croisant un miroir, je me mets à rire. Ma nouvelle dégaine se fond elle aussi dans la masse, comme si j'étais devenu un autre. Plus simple, plus humble et peut-être moins précieux qu'avant ?

Tous ces voyages, ces rencontres, ces découvertes m'avaient éloigné de mes soirées parisiennes et de mes tenues chics à l'italienne. Ce « paraitre mondain » me semblait aujourd'hui superficiel et dérisoire. J'en mettais plein les yeux pour exister et briller dans la haute société parisienne, jouant en permanence un rôle qui n'était pas le mien. Rien de cela ne transpirait de bonheur.

Désormais, l'essentiel pour moi était ailleurs.

En jean et baskets, je m'apprête à écumer les bars lugubres du quartier. Je n'aime pourtant pas boire sans ami, mais Gary me répétait sans cesse : « Fiston, un bon vieux whisky doit savoir se savourer seul ! »

Je vagabonde le long du Bund, cette large berge qui sépare le quartier historique du berceau du capitalisme. La rive gauche du fleuve borde les banques, les hôtels de luxe, les constructions anglaises et françaises de l'épopée coloniale et surtout la mythique horloge de Shanghai. Sur la rive opposée, les gratte-ciel ultra modernes du quartier d'affaires s'illuminent et provoquent un attroupement incessant, joyeux et libérateur. Fasciné, je contemple ce spectacle et c'est désespérément saoul que j'improvise un cours d'économie au couple de locaux qui partage mon banc.

Je leur explique le principe de cette féerie des lumières, pourquoi et comment ce symbole de richesse représente le présage d'un nouvel eldorado. La transformation sociale et le gap économique entre nos deux civilisations se sont totalement inversés, savamment orchestrés par notre vieille Europe, prétentieuse et moribonde. Nous, Européens, avons perdu la bataille. Je termine ma brillante analyse, seul, mes voisins s'étant évaporés depuis bien longtemps.

Fort heureusement, je ne suis pas ici pour rétablir un quelconque ordre économique mondial auquel je ne comprends rien.

À l'hôtel, je m'effondre comme une masse, plongeant dans un sommeil salvateur jusqu'au lendemain midi.

Je file à mon rendez-vous, un peu sonné par ma beuverie de la veille, mais d'humeur positive et énergique.

Le bureau de maître Nguyen-Khoa, situé au 46e étage d'un immeuble flambant neuf est éblouissant. Dès mon arrivée, il m'annonce d'emblée qu'à la suite de ses premières recherches concernant « ledit » appartement, l'ancienneté de l'acte exigera des recherches fastidieuses auprès de la chambre notariale. Un travail laborieux, sans garantie de résultat et plus onéreux que prévu. Je lui verse sans négocier 7000 dollars d'acompte et quitte son bureau accompagné de « Feng », l'auxiliaire inclut dans le forfait. Le ton est donné : « lame tranchante » est plus de la trempe du détective que du guide touristique !

Je ris de cette manie des Chinois de donner des noms qui, traduits en français, ne veulent rien dire. Mais Feng fait immédiatement preuve d'efficacité.

Tout s'enchaine très vite. Le programme est clair : enquête de voisinage, des commerçants aux pagodes et moines bouddhistes, tout y passe, sans exception. Ce rythme me plait. Nous regroupons nos informations, une à une. Il questionne, me traduit en anglais et je note. Feng se révèle être un allié de choix pour ce travail d'investigation.

Je ne m'attends pas à rencontrer quelqu'un qui, par miracle, aurait connu mon père, mais au moins, mon affaire avance plus vite que je ne l'espérais. La fameuse prouesse chinoise !

Au bout de deux jours, deux logements du 486 restent sans réponse. Il m'incite à glisser un mot sous la porte du 2e étage. Patience et lâcher-prise. Les seuls indices dont nous disposons nous ont été communiqués par les voisins du dessus. Apparemment, une mère et sa fille y vivent seules, depuis de longues années. Cependant, ni bruit ni signe de vie depuis deux jours. Étaient-elles parties ? Travaillaient-elles nuit et jour ? Nous n'étions pas plus avancés.

À l'aube de ce mercredi, sans nouvel indice depuis une semaine, Maître Nguyen rédige une menace d'expulsion dans un jargon juridique incompréhensible, mais avec l'objectif de vulgairement foutre la trouille ! Le papier glissé sous la porte, il suffit d'une poignée d'heures à la locataire pour prendre contact avec Feng. Le rendez-vous est pris pour le début d'après-midi : la pression juridique ou étatique a joué pleinement son rôle.

Je piétine à l'entrée de l'immeuble, curieux et craintif. À 15 h pile, nous toquons à la porte. Une femme, la petite cinquantaine, nous ouvre avec un sourire chaleureux et distingué. Elle est belle. Je découvre soudain la beauté chinoise. La douceur complexe de leurs traits, au teint de porcelaine, peut éclipser les visages les plus purs. Le sien, telle une œuvre d'art inaccessible, offre une finesse suprême. Cette beauté, qui avait résisté à tant de contraintes, de dogmes ou d'interdits, relevait du miracle.

Feng me fait signe. Je redescends sur terre et me présente comme mandataire du propriétaire de l'appartement, décédé depuis peu. Vu mon expérience au Brésil avec la famille d'Ernesto, je préfère, dans un premier temps, ne pas dévoiler mon identité. Elle nous invite à entrer. Parfaitement ordonné, le feng shui règne en maître dans le salon. Seul un paravent en laque de chine sépare le vaste séjour en deux. Tout n'est qu'ombre et lumière et d'un chic absolu comparé aux parties communes de l'immeuble. Le style épuré, un peu trop à mon goût, met en évidence quelques cadres photos sur le meuble de l'entrée. Je m'y attarde et devant mon insistance, la femme me présente l'un des clichés : sa fille, âgée d'une vingtaine d'années et sa mère, qui me semble sans âge. Puis sur un autre, de nouveau sa mère qu'elle tient affectueusement par la taille, posant toutes les deux au pied de la tour Eiffel.

Son anglais courant facilite la suite de notre échange. J'ose alors demander, pour détendre l'atmosphère, de quand date cette photo et ce qui lui a plu à Paris. Un voyage professionnel les a conduites en France dix ans auparavant. Pudique, elle ne s'étend pas sur le sujet.

D'un filet de voix clair, elle m'invite à ôter mes chaussures avant de me proposer une tasse de thé. Ce n'est certes pas une visite de courtoisie, mais cette femme semble si apeurée que j'accepte sans hésitation.

Je lui demande depuis combien de temps elle vit ici, et insiste quelque peu sur la façon dont elle s'est procuré ce deux-pièces. Par connaissance, par le biais d'une agence comme chez nous, ou selon les us et coutumes de ce pays ?

Peut-être ne paie-t-elle aucun loyer et a-t-elle peur d'être dénoncée à la police, expulsée ou pire encore jetée en prison ? Je la rassure d'un ton plus doux, prétextant juste m'informer.

Sa réponse est confuse, mais chaque mot mesuré. À son tour, elle m'interroge sur les raisons de notre visite.

J'explique juste que les enfants du propriétaire ont reçu cet appartement en héritage et ne savaient rien sur l'existence de ce bien. D'un regard de mentaliste, je la fixe afin de détecter une quelconque émotion, même infime. Mise en confiance, elle m'avoue à demi-mot, un peu gênée, vivre ici avec sa mère depuis son adolescence.

— Je m'appelle Sasha. Comme je vous l'ai dit au préalable, je représente la famille du propriétaire. L'avez-vous déjà rencontré ?

— Heu, non,… seule ma mère doit être en relation avec lui, enfin je suppose.

— Comme c'est curieux ! vous ne recevez donc aucune quittance ?

— Des quittances ? Je ne sais que vous dire. Ma mère gère cet appartement depuis si longtemps, il est préférable que vous en discutiez avec elle.

— Excellente idée. Quand puis-je la rencontrer ?

— Nous nous voyons ce soir. Pourrais-je vous confirmer par téléphone un éventuel rendez-vous pour demain ?

— Très bien. Voici mon numéro.

— Je me prénomme Mei, lâche-t-elle poliment, fidèle à la chinoise irréprochable qu'elle se doit d'être.

— Je suis enchanté, Mei. J'espère vous revoir demain alors.

Je me relève, les genoux engourdis, peu habitués à être agenouillés de la sorte, mais ici ni chaise ni canapé, nous sommes dans la pure tradition chinoise. Un confort sommaire, mais délicat. La chambre est meublée d'un tatami posé sur une estrade, d'une commode laquée assortie au paravent et de deux coffres. Seuls quelques vases en porcelaine bleue sont posés au sol pour réchauffer l'atmosphère.

Je me demande bien où peut dormir sa mère. Une seule chambre et pas de canapé-lit dans le living, juste un futon rabougri noir et blanc sur le côté. Plutôt inconfortable pour une femme âgée…

Laissant une dernière fois trainer mon regard, je discerne au travers du paravent l'ombre d'un piano à queue. Quelque chose sonne faux dans cet appartement et dans toute cette histoire.

21

Madame L

S'agissant de Raquel, d'Ernesto ou de Danilo, tous les inconnus que je rencontrais depuis le début de mon aventure se laissaient approcher avec une facilité presque troublante. Certes, le dénominateur commun de ce cercle mystique interplanétaire était mon père, mais j'avais comme l'impression que tout ce monde-là éprouvait un réel besoin de se confesser sur leur passé commun. Avaient-ils peur de moi ou de perdre certains de leurs biens ? Avaient-ils des remords ? Étaient-ils encore aujourd'hui rongés par la honte ou la culpabilité d'avoir sciemment profité de lui ? Jusqu'à en devenir si redevables ? Ou si reconnaissants ?

Par moment, je soupçonne que le temps et l'espace se soient mis sur pause chaque fois qu'il s'était arrêté quelque part, même lors d'un bref passage et qu'ils attendaient ainsi figés son hypothétique retour. Le vieux avait son tracteur, le domaine, puis ces deux femmes cet appartement… Tout ce passé semblait encore appartenir à leur quotidien, même après tant d'années !

Indubitablement, sa personnalité avait marqué les esprits et je dois admettre que cela me rendait plutôt fier.

Je clôture ce flot d'interrogations qui se bouscule dans ma tête. Nous sommes déjà arrivés devant l'entrée du 486.

Je ne sais pas pourquoi cette famille chinoise m'inspire confiance, mais je dois leur renvoyer le même sentiment. Je ne veux ni les effrayer ni leur imposer quoi que ce soit. Je laisse Feng m'attendre dans la voiture, préférant me retrouver seul face à elles.

Lorsque Mei m'ouvre la porte, toujours avec son beau sourire timide, elle m'apparait bien plus détendue que la veille. M'invitant à me déchausser tout en me précédant au salon, je remarque que le paravent est plié et laisse alors tout l'espace au grand piano à queue. Majestueux, vêtu de son costume noir brillant, son couvercle est ouvert et tient sur sa béquille. Je l'observe discrètement du coin de l'œil. Une voix frêle interrompt ma contemplation.

— Vous savez jouer du piano, monsieur ? me demande alors la femme âgée assise sur le futon.

— Non, malheureusement, mais j'adorerais.

— Alors vous devez sûrement aimer l'écouter ?

— Oui, assurément.

Je me surprends à lui répondre en français puisqu'elle s'est adressée à moi dans ma langue.

— Sasha, permettez-moi de vous présenter ma mère.

— Enchanté madame, je suis mandaté par le propri…

— Je sais qui vous êtes, Mei m'a parlé de votre visite.

— J'aurais besoin d'avoir quelques informations sur cet appartement, et je voulais...

— Que souhaitez-vous savoir ? m'interrompt-elle d'un ton grave.

— Le propriétaire est décédé il y a 3 mois et ce deux pièces représente une partie de l'héritage laissé à sa famille.

— Le propriétaire, nous parlons bien de monsieur Meyer Jakob, n'est-ce pas ?

— Lui-même.

Entendre son nom de la bouche de cette vieille Chinoise me secoue, tout comme son visage qui se glace à l'annonce de son décès. Elle parait envahie par la tristesse et sa réaction me laisse perplexe.

— Je suis navré, je ne pensais pas vous mettre dans un tel état.

— Maman, voyons, que t'arrive-t-il ? s'exclame Mei à son tour. Ne sois pas inquiète, nous trouverons une solution si nous sommes contraintes de quitter cet endroit.

— Non, non, ce n'est pas ça ! Ça va aller, c'est seulement que...

— Que quoi ? C'est fou, je ne t'ai jamais vue si troublée.

— Oui, je suis touchée, toutefois cette nouvelle est un mal pour un bien. J'appréhendais ce moment depuis tant d'années que je le vis comme un soulagement, une délivrance. Maintenant qu'il est mort, il est temps pour moi de me libérer de mon histoire, bien que celle-ci ne vous intéressera probablement pas, monsieur Sasha.

— Si au contraire, j'adore les histoires ! Je ne souhaite pas vous importuner bien sûr, mais je me ferai une joie de vous écouter.

Ses mots me réjouissent, mais, impatient de tout découvrir, j'hésite entre lui avouer qui je suis ou rester dans la peau de cet usurpateur d'identité.

Mei, tout aussi interloquée, s'est assise près de moi et attend. Le visage de sa mère s'est illuminé et l'émotion si vive qui l'a traversée demeure palpable. Elle commence son récit par ce qui avait dû être un moment fort de sa vie.

— Sachez que j'ai souvent craint ce jour, avec le secret espoir de mourir avant lui.

J'ai croisé Meyer, pour la première fois, à Tahiti en août 53. J'avais 21 ans et lui, à peine plus. Il avait quitté Rio quelques semaines auparavant avec deux autres français, puis avait traversé toute l'Amérique du Sud jusqu'à Lima, au Pérou. De là, ils avaient embarqué sur un cargo, direction l'île de Tahiti. Ses deux amis rejoignaient l'équipe du commandant Cousteau et je crois qu'ils avaient pour mission de filmer les fonds marins polynésiens pour un long métrage qui devait s'appeler : « Le monde du silence ».

— « Ne t'emballe pas fiston ! ». Les mots de Gary tintent à nouveau et me font sourire. Cette information corrobore les lettres retrouvées dans les archives de Dorival.

— Meyer avait intégré leur équipe, prenant en charge l'intendance et l'organisation des cuisines. Nous nous sommes rencontrés un chaud matin du mois d'août sur la plage de Punaauia. Aux premiers regards, mon cœur s'est mis à battre la chamade, et je crois que je peux le dire : ce fut le coup de foudre. J'étais conquise. Nous sommes vite devenus inséparables et vivions notre idylle sur cette île isolée du monde. Il était beau, il était drôle et surtout il savait me dire les mots justes, ceux que toute femme éprise désire entendre. Il aspirait à me présenter ses parents, à fonder une famille et envisageait même son dernier soupir, blotti dans mes bras. Lui français, moi chinoise, la combinaison de nos deux cultures pleines de promesses s'avérait d'emblée explosive.

Elle avait retenu tout cela durant tant d'années qu'elle poursuivit son récit sans nous laisser un droit de parole.

— Fin septembre, mon père, inquiet du climat politique en Chine, me somma de rentrer à Shanghai. C'était l'époque de la grande et tumultueuse histoire d'amour entre mon pays et Mao Tsé-Toung qui, tel un mari jaloux et possessif, avait décidé de fermer ses frontières aux étrangers. Nous séparer était inconcevable. Nous étions tellement amoureux que même l'autorité de mon père n'avait pas prise sur moi.

Vous savez, vous, ce que signifie être amoureux ? Lorsque le simple son de sa voix, son regard ou le contact de sa peau vous emplit de frissons de bonheur. Même si nous ne nous connaissions que depuis un mois, c'était notre réalité.

Par la suite, ma vie a passé, les hommes aussi, mais avec nul autre je n'ai retrouvé une telle communion.

Ce que je vous raconte -là peut vous paraitre grotesque, car de nos jours on ne sait plus aimer, mais sachez que l'amour, avec un grand A, existe bel et bien.

Mon père était un haut dignitaire communiste. Il avait combattu auprès du grand Timonier pendant la guerre sino-japonaise, puis durant la guerre civile chinoise dans les rangs de l'armée populaire de libération. J'étais son unique enfant. Impatient de me voir rentrer à la maison, il utilisa tous ses appuis politiques pour que Meyer obtienne ce fameux graal… cet inespéré visa de touriste pour m'accompagner.

Notre mois passé à Tahiti fut fabuleux. Meyer, qui clamait haut et fort son amour, m'avait offert des perles de culture et de magnifiques bijoux. Il me gâtait comme peu d'hommes savent le faire. Pourtant je n'ai jamais su d'où il tenait sa fortune. Sans jamais poser la moindre question, j'avais naïvement supposé qu'elle fût familiale… ce mystère le rendait encore plus irrésistible.

Un véritable miracle se produisait là sous mes yeux, presque par hasard, presque sur un malentendu. Ça ne pouvait être qu'elle, le L des photos, le L de la boîte à bijoux, le L en tenue militaire. Ce L était là, face à moi et me suppliait d'écouter son histoire avec mon propre père. Inconfortablement assis, je ne sens plus aucun de mes membres tétanisés.

Mei, elle, reste muette, et regarde fixement sa mère comme si elle ne la reconnaissait pas.

— Je ne vous ennuie pas ? me dit-elle subitement en s'interrompant.

— Chère madame, pas le moins du monde ! Je suis flatté et honoré que vous me racontiez votre histoire, lui dis-je d'un ton rassurant et amical.

Je ne voulais surtout pas qu'elle s'arrête. Bien que Feng m'attende dans la voiture depuis deux bonnes heures, pour elle, j'avais tout mon temps ! Avec cette femme, quelques souvenirs de mon carton prenaient vie. Le mystère de la boîte en Miro et des parures de bijoux s'élucidaient. Pour le reste, il me faudrait encore faire preuve de patience.

— Commencèrent alors de longues négociations avec ma famille, réfractaire à sa venue. Même si la situation était compliquée, nous avions fini par arriver ensemble à Shanghai. Néanmoins, il nous était interdit d'accueillir chez nous un quelconque touriste, même mon fiancé, même Monsieur Jakob. Mon père, une fois de plus, joua de ses relations. Le moyen le plus rapide était que Meyer dispose d'un document, ou mieux, d'un acte de propriété valable 99 ans. Le prix annoncé était exorbitant, mais son amour et son désir de partager ma vie étaient, je crois, bien plus forts. C'est ainsi qu'il devînt propriétaire de ce bien.

Mei, secouée par ces révélations, en renverse sa tasse de thé brûlant. Elle se lève puis revient avec une serviette en papier afin d'éponger furtivement, comme une fille qui a peur d'être grondée, les gouttes qui perlent sur le parquet. Il est évident qu'elle ignore tout de cette histoire. Elle reprend discrètement sa place à mes côtés pour écouter la suite.

— Nous sommes arrivés à Shanghai le 10 octobre 1953, je m'en souviens encore, après un voyage tumultueux en bateau puis en avion. Les présentations avec mon père Xi Juan et ma mère Chan furent rapides. Mes parents n'approuvaient pas notre histoire d'amour. Il fallait les comprendre : la Chine de l'époque était encore très traditionaliste. Alors, voir leur fille débarquer au bras d'un étranger fut un vrai choc pour eux. Pour calmer la situation, nous avions évoqué l'idée de nous unir, car à leurs yeux, une Chinoise respectable ne pouvait être qu'une Chinoise mariée.

L'appartement, déniché par mon père, était situé à quelques encablures de notre maison.

Malheureusement, celle-ci est démolie aujourd'hui.

Meyer s'est très vite acclimaté à sa nouvelle vie. Il avait même commencé à apprivoiser le mandarin ! Nous, nous n'avions besoin que d'un regard ou d'un geste pour nous comprendre. Mon père ne se faisait toujours pas à l'idée de notre ménage. Pour lui, la différence de culture, d'idéologie, mais surtout de religion était bien trop grande pour que nous puissions vivre sereinement et puis Meyer n'était pas chinois, ni même asiatique ou encore moins européen… il était Marocain ! La mixité n'était pas acceptée et si je m'en fichais éperdument, cette situation pour eux était à la limite de la répudiation. Maintes fois, il tentera de l'écarter.

Avec le temps et par amour pour moi, Xi Juan finit par accepter notre liaison et nous protégea à l'insu de tous. J'avoue que les menaces de ma mère y furent pour beaucoup. Elle était la seule femme à oser s'opposer à son autorité.

Début décembre, pour taire les qu'en-dira-t-on, nous avions annoncé notre liaison à notre grande communauté. Meyer fut introduit comme le fils d'un grand communiste français, venu nous soutenir au nom de la France.

Son récit prend désormais un virage vers le burlesque. Tout cela parait aussi invraisemblable que surréaliste. Comment imaginer mon père, même pour sauvegarder l'amour de sa vie, acheter un appartement de cette valeur et se grimer en communiste français ? C'était totalement fou.

Et si cette vieille bique mentait ?

Après tout, rien ne me prouve la véracité de son histoire. Je ne connais même pas son prénom et ses révélations, les coïncidences avec les photos et les bijoux ne prouvent rien.

J'essaie de me contenir. Montrer une quelconque émotion pourrait nuire à ma couverture et faire capoter mon enquête. Et puis si tout était vrai, Raquel aurait eu vent de cette histoire !

— Un mariage ? Enfin je veux dire, des fiançailles ? Si vite ? m'exclamais-je.

— Et moi, je suis supposé dire quoi ? Il aura fallu attendre mes 50 ans et le décès de ce parfait inconnu pour apprendre que tu as aimé un autre homme avant mon père ! Sasha, merci d'être venu ! renchérie Mei irritée.

Mais pourquoi m'avoir caché toute cette histoire insensée ?

— C'est si loin… ma fille, lâche-t-elle d'un ton coupable.

— Je vous promets de garder tout cela pour moi, chère madame. Je n'en parlerais pas aux enfants Jakob si tel était votre choix.

— Des enfants ? Vous savez combien en a-t-il eu ?

— Oui, 3, d'après ce que je sais du notaire.

Je me lève d'un bond pour mieux faire diversion et éviter d'autres questions embarrassantes.

— Je peux utiliser vos toilettes ?

— Faites donc, c'est la première porte à droite dans le couloir, répond Mei.

Je n'avais rien trouvé de plus héroïque pour me sortir de cette impasse. Et puis, il était peut-être temps de les laisser seules, entre elles.

Arrivé aux toilettes, la surprise est là aussi totale. Le summum du luxe : des w.c. autonettoyants à propulsion d'eau et séchant par-dessus le marché !

Après le piano à queue, la cuvette bien-être ! Décidément, cet immeuble en ruine, n'abritant plus qu'une petite dizaine de locataires, me réservait bien des surprises.

Je reviens amusé, tout propre et bien sec de cette petite virée ! Notre conteuse n'a pas bougé et m'invite à me rassoir. Mei, silencieuse, assise sur les genoux, le dos droit et les épaules en arrière me jette un regard hypnotique et s'adresse à sa mère en chinois cette fois-ci. L'échange est bref, la vieille femme reprend son histoire.

— Nos deux premiers mois dans ce petit appartement furent idylliques. Pourtant être amant dans la Chine des années 50 n'était pas une mince affaire ! Chacune de nos sorties était contrôlée et épiée de toutes parts.

À cette époque, j'avais l'âme et les convictions d'une révolutionnaire idéologiste et pacifiste et je m'étais passionnée pour l'histoire de nos voisins vietnamiens. Ils étaient sous administration française, mais une armée indépendantiste dirigée par Ho-Chi-Minh tentait de reprendre le pouvoir depuis quelques années. Je suivais toutes les informations, me documentais quotidiennement sur leurs actions et sur l'évolution de la situation dans le nord du Pays.

Ainsi, je rêvais de rejoindre Hekou, la ville chinoise la plus proche de notre frontière commune. J'imaginais sauver mes frères d'armes et changer la face de ce pays aux yeux du monde. J'étais nourrie d'une rage utopique tandis que Meyer, lui, distant, prétextait que tous les régimes politiques étaient à l'image des hommes qui les dirigeaient. Ce sont des dictateurs qui nous mènent à la guerre, me répétait-il sans cesse.

Soit, il ne partageait pas mes idéaux, mais nous nous aimions et c'était bien suffisant.

La vie était pourtant belle à Shanghai et aurait contenté la terre entière. Mais pas moi. À force d'insistance et d'amour, il accepta de m'accompagner aux portes de l'enfer.

Avant de quitter notre petit cocon, nous avions caché sous une lame de parquet son argent, mes bijoux et toutes nos possessions de valeur. Nous devions être de retour un ou deux mois plus tard, mais rien ne se passa comme prévu.

Avant notre destination finale, nous avions décidé de faire étape à Hanoï et de rendre visite à l'une de mes amies installée là-bas. J'imaginais ce séjour comme notre lune de miel, car j'adorais l'idée d'une telle surprise comme lui l'avait fait pour moi à Tahiti. Après avoir négocié des billets à prix d'or, nous avons pris place sur un Dakota d'Air France qui assurait la liaison quelques jours par semaine entre Shanghai et Hanoï ou plutôt entre Shanghai et Tan-Son-Nhut, une base militaire qui acceptait l'atterrissage de quelques avions civils sur ses pistes.

Cette femme débite son histoire sans la moindre fatigue et avale comme seule drogue une gorgée de thé toutes les trois minutes. J'ai décidé d'enregistrer discrètement la conversation avec mon portable. Il me serait impossible de tout retenir tant son récit est riche en dates, en lieu et en évènements.

— Arrivés sur la base militaire de Tan-Son-Nhut, nous avons rejoint notre destination finale au bout de quatre ou cinq heures de route. De nombreux passagers sans argent effectuaient le trajet, accrochés aux barreaux extérieurs du car, leurs bagages de fortune pendus à leur main. Mon fiancé était stupéfait de voir avec quel acharnement ces voyageurs risquaient leur vie en quête d'un travail ou simplement pour visiter leur famille. Ce trajet, au cœur de la misère, avait changé notre regard sur l'humanité.

Puis un autre signe du destin le déstabilisa. Le bus nous avait débarqué en pleine nuit sur le port d'Hanoï, au beau milieu de tous ces bateaux en partance pour Marseille. Malgré notre épuisement, je l'avais surpris replonger dans son monde, dans sa bulle impénétrable, hésitant probablement à s'enfuir pour rejoindre les siens, ses parents, ses sœurs, ses amis, son Maroc ensoleillé… Il était libre, il aurait pu grimper sur l'un des navires, rejoindre sa terre natale et m'abandonner. Je l'aurais accepté. Avec une immense douleur certes, mais je l'aurais accepté. Seulement, notre destinée nous portait l'un et l'autre et il n'en fit rien.

Notre arrivée n'en fut, pour le coup, pas moins rocambolesque. Mon amie, partie à la recherche de son prince charmant, n'était devenue qu'une misérable call-girl alcoolique passant de militaire en militaire, rêvant toujours du héros qui, par amour pour elle, la sortirait de son trou ! En attendant, elle jouait à l'agent double auprès des officiers vietnamiens, leur fournissant des informations sur les vietminhs, mais aussi auprès des maquisards, qui après s'être soulagés vulgairement, lui promettaient d'entrer dans l'histoire !

Je ne m'attendais pas à ce que mon amie Liam finisse ainsi, qu'elle ait pu descendre aussi bas. Nous résidions chez elle, dans son modeste appartement d'un quartier populaire, mais qui avait le mérite d'offrir à ses locataires l'eau courante et l'électricité ! C'était de l'eau de pluie récupérée, stockée dans une énorme citerne installée au milieu de la cour puis distribuée grâce à des canalisations bricolées. Malgré ce confort très rustique, il s'agissait-là d'une rare aubaine pour l'époque.

Nos journées, rythmées par des promenades entre la rue Paul Bert et la rue de France, nous comblaient. Nos soirées, elles, se transformaient en expériences diverses. C'est ainsi que nous avons débuté notre consommation d'opium. S'en procurer avec Liam était chose facile puisqu'elle avait accès à tous les vices, à tous les contacts peu recommandables et notamment ceux de la mafia chinoise qui détenait le monopole du marché. Elle les informait et ils la fournissaient en échange. Pour tenir le coup, elle se shootait et s'enivrait quotidiennement d'opium ou de Chum-Churum, devenus sa nourriture exclusive. Je ne sais pas si cette boisson existe encore de nos jours, mais ce Chum-Churum était un spiritueux de la famille des alcools de riz, très peu cher, infâme, et distribué dans tous les bars louches de la ville.

Oui ma fille, certains soirs, nous en buvions bien plus que de raison.

Toutefois, nos vacances furent délicieuses. Meyer jouait les touristes gentleman... toujours fier d'exhiber son visa lors des contrôles ! Puis trois jours avant notre départ, il réserva deux nuits dans le plus bel et luxueux hôtel de la ville : l'hôtel Métropole. Là, il retrouva par hasard un de ses grands amis, un militaire américain, de passage au Vietnam. Quelle merveilleuse coïncidence ! Nous avons alors partagé nos dernières soirées et quelques beaux moments de débauche. Leur complicité m'avait immédiatement sauté aux yeux.

Au réveil, je savourais le petit déjeuner à la française de l'hôtel ! De la baguette, du beurre frais ainsi que du chocolat en poudre Ovomaltine ! Un pur délice.

Mei soupire de plus belle à cette dernière remarque, exaspérée par ce récit faussement romanesque. De mon côté, je ne laisse rien transparaitre.

Cependant, des zones d'ombres réapparaissent.

Pourquoi Gary m'aurait-il caché cette partie de l'histoire ? Quel beau salopard celui-là ! Et Raquel ? Elle, elle ne valait pas mieux ! À nouveau, elle se fichait de moi, prétextant ne jamais rien savoir ! Mon pressentiment était le bon. Ces deux vieux amants étaient bien plus compromis que ça, me faisant tourner en bourrique avec leurs mensonges à répétition. Je règlerai mes comptes plus tard.

Feng ne me donne aucun signe de vie. Il n'a pas l'air de s'inquiéter pour moi. Ma relation avec lui est loin d'être aussi chaleureuse qu'avec Edson « mon guia ».

Je relance la conversation avec Madame L.

— Vous avez la mémoire du détail, lui dis-je pour la flatter.

— Non Sasha, j'ai la mémoire du cœur.

— Certes. Et qu'avez-vous fait ensuite ?

— Début janvier 54, après une intense semaine à Hanoï, nous avons repris le car direction Hékou. Cette cité fantôme crée en 1950 servait surtout de lieu de passage et de logistique pour l'armée chinoise, mais aussi de camps d'entraînement pour tous les volontaires venus des quatre coins de la Chine soutenir les Viets-Minh. Sur l'autre rive du fleuve rouge, la ville de Loa-Cai ouvrait sur le Vietnam…

Vous savez, à cette époque, Mao régnait en maître absolu. Secrètement, il voulait étendre son pouvoir, son communisme et reconquérir le nord de ce pays voisin. Mais moi, j'agissais avant tout par idéalisme et par anticonformisme et non par conviction pour ses idées.

Une fois installés dans ce village, j'avais pour mission de préparer les sacs pour les combattants et nous occupions, tous les deux, nos temps morts à apprendre à nous défendre, ou plutôt à nous battre. Cette période nous avait endurcis et notre relation en a pâti. Nous nous aimions toujours, mais la vie était particulièrement rude. Je prenais mon travail bien trop à cœur, allant jusqu'à le délaisser, le négliger, trop souvent - trop longtemps tandis que lui était toujours le même, sans reproche ni l'ombre d'une rancœur. Sa patience et son amour inconditionnel me donnaient la force de lutter et de tenir.

Progressivement, des hommes extrêmement pauvres ont investi le village. Venus de la campagne, ils étaient habités par une grande violence. Tout s'est mis à changer drastiquement, de manière insidieuse.

— Maman, pourquoi tous ces détails et ce besoin de raconter cette partie de ta vie qui ne concerne en rien Sasha et que moi-même j'ignorais ?

N'est-ce pas Sasha, vous n'avez que faire des histoires de famille de parfaits inconnus ? me lança Mei d'un ton persuasif.

— Euh, non, voyons j'ai plaisir à l'écouter. J'aime l'aspect historique des récits, et votre mère semble si heureuse de nous retracer cette époque qui lui tient tant à cœur. Et puis, peut-être qu'elle avait besoin que tout cela sorte après tout...

— En ce qui me concerne, j'en ai assez entendu pour aujourd'hui. J'ai besoin de digérer toute cette mascarade, et puis j'ai du travail. De plus ma mère est fatiguée.

Mei se lève dans un brusque changement d'humeur, comme pour se détacher de la face cachée de cette mère, de cette inconnue sans scrupule qu'elle découvrait.

Elle s'installe au piano comme pour marquer une pause méditative. Ses mains fines survolent alors les touches avant de se poser délicatement sur le clavier.

Stoppée dans son histoire, notre conteuse s'est tue et me demande à voix basse de revenir le lendemain. Il semble qu'elle ait encore besoin de se libérer. Pourquoi maintenant ? Pourquoi avec moi ? Je n'en sais rien, mais je suis si enthousiaste que je ne me fais pas prier. Je représente sans doute la France et donc un peu « son Meyer », ce qui aide les mots à s'échapper.

Mais pourquoi n'avait-elle jamais rien dit à sa fille ? Il y a quelque chose de plus fort encore qu'il me tarde de connaître.

Mei nous joue un morceau de jazz à la fois doux et captivant. Elle a quelque chose de fascinant, mais je ne me laisse pas troubler, profitant de cet intermède musical pour reconstituer mentalement mon puzzle de photos.

Puis les notes s'estompent jusqu'à s'interrompre. Mei s'adresse à moi et me demande ce que je connais de Shanghai.

Quelle drôle de femme, passer d'une humeur à l'autre comme on passe d'une note de piano à l'autre...

— Je n'ai pas encore pris le temps de visiter grand-chose, avouais-je embarrassé. Je ne suis malheureusement pas en vacances. Êtes-vous musicienne ?

— Je le suis, mais je suis surtout chanteuse.

— Chanteuse ? Quelle surprise !

— Oui, je chante tous les soirs à partir de 21 h dans le club de jazz d'un des plus grands hôtels de Shanghai.

Aimeriez-vous m'y rejoindre dans la soirée ? J'en serais ravie et surtout vous y découvrirez la haute bourgeoisie de cette ville, mais aussi un groupe de musique unique.

— Avec grand plaisir.

— Je vous note le nom de l'hôtel et vous laisse retourner à vos occupations. À ce soir, Sasha.

22

The old jazz band

Je venais d'être poliment congédié par Mei, mais, contre toute attente, elle m'invitait à la rejoindre ce soir au Fairmont Peace Hôtel. Étrange femme, tout de même. Je ne comprenais pas bien son jeu ni ses humeurs oscillant d'un extrême à l'autre.

D'ordinaire, me renvoyer vaquer à mes occupations comme un subalterne m'aurait mis hors de moi, mais là, je prenais la chose comme elle venait, avec élégance et courtoisie.

Tandis qu'elle se remet au piano, sa mère me raccompagne jusqu'à la porte pour me chuchoter qu'elle se prénomme Lee. Son prénom ainsi dévoilé, je crie victoire : un mystère de moins à dénouer ! Ne sachant quoi lui répondre, je la salue.

Sourire aux lèvres, je monte dans la voiture.

— Feng, direction le centre de Shanghai, s'il vous plait.

— Après mon sauté de bœuf aux nouilles, bafouille-t-il la bouche pleine d'huile et de nourriture.

— Je suis pressé, Feng !

— Après le bœuf, Mr Sasha.

L'intérieur de la voiture est imprégné d'une odeur d'oignons, de friture et de choux ! Monsieur déguste tranquillement son repas de midi dont l'odeur et l'aspect sont aussi abjects pour les narines que pour les yeux. Je suis moi aussi affamé et le voir se goinfrer à coup de baguettes magiques m'agace. De toute façon, tout m'agace chez lui. Il n'est que gras, ses cheveux noirs et fins sont coiffés en raie sur le côté, sa mèche collée sur le bord de son front, sa peau luisante et de surcroit imberbe, sa dentition d'un jaune soutenu et son teint hâlé lui donnent l'aspect du méchant d'un dessin animé. Je ne l'aime pas, il ne m'intéresse pas. Je détourne mon attention et compose le numéro de maître Nguyen pour faire un point sur notre affaire. Cependant Vincent reste aux abonnés absents.

La voiture démarre enfin. Ma tête contre la vitre, j'observe la rue, les gens puis, durant un court instant, mon regard s'arrête sur une brochette de jeunes mariés venus immortaliser la même scène sur le même banc public, le même jour à la même heure. Les femmes sont toutes vêtues de rouge de la tête aux pieds, la couleur du bonheur et de la chance, parait-il. Les hommes, quant à eux, arborent avec fierté le classique costume noir à la veste brodée d'or et à la confection plus que douteuse. Je les compte : vingt, vingt-deux, vingt-cinq. Feng, le sourire au coin des lèvres, me confirme qu'en Chine, les mariages, aussi, se célèbrent à la chaine.

Mon chauffeur s'enfonce dans une rue pleine d'échoppes, puis s'arrête net et bondit hors de la voiture. J'ai à peine le temps de réagir. Je l'appelle alors par la vitre, mais, trop tard, sa silhouette a disparu. Est-ce un gag ou une autre forme de bizutage à la chinoise pour me souhaiter la bienvenue ? Deux ou trois passants restent plantés devant la voiture, scrutant mes moindres gestes.

Je profite d'être seul pour appeler Gary.

— Je n'ai pas beaucoup de temps Gary, mais, putain, tu m'as encore menti ! Je suis à Shanghai et je sors d'une entrevue avec Lee.

— Lee ? Elle n'est pas morte celle-là ?

— Non, bien vivante, et elle vient de me raconter votre rencontre à Hanoï, l'hôtel Métropole. La mémoire te revient ?

— Oui. J'étais en mission là-bas et je suivais ton père de loin. Je l'ai approché pour le mettre en garde et l'informer de combats imminents dans cette région. Cette histoire prenait une tournure trop dangereuse pour lui. Je l'ai imploré aussi de ne pas suivre cette femme, mais il ne m'a pas écouté. Alexandre, il était aveuglé par son amour pour elle. Personne ne pouvait s'interposer entre eux. J'ai essayé, je te l'assure.

— Et Raquel ? Elle savait elle aussi ?

— Je ne t'entends plus, Alexandre... allo... allo...

Je raccroche. Au même moment, Feng réapparait, comme si de rien n'était, un sachet en papier kraft à la main.

De nouveau installé au volant, il se retourne et me le tend.

— Mangez, ce sont les nouilles au bœuf de Lanzhou, c'est bon !

— Mais je...

— Mangez, vous allez aimer c'est une spécialité locale, c'est bon. C'est du bœuf...

Il se dégage du sac la même odeur que lorsque je suis rentré dans la voiture quelques minutes auparavant. Je n'aime pas beaucoup ses manières, sa familiarité et son manque de distinction, mais j'ai faim, alors il marque un point. Je soulève délicatement le couvercle de la boîte en carton, la portière est ouverte sur le bord du trottoir et je me surprends à manger avec avidité, à la vue des passants. Feng me regarde et se délecte de me voir me débattre avec mes nouilles luisantes et mes baguettes. La sauce piquante me coule entre les doigts, c'est gluant, dégoulinant, mais en effet, c'est délicieux. Je lui adresse mon plus beau sourire, le remercie et la voiture redémarre. Mon auxiliaire n'est pas si sauvage que ça. Il refuse même la moindre rétribution pour mon repas.

Cependant, l'heure tourne et il me le fait comprendre en tapotant sa montre, une médiocre copie de la Rolex Submariner. J'en ris, amusé.

Je demande à Feng de me conduire dans une rue commerçante de Shanghai ou dans un centre commercial. J'ai envie d'un peu d'élégance pour cette soirée au Fairmont, et ma garde-robe de vagabond n'est certes pas appropriée.

En trois minutes, je me retrouve déposé, tel un colissimo, au cœur du New World Daimaru, le centre commercial qui renferme les plus grands escalators en spirale du monde sur six étages. Incroyable ! De quoi donner le vertige ! Attiré par une vitrine, j'entre dans le magasin pour en ressortir trente minutes plus tard avec un costume bleu cintré. À ma grande surprise, j'ai encore une ligne de jeune premier ! Il ne me manque plus que les souliers pour friser la perfection. Les lumières propulsées par les néons de milliers d'enseignes et la chaleur m'étourdissent, j'accélère le pas et termine mes emplettes avec beaucoup de difficultés. Une fois sorti, je tente alors de rejoindre à pied mon hôtel, bravant le bruit assourdissant provoqué par cette fourmilière humaine.

Qu'importe, je suis là, parmi les 25 millions d'habitants de cette cité que j'apprivoise lentement mais sûrement. D'autant plus ravi, que ce soir je suis convié au très célèbre et non moins luxuriant Palace Fairmont Hôtel qui surplombe la rivière Huangpu et se targue d'une histoire légendaire à faire pâlir celle de tout autre hôtel d'Extrême-Orient. Ce bijou « Art Déco » très en vogue, servait, au début du siècle, de lieu de rassemblement glamour à l'élite de Shanghai et se transformait chaque nuit en un somptueux gala et défilé de mode parisien.

Oui, parisien, c'était bien là ma chance !

Je me laisse happer vers le Jazz Bar. À l'entrée, une plaque apposée au mur encense le groupe légendaire qui s'y produit : « The Old Jazz Band ». Inconnu au bataillon, mais apparemment mondialement célèbre. Ce bar est la copie conforme des mythiques Pubs anglais des années 20. La salle est encore vide, je m'installe dans un coin stratégique où la luminosité est en partie interceptée.

Le groupe est formé de quatre vieillards, vêtus d'une veste de smoking blanche sur une chemise immaculée, d'un nœud papillon rouge, arborant une jeunesse et une fraicheur qui semble éternelle. Ils prennent place, échauffent leurs instruments sur un « LA » général, portés par la ferveur des spectateurs massés sans distinction d'âge ou de rang. Dans une splendide robe longue de soie rouge, Mei fait alors son apparition sur des notes de Gershwin. Son timbre de voix très aigu, à la tonalité typique de Shanghai, hypnotise la salle et ressuscite avec brio les standards du jazz des années folles.

Les morceaux s'enchainent et c'est sous un tonnerre d'applaudissements que se clôt ce concert vespéral. Mei s'avance vers moi tandis que je salue la prestation avec enthousiasme, mais aussi avec une certaine timidité.

— Le show vous a plu, Sasha ?

— Énormément, c'est si…

— Insoupçonnable que des jazzmans de plus de 80 ans puissent encore faire vibrer tous les soirs des gens venus des quatre coins du monde ? N'est-ce pas ?

— Complètement. Et votre voix est si puissante.

— Je vous remercie. Suivez-moi je vais vous présenter.

Je lui emboîte le pas jusqu'à la loge des musiciens. Elle me présente comme un ami français, venu en vacances à Shanghai. Des quatre, le trompettiste Zhou est de loin le plus âgé avec ses 97 ans au compteur. Je suis encore subjugué par leurs prouesses ainsi que leur talent et leur exprime l'honneur que j'éprouve de me retrouver face à eux.

Après un rapide salut, Mei me propose de prendre un verre au bar de l'hôtel, puis me demande de l'attendre le temps d'ôter sa robe de soirée et d'enfiler une tenue plus confortable. Enfin seuls, les révélations de sa mère sont bien sûr au centre de notre conversation.

Elle est sur la réserve et cette invitation sonne comme un examen d'entrée dont je devrais sortir victorieux pour gagner sa confiance. Ce soir, je veux parler vrai, même dans la peau de ce Sasha, et lui avoue le rendez-vous clandestin avec sa mère le lendemain, afin de poursuivre son récit sur les frasques de sa jeunesse amoureuse.

La soirée terminée, elle me propose de me déposer, prétextant emprunter cet itinéraire pour rentrer. J'accepte, suspicieux et convaincu qu'elle ne se rendra pas au 486 *Shaanxi N RD*. Pourquoi ce mensonge ? Mon hôtel se trouve à l'opposé.

Malgré mes doutes, ce moment partagé avec elle, riche en histoires et anecdotes, rend ce pays moins hostile à mes yeux, mais toujours aussi mystérieux.

Le lendemain, je me rends comme promis au domicile de Lee. Mei est absente, cependant le protocole d'accueil reste le même. J'ôte mes chaussures, m'installe dans le salon et me plie au rituel du thé avec plaisir et discipline. Lee revient sans se faire prier sur certaines confessions de la veille, comme pour mieux se rafraichir la mémoire et reprend là où elle s'était arrêtée.

— Merci d'être venu Sasha. Je ne sais pas pourquoi, mais je me sens de vous raconter toute mon histoire. Votre écoute, votre intérêt, votre curiosité, il me fallait quelqu'un comme vous. Aussi, j'espère que vous n'avez rien dit à Mei pour notre rendez-vous, je n'aimerais pas qu'elle se sente lésée ou exclue.

Je lui souris ne sachant quoi répondre, mais surtout je ne veux pas l'éloigner de son récit.

— Nous vivions donc dans ce camp qui se remplissait de jour en jour de Vietnamiens et de Chinois. Ces campagnards étaient impatients d'en découdre avec l'ennemi juré. La tension était palpable et malgré le froid saisissant, toutes les réunions se tenaient le soir à l'extérieur. Ça devenait invivable. C'est à ce moment-là que l'on entendit pour la première fois parler d'un village bâti au fond d'une cuvette, situé dans le haut Tonkin, à la frontière du Laos : Diên Biên Phu. Ce lieu, alors décrit comme la plaque tournante de la défense française, était la cible prioritaire de nos chefs. La région était impénétrable, protégée par de nombreux postes militaires, aux noms de codes évocateurs tels qu'Anne-Marie, Dominique ou encore Éliane. Je ne suis plus vraiment sûre de ces prénoms, mais cela n'a aucune importance.

— J'imagine que vous deviez partager ces informations entre vous ?

Je me remémore les rassemblements vécus par mon père et Ernesto à Iguaçu, autour de ces braseros arrosés de rhum. Quelles disparités avec ces réunions lugubres ! Je vis son récit, qui me semble encore bien obscur et la soupçonne de prendre son temps pour me dévoiler le pire. Ou le meilleur.

— Oui et surtout avec les gradés du camp. Meyer les alerta du danger réel et de la difficulté de s'attaquer à une armée de métier, équipée de tanks, de chars mitrailleurs et autres avions de combat. Il détenait ces informations de son ami militaire. Cependant, sa démarche ne fut guère appréciée. Tout le monde se méfiait de lui et le considérait comme un infiltré ou un espion. Il ne leur semblait pas fiable et je devais sans cesse m'interposer et prouver son engagement et sa loyauté pour le protéger.

Je culpabilisais tellement, car, sans le vouloir, je l'exposais à une situation des plus délicates. Un matin, notre chef prit le temps de lui expliquer que tous les Vietnamiens, venus ici des quatre coins de la nation, étaient tous prêts à mourir pour leur pays, armés ou pas. Lui n'était qu'un étranger et serait toujours considéré ainsi…

— Si seulement j'avais su…

— Si seulement vous aviez su quoi, Lee ?

Elle s'interrompt sans cesse, et moi, agacé je ne tiens plus en place. Mes genoux me brûlent dans cette position de mendiant. Ces Chinois et leur coutume du sol !

Mon histoire est d'une banalité confondante : non seulement je quémande la vérité, mais en plus je dois garder le déguisement de ce mandataire que je supporte de moins en moins. J'ai envie de tout lui balancer et de la secouer une bonne fois pour toutes. Seulement elle sait ce que j'ignore, et elle, elle ignore ce que je sais déjà. Pour calmer mes ardeurs, j'avale une gorgée de sa potion brûlante, au goût particulièrement infâme aujourd'hui, et la laisse poursuivre.

— J'étais une militante venue soutenir l'armée vietnamienne, obsédée par mon idéal révolutionnaire. J'étais entêtée et Meyer, tiraillé entre amour et raison, ne voulait pas m'abandonner ici. Il avait encore le choix de fuir, mais il décida de guerroyer à nos côtés. Nous avions cinquante mille hommes prêts au combat. La bataille s'annonçait rude, mais ni la boue ni le sang ne les effrayaient. Nous, les femmes, étions indispensables pour transporter les armes avec discrétion, rapiécer les tenues des combattants ou prodiguer les premiers soins.

— Cet homme, ce Meyer, avait uniquement accepté de rester par amour pour vous ? Mourir pour un pays qui n'était pas le sien, c'était quand même...

— Je sais que cela peut sembler incroyable et dépasser l'entendement. Mais oui !

— Alors, quelle sorte d'homme était-il pour s'être à ce point détaché de lui-même ? Sans autre intérêt que l'amour ? Sans garantie dans le temps ?

— C'était juste un homme hors du commun, l'homme de ma vie, lâche-t-elle dans un sanglot quasi imperceptible.

Un mois et demi après notre arrivée, vers la mi-février, nous avons quitté le camp et commencé notre ascension vers ce fameux village de Diên Biên Phu.

Une fois encore, elle s'interrompt puis se lève. C'en était donc terminé pour aujourd'hui. La porte de l'appartement s'ouvre à ce moment-là et laisse rentrer Mei chargée de paquets. Elle me salue, sans prétendre être surprise de me voir, et se met à parler en chinois avec sa mère, comme si je n'existais plus. Je profite de cet intermède pour rechausser mes Stan Smith et quitter l'appartement lorsque Lee me lance un « à demain Sasha » tandis que Mei s'enorgueillit d'un « à ce soir, même heure et même endroit ».

Malgré le récit tragique de Lee, je dévale les escaliers légers, hors du temps, hors de mon existence, tel un jeunot comme jadis à Casa. M'avait-on jeté ici le sort de l'homme heureux ? Je commençais à aimer cette ville, ses mystères et ses dérives. J'adorais cette frénésie que je partageais volontiers au téléphone avec Gwendolyne, inconditionnelle de ce continent.

En cette fin d'après-midi, j'erre à pied dans la ville. Armé de mes guides et de mon sac à dos, je savoure cet instant où, au gré des rues, je pars pour quelques heures à la rencontre de cette majestueuse et grouillante Asie. Après un excellent dîner chez Lost Haven, c'est en tenue de touriste et avec un sourire aussi radieux que niais que je pousse la porte-tambour du palace.

Sans trop savoir pourquoi, l'idée de revoir Mei et sa bande de saltimbanques me réjouit. Le barman me reconnait d'emblée et me sert le même cocktail que la veille, fin et délicat. Je m'installe à une table près de la scène cette fois-ci, bien plus affranchi et confiant. Ce soir, certains couples dansent là où j'imagine un instant mon père se trémousser et enlacer Lee amoureusement. Pourtant, jamais, sauf si ma mémoire me joue des tours, je ne l'avais surpris à partager un moment de joie ou d'évasion amoureuse avec ma mère. Je pose quatre photos sur la table et les contemple avec nostalgie. Cependant une question ne cesse de me tarauder : si Lee et mon père formaient un couple si amoureux et indestructible ; pourquoi diable ne sont-ils pas restés ensemble ?

J'en suis à mon troisième cocktail lorsque Mei me rejoint avec deux des musiciens. Je glisse les photos dans la poche de ma veste avant d'endosser une nouvelle fois le rôle du vieux copain français en vacances ici. L'ambiance est sympathique et nos conversations agréables et légères.

— Ah, voilà notre contrebassiste, le charmeur de ces dames… n'est-il pas formidable ? me dit Mei.

— Oui, comme vous tous d'ailleurs !

— C'est aussi le seul des quatre à parler anglais couramment !

Avec toutes ces femmes qui viennent l'applaudir chaque soir, il a de quoi pratiquer ! s'amuse-t-elle, admirative.

Nous discutons sans tabou de leur pays. À eux trois, ils sont un livre vivant qui retrace un siècle d'histoire. Je les abreuve de questions politico-économico-sociétale pour assouvir ma curiosité. J'apprends notamment comment ils ont réussi sous Mao, à exercer leur passion dans des endroits tenus secrets au péril de leur vie, et comment le jazz, symbole de l'Amérique toute puissante, avait séduit la Chine dans le milieu des années 70, offrant les prémisses d'une libération des mœurs et des mentalités.

Ce moment magique avec ces trois géants me transporte littéralement hors du temps. Les blagues et les boutades graveleuses fusent, à en croire leurs éclats de rire, interrompant toute conversation sérieuse. Je ne comprends rien. Mei, qui se refuse à me traduire leurs propos, confirme mon intuition.

Dans cette ambiance cacophonique et enivrante, j'oublie un temps mon père qui occupe cette place d'icône oppressante.

La salle se vide progressivement. Zhou et Li me saluent chaleureusement et s'éclipsent à leur tour, empruntant comme chaque nuit le dernier métro pour regagner leur domicile. Mei commande d'autres cocktails. Elle me regarde longuement dans les yeux avant de se livrer à des confidences. Elle aussi.

— Sasha, savez-vous que je n'ai pas connu mon père biologique ? J'ai toujours cru que l'homme marié à ma mère et qui m'a élevée était mon géniteur… À son décès, j'ai appris que non. Ça n'a pas d'importance. J'aurais simplement préféré ne pas savoir. Je vous dis ça parce que ma réaction a pu vous paraitre excessive hier, lorsque ma mère nous a révélé ses secrets. Comme si toute mon enfance n'avait été que mensonge.

Je ne m'attendais pas à de tels aveux, de manière si abrupte et sincère. Nous étions sur un mode léger et superficiel depuis le début de la soirée et voilà qu'elle embrayait sur une route beaucoup plus sinueuse et complexe.

Elle cherchait une épaule pour se confier, à l'instar de sa mère.

J'appréciais notre échange où la séduction s'était volatilisée pour laisser place à une vraie rencontre.

Pourtant, je m'interroge toujours sur sa prévenance et sa générosité à mon égard… Cherche-t-elle à protéger sa mère de leur occupation abusive de l'appartement, est-ce son naturel attentionné ou mes origines françaises qui la font rêver et la mettent en confiance ?

— Votre mère vous a avoué la vérité lors de son décès ?

— Non, je l'ai apprise chez le notaire. Cela ne vous semble pas étrange ? Ma mère a toujours été particulièrement secrète et d'une discrétion sans nom...

— Non, pas plus que cela. J'ai moi aussi eu...

Je me rétracte. Si seulement elle avait la moindre idée de ce que j'ai moi-même appris au décès du mien ! « Etrange » était un triste euphémisme.

— Bon, parlons de choses plus gaies, lance-t-elle après avoir fini son verre. Je suis joyeuse ce soir et votre compagnie me fait du bien. Elle commande deux autres verres d'un alcool local puis cette fois, plus familière, poursuit : Tu habites Paris ? Quel est ton métier exactement ?

— Oui, près de la place de la Bastille précisément. C'est à moi de répondre aux questions maintenant !! m'esclaffé-je. Et vous, vous avez aimé votre voyage en France ?

Mon excès de bienséance à la française me pèse, j'hésite encore à la tutoyer.

— Oui, Paris est une ville merveilleuse, nous y sommes allées pour un récital et cela a été une semaine extraordinaire. Il y a presque dix ans maintenant. Et toi ? Ta vie, tes passions ?

— Moi... je suis passionné par l'art contemporain... je suis marié, j'ai trois grands enfants, et je découvre depuis quelques années la joie d'être grand-père.

Je ne mens plus, je lui parle de ma vraie vie et cela me ravit.

— Sasha, j'ai l'impression d'avoir un peu trop bu ce soir. Je vais rentrer, mais nous finirons notre conversation demain soir, tu veux bien ?

Je suis touché pas cette tradition qu'elle instaure. Elle salue le personnel encore présent et quitte les lieux en chancelant sur ses jambes fines.

Mon téléphone sonne. C'est ma femme. Depuis mon arrivée ici et la rencontre de ces deux femmes, de ces deux mondes, je constate avec surprise que je réussis à avoir de vraies discussions, parfois même des fous rires avec elle. Était-ce le retour d'une complicité perdue, de sentiments retrouvés ou simplement l'illusion de la distance comme remède à tout mariage au bord de l'asphyxie ? Cette nouvelle complicité amicale et ce climat de paix m'apaisent. Le reste m'importe peu. Je la rappellerai plus tard, pour lui raconter ma journée, comme au bon vieux temps.

Et c'est ainsi que les soirées au Fairmont Hôtel se succèdent.

Je prends l'habitude de finir mes soirées avec mes nouveaux amis, ma nouvelle famille d'ici. Leurs expériences, leurs histoires, leurs vies me nourrissent et suscitent mon admiration. Un sentiment que je n'ai pas éprouvé depuis longtemps.

23

Diên Biên Phu

Notre descente aux enfers ne faisait que commencer, confesse Lee qui laisse choir sa tête dans ses mains flétries. Ses mêmes mains fautives d'avoir trop aimé, trop combattu, trop je ne sais quoi… Son visage meurtri, ses yeux habités par l'émotion, sa voix tremble. Pour la première fois, je la vois telle qu'elle est, vulnérable et âgée, emplie d'une culpabilité qui secoue son corps frêle et chétif. Elle peine à retrouver la chronologie des faits dans sa mémoire chancelante.

J'avale mon thé, gorgée par gorgée, sans émettre aucun son. Assis face à elle, ce partage est devenu mon rituel quotidien. Il me rassure et me donne un tant soit peu l'impression d'être protégé.

La tête tout juste relevée, elle reprend, après plusieurs secondes de silence.

— Nous avons donc quitté notre camp d'entrainement, début février 54, sous une pluie battante. L'opération démarrait... Des milliers de combattants obéissants avaient entamé leur marche, vêtus d'habits de fortune et animés par la même conviction : servir leur pays. Ils étaient déterminés à se battre contre ceux qui leur volaient leur dignité, voire à mourir s'il le fallait. Mon Meyer ne savait rien de l'opération et se contentait de les suivre. Enfin, de me suivre.

La progression des soldats Vietminh était nocturne, en sourdine, car tactique. Au lever du jour, ils s'entassaient, s'efforçant de rester invisibles dans des crevasses creusées au préalable, tentant ainsi de se protéger des attaques aériennes de l'armée française.

Sous le froid sec et saisissant ou sous d'abondantes chutes de neige, nous avons marché pendant près d'un mois.

Vous n'imaginez pas à quel point les conditions étaient inhumaines et insoutenables ni tout ce que nous avons dû braver. Téméraires, sans jamais une once de découragement et à petits pas telle une fourmilière, nous nous rapprochions de notre destination. Nous ignorions, à ce moment-là, que nos rangs étaient quatre à cinq fois supérieurs à ceux de l'armée française. Bon nombre de nos valeureux soldats, « la division lourde », nous avaient précédés pour construire une route de plus de quatre-vingts kilomètres qui ouvrait le passage aux véhicules motorisés. Ils avaient ensuite creusé dans la montagne une piste de quinze kilomètres pour monter nos canons au plus proche de Diên Biên Phu.

Meyer comprit avant moi que nous allions assister à une boucherie sans précédent. Il percevait à présent ce que notre chef avait prédit concernant la force de conviction et le courage des membres de son armée improvisée.

Nous étions « Le tigre », cet animal intelligent qui agit la nuit, et les Français « l'éléphant », qui attend, mourant d'épuisement et pêchant par fierté. Le Courage contre le Pouvoir.

Devant ce spectacle sordide, il me répétait inlassablement qu'il craignait pour tous ces Français repliés comme des rats dans leur cuvette, mais surtout et avant tout pour moi, pour nous.

— Mais, vous Lee, comment viviez-vous tous ces évènements ?

— Difficilement. Nous errions dans la nuit dénuée de lune et d'étoiles, aveugles et muets, sans même une torche pour nous éclairer. Cette obscurité, symbole de la vie dans laquelle nous étions désormais plongés. Malgré la cadence infernale imposée aux soldates, je restais totalement investie dans mon rôle de révolutionnaire. À la fois cuisinières et infirmières, nous réconfortions les hommes meurtris et blessés par les kilomètres de marche ininterrompus. Meyer restait à mes côtés, pourtant je sentais que son regard, ses pensées s'éloignaient progressivement. Il sacrifiait sa vie pour moi, partagé entre notre amour, sa famille et son identité française.

— Et comment ces apprentis militaires se procuraient-ils toutes ces armes ?

J'ignore pourquoi je lui pose cette question dont la réponse m'importe peu. Certes, chaque détail m'intrigue, mais ne serait-ce pas pour pallier à mon effarement... le temps de digérer ces révélations ...

— À ma connaissance, cet arsenal était financé par le trafic d'opium et provenait de l'Union soviétique et de la Chine. Nous échangions deux kilos d'opium contre une mitrailleuse lourde. Tout s'obtenait par le troc. Et l'opium, nous en avions à profusion. Mais revenons à l'essentiel.

Quotidiennement, des camions militaires acheminaient les armes lourdes alors que les vélos tractaient les armes plus légères ainsi que quantité de fil barbelé. Il n'y avait aucun répit : cinq à six fois par jour, les bombardements au napalm et les balles pleuvaient toujours plus fort, toujours plus rapprochés, pour mieux nous atomiser. Je ne sais par quel miracle nous en avons réchappé. Peut-être étions-nous immunisés par notre amour ?

Tout ça me semble irréel. Comment mon père avait-il pu se faire embarquer aussi aveuglément dans cette guerre aux antipodes de son identité, de ses racines ou de ses croyances religieuses ?

Ce qui m'épate le plus, c'est que j'assiste, impuissant, quelque soixante années plus tard, à une reconstitution minutieuse de ce qui avait été une des plus terribles batailles de l'armée française : Diên Biên Phu.

Témoin vivant, assise face à moi, Lee me raconte comment Meyer Jakob, marocain, a pris part à cette bataille insensée, par amour. Ou par folie !

Je suis prêt à exploser, secoué de pulsions violentes et de désir de vengeance. Je me contrôle, je ne dois surtout rien laisser paraitre de mes émotions. À ses yeux, je suis Sasha, venu chercher des informations sur ledit « locataire du 486 ». Pourtant, j'ai envie de lui cracher à la figure que je suis son fils, que par sa faute j'ai souffert d'un père pathogène toute mon enfance, toute ma vie. Je pourrais l'accabler, la transpercer de mon venin de fils désaimé, mais je refoule ma colère dans ma tasse de thé, au goût plus infect qu'amer.

Devant ma mine déconfite, Lee me demande si elle doit poursuivre. Quelle bonne blague ! Évidemment, j'attends impatiemment chaque phrase, chaque mot, celui qui m'achèvera à tout jamais, telle une balle en plein cœur. Je l'invite à poursuivre. Elle s'exécute d'une voix grave.

— Un mois après notre départ d'Hékou, nous étions arrivés au point de ralliement, au pied de la montagne. Il nous fallut encore deux jours d'efforts et de courage pour la gravir. Le 13 mars 1954, la bataille de Diên Biên Phu fut lancée. L'offensive, déclenchée par des milliers de tirs de mortiers et de canons, dans les camps retranchés ainsi que sur les pistes d'atterrissage, avait anéanti toute l'aviation française. Surpris, leur soutien aérien décimé, la riposte de l'adversaire fut sanglante et sans pitié.

Je m'en souviens encore : Meyer et moi collés l'un à l'autre, des corps gisants partout. Certains explosaient à nos côtés sous les balles tandis que d'autres, déchiquetés, se fondaient dans la boue à nos pieds. Des cris de douleurs résonnaient de toutes parts, et nous, nous étions là, impuissants et terrorisés, ne sachant que faire de ces corps et de nous-mêmes. La nuit tombante sonnait la trêve, courte et effroyable. Nous dormions, lui et moi, parmi les autres, morts parmi les morts. Pour survivre à l'invivable, nous usions de drogues et d'herbe à la hauteur de toute cette démesure…

Tels des cadavres en marche, les vietminh se jetaient sur les mitraillettes ennemies. Leur vie ne comptait plus, martyrs déterminés à trépasser. Notre commandement tentait de nous protéger par tous les moyens.

À la fois acteur et spectateur impuissant d'un conflit où il n'avait pas sa place, Meyer se vivait comme un traitre. Terrifié, écœuré par toutes ces horreurs commises par l'homme, il voulut maintes fois se laisser mourir comme tant d'autres anonymes, sur ce champ de bataille. Mais je l'en empêchais. Jamais je ne l'aurais supporté. Tout cela était ma faute, alors mon devoir était de protéger sa vie, au-delà de la mienne. J'avais cru que l'homme pouvait être, par la force de ses convictions, le créateur d'un monde meilleur, mais c'était un leurre. Ce que nous vivions n'était que bestialité, violence et cruauté… Mon amour l'avait conduit ici et l'avait tué. Ces semaines de barbarie nous avaient réduits à l'état de zombies. Miraculé parmi des milliers de macchabées, Meyer ne me voyait plus, il me dévisageait comme une bête enragée. De tout cela, nous ne sommes pas sortis victorieux, juste des vivants à demi morts.

Aujourd'hui, je me dis qu'il aurait été bien plus censé de renoncer et de fuir afin de préserver notre humanité.

Nous avons été abandonnés à notre triste sort par les nôtres. Acclamés de part et d'autre, ils célébraient leur victoire à travers le pays. Loin de toute festivité morbide et de cette hystérie collective, nous avons rejoint Hanoï et mon amie Liam. Dans un état de délabrement total, la drogue pour seul remède, un psychotrope censé empêcher notre esprit de nous martyriser toujours plus. La nuit tombée, enfin à l'abri, nous renaissions lentement de nos cendres…

Heureusement, nous étions jeunes. Au bout de quelques semaines, nous reprîmes des forces. Meyer, silencieux jusqu'alors, se mit à me parler de son passé et de son ami Gary. C'était la première fois qu'il me confiait ses déboires en Argentine et son traumatisme. Vous n'imaginez pas ce que…

— Ne vous fatiguez pas Lee, ces souvenirs doivent être assez douloureux à revivre comme ça, et puis la vie de cet homme ne me regarde pas, hormis l'affaire qui nous concerne bien sûr !

Que suis-je en train de dire ? Je me déteste. Enfin, je déteste ce Sasha avec son sourire contraint.

Mon cœur s'emballe, et mon estomac se tord de douleur. Toute cette histoire m'est tellement insupportable que c'est une torture de lui cacher la vérité.

— Je comprends, je m'éparpille, s'excuse-t-elle un peu confuse.

Malgré tout, elle poursuit son récit, sans plus se préoccuper de mon sort.

— Le cauchemar n'était toutefois pas terminé. Les soldats français restés à Hanoï après leur défaite organisaient des descentes dans les milieux de la prostitution. Tout le monde était en danger en ce début juillet. Un matin, ils ont débarqué chez Liam. Nous avons été arrêtés et menottés avec violence, tels des criminels. Le cauchemar perdurait. Des jours durant, nous avons été transbahutés de commissariats en postes de haute sécurité, puis enfermés dans les sous-sols de la prison centrale de la ville. Les femmes étaient bafouées, violées ou battues à mort. Telle était leur revanche. À ce moment-là, nous avons été définitivement séparés. Notre dernier regard trahissait la douleur, l'espoir et l'amour que nous ne revivrions plus jamais. Plus tard dans une lettre, il me racontera avoir été soupçonné par l'armée d'être un conspirateur et traitre à la nation française.

Il aurait pu être condamné à mort.

— Et qu'est-il devenu ensuite ?

— Il a disparu. Moi, j'ai été libérée en septembre et j'ai remué ciel et terre pour le retrouver. Je suis restée à Hanoï des mois durant, mendiant toutes les nuits près du port, mais il s'était volatilisé. Ce n'est qu'en janvier 1960 qu'il est réapparu à Shanghai, aussi beau et radieux que lors de notre rencontre.

— Vous a-t-il raconté sa vie durant les mois qui suivirent son arrestation ?

— Non, il ne s'est jamais épanché là-dessus.

— Et donc cet appartement est toujours resté sa propriété, si je comprends bien, dis-je aussi exaspéré qu'impatient.

— Oui, quand il revenu en 1960, il souhaitait récupérer ses biens et son argent. Je pensais qu'il revenait aussi pour moi, mais nos retrouvailles ont suscité tant d'émotions et…

— Et il est revenu après six ans de silence, pensant que vous l'attendiez !

— Oh, je l'ai attendu, oui ! Les quatre premières années. J'ai vécu recluse dans son souvenir, dans l'attente de ce moment.

— Et lui, qu'avait-il fait de sa vie ?

Cette question m'importe tout particulièrement. Dernier de ses trois enfants, le calcul est vite fait. Lorsqu'il rencontre ma mère, Lee, son grand amour, hante toujours son esprit. Ses mensonges, ses secrets, mes rancœurs et mes aigreurs, tout se bouscule dans ma tête. Je m'étais préparé au pire et nous y étions.

— Il est arrivé, fier et sûr de lui, comme jamais je ne l'avais connu. Je vivais chez mes parents avec mon mari, Huang, un proche de mon père et membre du parti, l'opposé de Meyer. Glacial, terne, morose, je l'avais épousé par dépit et non par amour. Lorsque j'ai ouvert la porte, je n'en croyais pas mes yeux. Grâce à son acte de propriété, il avait réussi, à revenir en Chine, ce qui tenait du miracle. À cet instant, mon cœur se remit à battre de cet amour aussi fort et aussi pur qu'au premier jour. Bouleversés, nous nous tenions en silence, sans y croire. Je l'ai accompagné dans son appartement où je n'avais jamais remis les pieds depuis notre départ pour Hanoï. Rien n'avait changé. Nous y sommes restés enfermés pendant près de trois semaines, sans nous quitter un seul instant. J'étais à nouveau vivante, comme si l'enfer n'avait jamais eu raison de nous. J'aspirais à ce que cela dure toujours, mais il m'avoua s'être marié et avoir des enfants. Pour oublier, pour m'oublier me dit-il. C'était la seule façon qu'il avait trouvée pour refermer le livre de son voyage et me sortir de sa vie définitivement. Son union était aussi sa manière de rendre hommage à sa pauvre mère, morte de chagrin durant son long périple prolongé par des mois de détentions dans les prisons d'Hanoï puis de Marseille. Chacun de nous s'était résigné à contenter ses parents que nous avions tant défiés.

Sasha, j'ai toujours été une femme droite et j'ai tout avoué à mon mari, espérant qu'il me rendrait ma liberté en me répudiant pour mon infidélité. Mais il me pardonna, à mon grand désespoir.

— Son emprisonnement ? Mais quel emprisonnement ?! m'écrié-je en retenant ma hargne.

— Il fut retenu prisonnier deux mois dans la prison la plus sordide d'Hanoï, réduit à ce que l'humain a de plus bas. Considéré comme un traitre, battu, livré à lui-même dans une geôle de 4 m^2, debout tel un arbre carencé par tous les bouts, décalcifié et dénutri, il était devenu l'ombre de lui-même, là où dormir signifiait mourir. Dieu seul sait comment il a survécu à cette épreuve.

Son récit est criant de vérité.

De quel péché originel avait-il hérité pour mériter un tel châtiment ? Et pourquoi Dieu le condamnait-il ainsi ?

Mon père m'apparait plus proche, plus humain. Mais je ne peux m'empêcher de penser aussi à ma mère, trompée, qui avait sacrifié sa vie pour cet homme.

Quelles sortes de mots vais-je utiliser pour tout lui raconter.

Sonné, en proie à une violente nausée, je quitte l'appartement et Lee, devenue soudain l'ombre d'elle-même. J'ai besoin d'air, ma poitrine m'oppresse et la solitude sera mon remède à cette torture mentale.

Raquel me revient tel un boomerang. Il a bien dû se confier à quelqu'un sur toutes ses horreurs.

Les mains tremblantes je compose une bonne dizaine de fois son numéro avant de l'avoir au bout du fil.

— Alexandre ! Quelle surprise !

— Raquel, je ne suis pas d'humeur. Je sors de chez Lee, ce prénom ne t'est pas inconnu. Elle m'a tout raconté... Tahiti, Shanghai, leur histoire, Hanoï, l'enfer... bref, je suis perdu. Tu m'as bien eu depuis le début. Ne me dis pas que tu n'étais pas au courant de cette partie de son voyage.

— Si, je l'étais mon fils, mais en partie. Je suis tellement confuse, mais encore une fois, Gary et moi avions fait à ton père la promesse de nous taire à jamais.

— Comment puis-je te faire confiance ! Tu me joues la comédie depuis le cimetière ! Tu étais au courant pour son emprisonnement.

— Oui, c'est Pierre qui lui a évité l'exécution. Nous étions installés à Paris depuis quelque temps. J'ai reçu un jour un coup de téléphone de Gary. Il m'expliqua brièvement que Meyer était détenu à la prison française d'Hanoï. Il était impuissant face au sort de ton père. Je n'ai rien su d'autre. Gary connaissait les activités de mon mari et ses relations. Il m'a suppliée de le faire intervenir.

— Pourquoi ne m'as-tu rien dit ! Bordel de merde ! J'apprends son emprisonnement, ses tortures, la barbarie qu'il a subi de la bouche de cette vieille Chinoise qui se prétend la femme de sa vie !

— Lee a bien été la femme de sa vie. Alexandre, je suis tellement désolée, lâche-t-elle dans un sanglot.

— Et moi donc ! Je ne sais plus quoi penser Raquel... C'est un électrochoc.

J'arpente la rue Shaanxi N Rd, Jian Qi, le téléphone toujours à la main. Pendant une bonne vingtaine de minutes, Tom me raconte ses dernières sorties nocturnes avec ses copines, puis mon impulsive Laura, ses premiers pas de chef d'entreprise. Quant à ma grande, douce et sereine, elle me parle en détail de sa nouvelle vie de jeune mère.

Qu'importe leurs propos, leurs voix et leurs rires me réchauffent et m'enivrent d'une force nouvelle. La famille, il n'y a que ça de vrai !

Fidèle à mes premiers amours, ce soir, je décide de me noyer sur Moganshan Road, le quartier artistique de Shanghai. J'ai besoin de recouvrer mon identité et surtout de me vider la tête. Alors cette nuit, c'est sans regret que je pose un lapin à Mei, au barman et aux Old Jazz Man.

Je suis seul, oui. Seul, mais libre.

24

Hanoï

Que ce soit à Paris, à Rio ou à Shanghai, je reviens inévitablement à mes fondamentaux. Dès mon entrée dans l'exposition éphémère de Murakami, dans les galeries du MoCA, mon enthousiasme et ma frénésie pour l'art contemporain m'emportent une fois de plus. Je m'y attarde, ma curiosité aiguisée par les créations de cet immense artiste japonais. Dans une pièce avoisinante, la nouvelle génération s'inspire avec génie, humour et dynamisme, de l'art occidental pour contrecarrer l'ordre établi. Du moins, c'est ce que le galeriste, que je suis, perçoit. L'idée nait alors de flâner dans les galeries locales à la recherche de pépites à présenter sur le marché européen.

Ce soir, l'envie d'évasion me submerge à nouveau. La rue Shaanxi N RD, Lee, son histoire… tout me pèse. Mon caractère impétueux reprend le dessus. La baie d'Halong est proche, elle sera mon oxygène.

L'un de mes artistes m'avait évoqué avec émotion ce lieu insensé, à la lumière et l'atmosphère si singulières.

Mei s'était, également, laissé emporter par une envolée lyrique sur ce lieu au cours d'une de nos soirées. Une escapade incontournable. Je compose son numéro. À la deuxième sonnerie, elle décroche :

— Mei, je sais qu'il est tard, cependant je souhaite découvrir Hanoï et surtout la Baie d'Halong avec toi. J'ai pris une option sur le vol de demain matin à 10 h. Je t'embarque !

Elle laisse échapper un rire léger. Après quelques secondes d'hésitation, elle souffle :

— Oh Sasha, quelle bonne idée ! Je serais ravie d'être ton guide. Et ce serait pour combien de temps ?

— Trois jours, tout au plus.

— J'accepte alors avec grand plaisir s'écrie-elle. Accorde-moi quelques heures, le temps de préparer des affaires, de prévenir les musiciens et je serai prête pour sept heures. Voici mon adresse.

— Ton adresse ? Mais je la connais, c'est le 486…

— Non, prends de quoi noter.

Je m'exécute et note ses indications. Intrigué, je garde cependant mes questions pour plus tard. Ravi de mon idée et surtout de son enthousiasme, je prépare ma valise.

Sur le bord du lit, je rêvasse à mon « Tour du monde », totalement improvisé depuis quelques semaines. Toutes ces rencontres, toutes ces aventures, tous ces liens… tout ça, je le dois à mon fameux carton de déshérité, et finalement grâce à mon père.

Si seulement il avait su me parler, s'il avait pu être là, si seulement nous avions pu vivre tout ça ensemble... si seulement.

Je contemple les photos éparpillées sur la table de chevet : l'une d'elles m'émeut tout particulièrement. Il est là, sous mes yeux, allongé en chien de fusil avec une vulgaire culotte, sale, monstrueusement sale, son torse et ses pieds nus. Squelettique, une pipe à opium dans la bouche, sur un sol maculé d'immondices, de blattes géantes et autres cadavres d'insectes...

Qui de Lee ou de Raquel me donnait le plus la nausée ?

Difficile de trancher.

Lee ne s'était pas attardée sur cet emprisonnement et je n'avais pas osé insister. Raquel, quant à elle, se cachait en permanence derrière les souhaits de mon père. L'entraineuse et la menteuse. C'en était trop pour moi. Je me retrouvais ainsi seul, face à son histoire, et je me devais de rester fort.

Je transmets quelques-uns des clichés par mail à Nguyen. Il reste encore le mieux placé pour trouver de quel centre de détention il s'agit. Mon avion décolle dans quelques heures : cela ne lui laisse pas beaucoup de temps.

À 6 h 30, bouillant d'impatience, je descends à la réception pour régler ma chambre et donner congé à Feng pour les trois prochains jours. Je monte dans un taxi, récupère Mei à l'adresse indiquée puis nous filons à l'aéroport. Elle profite du vol pour combler mes lacunes sur les us et coutumes de la politesse chinoise.

Dès l'atterrissage à Hanoï, c'est le choc.

À l'instar de Shanghai, nous débarquons dans une tonitruante ruche humaine.

J'imaginais cette ville abandonnée aux ténèbres de l'Histoire, mais sitôt les baies vitrées de l'aéroport franchies, le saisissement est brutal. Des centaines de vélos, de scooters, du bruit, de la poussière, du brouillard, un vrai chaos. Me voici aux portes d'un cirque ancestral organisé comme si ce pays, pour préserver son authenticité, refusait de vendre son âme au diable du progrès.

Quelle émotion ! Je suis époustouflé par tant de contradictions à la fois subtiles et mystérieuses. Son charme agit au rythme des minutes qui défilent. Je m'imprègne et observe. Tout n'est que rizières noyées sous le soleil, haies de bambous et sempiternels chapeaux coniques : l'image d'une Asie éternelle, vibrante et captivante. Devant ces paysages qui paradent sous nos yeux, Mei continue de m'expliquer, à coup de métaphores, l'histoire de ce pays.

Confortablement installés dans nos chambres, je m'affaire à organiser une excursion sur la baie d'Halong pour le lendemain, une escapade à bord d'une jonque luxueuse. En tout bien tout honneur, bien entendu.

Mei est enchantée par cette frasque amicale qui égaye son morne quotidien aux tournées et concerts de plus en plus rares. Depuis quelques mois, ses engagements se résument à sa prestation au Fairmont Hôtel avec ses acolytes aussi âgés que talentueux. À Paris, les histoires de femmes ne m'intéressent guère, mais avec elle, jouer au confident m'amuse. Je me découvre une âme sensible !

Elle m'attend sur le perron, prête à défier l'indomptable grande dame : quitter l'hôtel et s'aventurer en pleine rue relève du défi.

À peine sortis, nous slalomons entre les scooters et les voitures tantôt bras levés, tantôt hurlant « stop » ! Nous rions d'agir comme les autres qui s'auto-congratulent lorsque la rive opposée est atteinte… sains et saufs ! Le respect du code de la route et le concept de piétons, ici, restent hypothétiques. Cela me rappelle ma cacophonique Casa.

En cette chaude après-midi, l'air est affreusement humide, des gouttes de sueur perlent sur mon front et échouent dans ma barbe de 3 jours. Mei m'entraine dans le quartier où vivait Liam, cette fameuse amie de sa mère… Elle n'avait pas assisté à la fin de ses confidences, mais je lui en avais fait un compte rendu exhaustif. Dans ma poche, mon portable vibre à intervalle régulier. Je décroche :

— Alexandre, c'est moi. La voix de ma femme tremble. Je n'ai pas de nouvelles depuis des jours. Je suis inquiète. Tout va bien ?

— Ah, c'est toi ! Oui, je suis en excursion à Hanoï. Je pensais appeler dans la soirée. J'ai eu Tom hier, il ne t'a rien dit ?

— Si, mais tes sœurs me demandent sans cesse de tes nouvelles et je ne sais pas quoi leur dire.

— Je les appellerai dans quelques jours. Es-tu sûre qu'il n'y a rien d'autre ?

— Euh… non, disons que je me pose des questions, enfin tu imagines.

— Allez, ne te fais pas prier, crache le morceau… nom de Dieu !

— Ton absence est longue ici… les affaires, la maison, les enfants… et aussi… es-tu vraiment seul ?

— Ne recommence pas,

Allo, allo… je t'entends très mal, je t'appelle plus tard. Je finis la conversation d'un « je t'embrasse » de circonstance et respire pour garder mon calme.

Ce coup de fil impromptu me déstabilise. Même si nous nous étions un peu rapprochés ces derniers temps, je me sens envahi. Lunatique, je l'admets, je supporte mal de devoir rendre des comptes à qui que ce soit. Je tente alors de dissimuler mon agacement et force l'éclat d'un sourire joyeux.

Mei assiste à ma transformation sans réagir. De son index droit, elle me désigne les vestiges d'un immeuble ressemblant à celui décrit par Lee. Le voir toujours érigé, cinquante ans après, dans « le Hanoï populaire » relève du miracle ! Le quartier est resté le même, seule la citerne a disparu, remplacée par l'eau courante.

Quelques pas plus loin, nous tombons sur le marché « Long Biên », l'endroit le plus populaire de la ville où les maraichers érigent leurs marchandises sur des plateaux ronds à même le bitume, où les étals se déploient sur des caisses en polystyrène, des cageots en bois ou en plastique. Tous les animaux comestibles de la région s'y côtoient au ras des pots d'échappement.

— Et à quelle heure passe la brigade de l'hygiène, demandé-je à Mei en la narguant d'un large sourire.

— Jamais, lâche-t-elle amusée ! Ici, c'est à la guerre comme à la guerre !

À peine la nuit descend-elle sur Hanoï, que les échoppes de vêtements, chaussures et autres bazars se métamorphosent en bars et restaurants : chaises, tables et barbecue installés sur le trottoir. Une expérience indescriptible. On y mange, on y boit dans un ballet de klaxons assourdissant, qui s'ajoute à la densité de cette ville trépidante. Avec leurs sourires, leur politesse, leur respect envers les Européens, tous ces Vietnamiens m'attendrissent... Ils ne sont pas riches et vivent probablement au jour le jour de leurs maigres recettes.

Dans cette ambiance frénétique et ce spectacle de rue que j'aime tant, je chasse de mon esprit toute conclusion à l'occidentale qui suppose que seule la richesse conditionne le bonheur.

Encouragé par Mei et applaudi par les habitants du quartier, je me lance dans la dégustation d'insectes frits et de scorpions grillés. La soirée se poursuit, douce et rafraichissante.

Fatigué, mais heureux, mes songes de cette courte nuit sont emprunts d'aventures.

Notre petit déjeuner pris sur le pouce, direction le port de Hòng Gai. Là, nous embarquons sur la Jonque Dragon Pearl, à la découverte de la huitième merveille du monde, la Baie d'Halong.

J'écoute mes messages et en particulier celui de Nguyen, le seul que j'attendais vraiment. Enfin !

— « Monsieur Alexandre, j'essaie de vous joindre depuis des heures ! J'ai des informations importantes à vous communiquer, rappelez-moi dès que vous avez ce message ».

À quelques mètres du port, le chauffeur du minibus nous dépose devant l'embarcadère. Une hôtesse vérifie nos billets puis nous guide à bord pour une première visite.

« C'est une jonque traditionnelle, à coque compartimentée, 2 voiles aux trois quarts complètement lattées, « flottantes », parée de bois noble, 29 mètres de long sur 6,9 mètres de large, comportant seulement 10 cabines de 10 minutes 2 secondes chacune à l'atmosphère et au charme d'antan » narre-t-elle, comme elle déroulerait un argumentaire de vente parfaitement huilé.

Quel ennui ! Je m'éloigne pour rappeler Nguyen.

— Bonjour Maître. Qu'en est-il de notre affaire ?

— Bonjour monsieur Jakob. Pour commencer, la prison, où ont été prises les photos en 1954 était une annexe de la prison française d'Hanoï, spécialement construite pour les prisonniers de guerre. Barbarie et torture y étaient légion.

— J'imagine… Existe-t-elle toujours et me serait-il possible de la visiter ? Je rentre à Hanoï demain après-midi.

— Oui probablement, mais ce n'est pas tout. Ce que j'ai à vous dire risque de changer vos plans.

— C'est-à-dire ?

— Je préfère que vous passiez me voir à mon bureau sitôt votre retour à Shanghai.

— J'ai du mal à vous suivre, Maître. De quoi d'autre s'agit-il ?

— Je n'ai jamais aimé ni les mystères ni l'attente, et ces deux jours d'impatience vont m'être invivables.

— Cela concerne l'appartement du 486, mais je ne peux vous en dire davantage au téléphone. Je vous attends à mon cabinet dès votre retour.

Que m'apprendrait-il de plus ? Peut-être devrais-je m'acquitter de frais importants pour l'usufruit ou régulariser l'acte de propriété déjà validé par maître Boggio… ou encore maître Nguyen voulait-il me le racheter… ce filou… après tout, le malheur des uns ne faisait-il pas le bonheur des autres ? Impossible de négocier. Il me laisse en plan, frustré, seul avec mes questions et mes scénarios plus tarabiscotés les uns que les autres.

— Sasha, tout va bien ? Rien de grave ? Ce coup de fil semble te contrarier intervient Mei.

— Non, rien d'important. Des nouvelles de ma famille, rien de plus. Profitons du panorama et de cette superbe jonque. Je descends me changer et nous prendrons ensuite un bain de soleil sur un transat. Qu'en dis-tu ?

— Quelle bonne idée, je commande des sodas et nous consulterons les excursions proposées.

Une douche plus tard, me voilà sur la proue de ce magnifique voilier, prêt à tout, les yeux et l'esprit grands ouverts. Grands ouverts, parce que oui, Sa Majesté la Baie d'Halong, fière de ses trois milles îles et îlots, ne se donne qu'à ceux qui daignent la visiter. De tous les clichés entrevus, aucune photo ne m'avait procuré un tel sentiment, là, face à cette splendeur. La banalité de certains rochers rehausse la beauté des autres, masqués par une brume naissante et envoûtante. Je n'aurais pas parié sur la météo et bien m'en avait pris ! De « beau fixe », nous étions passés à « tempête » en moins de deux heures. Cela offrait à ce décor tout son mystère. Et ce n'est que lorsque le Dieu des rochers se calma enfin que nous profitâmes de la pluie fine et de la sérénité ambiante. Mon artiste ne m'avait pas menti… du pont, la vue était captivante et la lumière ensorcelante.

Quelques touristes australiens, italiens et argentins nous ont rejoints sur le pont. Malgré une discussion tout à fait enthousiaste, je suis encore préoccupé par le coup de fil de Nguyen, sans trop savoir si je dois en parler à Mei. Non, bien sûr. J'abandonne l'idée pour préserver mon anonymat encore quelque temps.

La nuit est à présent tombée et notre dîner servi dans la salle à manger. Dîner gastronomique et ambiance digne des voyages à bord du légendaire « Orient Express ».

Nous ne sommes que sept couples, chacun installé autour de jolies tables d'époque coloniale. Nous nous dévisageons à tour de rôle, tournant la tête ou baissant les yeux à chaque regard insistant. Nous sommes loin du cliché des touristes aventureux que je me plais à cultiver. Une musique d'ambiance nous berce.

Mei ne manque pas de congratuler le pianiste avec un enthousiasme candide qui me ravit le cœur. Ainsi les plats s'enchainent à mesure que la tempête, elle, se déchaine à nouveau...

La mer se forme, se déforme... Je n'avais pourtant pas réservé pour une nuit d'épouvante. Et pour pimenter la soirée, comme si ce micro-ouragan ne suffisait pas, le capitaine nous conte la légende du Dragon qui serait descendu de la montagne pour sculpter les rochers des battements de sa queue et inonder les creux par ses éclaboussures.

Mei me glisse à l'oreille que ce dragon, lorsque les dieux osent le contrarier, exprime sa colère en aspergeant de trombe d'eau la Baie tout entière afin d'ensevelir la myriade de jonques qui envahissent trop souvent son territoire. Elle me confie, un sourire en coin, qu'il préserve les plus respectueuses de sa quiétude. L'angoisse est à son comble lorsque je sens les vagues se briser furieusement contre la coque. Pas vraiment sereins, mais heureux de braver ensemble cette tempête et de nous aventurer dans cette croisière insolite, cette épreuve nous a rapprochés. Nos regards et nos langues se délient. Mei me parle de sa vie, de sa fille, de son divorce, et bien sûr de Lee. Je l'écoute attentivement et profite de ses confidences pour l'interroger.

— Dis-moi Mei, pourquoi m'as-tu donné une autre adresse ? Tu n'habites pas cet appartement ?

— Pas vraiment. Ma mère et moi y avons vécu, mais désormais j'utilise ce lieu comme salle de répétition pour mes concerts. Je n'ai jamais osé poser de questions à ma mère sur le sujet. Tu sais ici, les gens sont pudiques, même en famille. Aujourd'hui encore, au vingt et unième siècle, le poids de cette société patriarcale conditionne toujours nos comportements.

— Lee vit ailleurs également ?

— Oui, répond-elle un peu gênée. C'est ce que tu devras raconter aux héritiers de Meyer ! Est-ce bien important ?

— Je t'avoue que je suis un peu perdu avec toutes ces révélations. Je suis juste venu pour rencontrer les locataires officiels et voilà que je me sens un peu berné ! Le sous-louez-vous ?

— Euh, non plus.

— Tu sais, je t'admire beaucoup. Tu fais preuve d'un grand professionnalisme pour un mandataire. Mais imagine ce que je ressens, là, après toutes ces révélations ! Je viens de découvrir un pan entier de la vie de ma propre mère que j'ignorais, et tout ça par le biais d'un inconnu. Pardon, mais c'est ce que tu étais jusqu'à présent. J'ai le sentiment d'avoir vécu toute ma vie au côté d'une étrangère, conclut-elle tristement, et si tu n'étais pas venu, si tu n'avais pas été si indiscret et si têtu, peut-être n'en aurais-je jamais rien su !

— Allons Mei, chassons la tristesse et trinquons à notre amitié ! Vois-tu, la vie est remplie de surprises. Il y a les bonnes, et puis les mauvaises. Il faut savoir se laisser cueillir et…

Je me surprends à faire du Gary, à jouer au sage, moi qui ne me suis jamais laissé surprendre par quoi que ce soit dans ma vie. Mais ce voyage, ces voyages m'en ont appris beaucoup sur moi-même et sur mes ressources. Son explication me laisse perplexe et je me promets d'y revenir plus tard, ou du moins d'interroger Lee.

Tous deux épuisés, mais heureux de cette première journée, nous avalons un dernier cognac avant de regagner, clopin-clopant, nos chambres. Le Dragon s'est lui aussi assoupi, la jonque flirte à nouveau avec l'accalmie, bercée par de doux flottements lancinants.

Le lendemain matin, Gwendoline me fait office de réveil. Dès huit heures. Appels et SMS en tous genres se succèdent. Ignorant le décalage horaire, elle s'inquiète de mon silence depuis cinq jours. Un silence volontaire : je n'ai ni le désir de jouer ni celui de lui accorder du temps, à elle ou à qui que ce soit d'autre. Elles me cassent les pieds, toutes autant qu'elles sont ! J'ai tout de même le droit d'avoir mes humeurs.

D'un mot, je lui promets de la rappeler ultérieurement. Puis, je savoure la quiétude du moment et me laisse le temps de m'éveiller doucement. Sur le pont, le soleil radieux illumine les Pains de Sucre et reflète par ricochet ses doux rayons sur la baie endormie.

8 h 30, je rejoins Mei, déjà attablée pour le petit déjeuner.

Notre programme de la journée s'annonce des plus excitants.

Des grottes enfouies dans des rochers pointus sortis de nulle part, des escapades en canoë, ponctuées de plongeons dans cette eau turquoise bordant des plages de sable blanc… une dernière journée à la hauteur de mes espérances, rythmée de précieux instants, riche en fous rires et en émotions.

Mei s'exalte avec la fraicheur d'une adolescente.

— Merci, Sasha, pour ses instants uniques. Grâce à toi, j'ai redécouvert cette partie du Vietnam, me confie Mei.

Cette phrase me va droit au cœur. L'une de mes sœurs aurait pu la prononcer. Mon enfance me rattrape. Que ce soit avec Sophie ou Vanessa, je n'avais jamais partagé une telle complicité, de telles émotions. Par manque de temps ? Les circonstances de la vie ? Peu importe. Si seulement j'avais osé leur proposer, ne serait-ce qu'une fois !

Paradoxalement, je me sens plus proche de cette femme, sorte de sœur par procuration, encore inconnue quelques jours auparavant.

— J'ai passé un moment délicieux avec toi, vraiment, et je ne t'imaginais pas aussi libre et aventurière ! Comme quoi, les voyages révèlent les personnalités.

— Je peux te renvoyer le compliment !

— Il me reste encore une visite à effectuer à Hanoï avant que nous regagnions Shanghai. J'aimerais me rendre à la prison centrale.

— Pourquoi visiter cette antiquité ?! Ce n'est qu'un musée maintenant.

— Le récit de ta mère sur cet homme m'a bouleversé. Je trouve leur histoire d'amour tellement émouvante que j'aimerais en savoir davantage sur lui. Tu sais, je suis comme ça, lorsque quelque chose me touche, je vais jusqu'au bout !

— Je vois. Tu as raison. C'est bouleversant d'avoir été aimé si fort et si longtemps comme ça. Ma mère a eu beaucoup de chance, et puis quel destin que celui de ce Meyer ! La vie auprès de mon père a dû lui paraitre bien fade par la suite. Moi aussi, je suis bouleversée par tout ça. Cette histoire est tout aussi intrigante pour moi. Je t'accompagne.

En solo depuis mon arrivée en Chine, j'accueille Mei comme compagnon de route et d'aventure pour mon plus grand plaisir. Désormais, nous sommes liés.

25

La lettre

Son surnom ? Hanoï Hilton. Plutôt cocasse pour l'une des prisons les plus épouvantables du pays. Construite pendant l'occupation, la prison Hoa Lo était bel et bien devenue un musée. Reconstitution de scènes de tortures et bureau d'archives, tout nous est jeté en pâture, là, sous nos yeux. Cette scénographie met en lumière de grossiers mannequins en cire aux visages et corps tuméfiés, enchainés par les chevilles les uns aux autres, évoquant le traitement infligé aux prisonniers obéissants. Je n'ose imaginer ce que devait être le « trou » ou « le cachot » pour ceux qui se rebellaient.

Impossible d'imaginer non plus qu'il ait pu y séjourner. Mon propre père, tel un vulgaire détenu, un hors la loi ou un assassin qu'il n'était pas. Je regarde l'une des photos sorties discrètement de ma poche pour ne pas attirer l'attention de Mei.

Même tableau déchirant qui me provoque une intense souffrance. Lui empoignant le bras, j'emprunte le premier corridor à gauche qui nous projette dans la galerie des cellules réservées aux condamnés à mort. À nouveau, nous sommes face à des silhouettes squelettiques immortalisant tous ces détenus aux visages crispés par la peur, s'agrippant aux barreaux en attendant leur châtiment ultime. Les journaux et les photos de l'époque, encadrés et mis sous verre, retracent en détail toute l'histoire de cette guerre de décolonisation.

Je me mets alors en quête du mémorial pour y chercher une trace de son séjour ici.

Suivant les indications, je zigzague dans l'autre couloir à l'accès encore plus étroit et lugubre, mais qui nous mène à l'extérieur. Une fois dehors, le voilà érigé là, dans cette cour auparavant dédiée à la promenade : un bloc de marbre de trois mètres sur cinq, nu, sans aucun nom, aucune trace d'aucune vie.

Quelque cinquante ans plus tard, les Vietnamiens avaient réussi à transformer la pire des prisons en un lieu d'histoire et de mémoire. Cette mise en scène scabreuse me décide à mettre un terme à mon séjour ici. Une note poignante qui clôture un périple mémorable.

Le vol du retour est silencieux. Mei s'est endormie contre mon épaule tandis que je gribouille sur une feuille les personnes à appeler et autres urgences à gérer dès le lendemain.

3 h 45, je la dépose au pied de son immeuble, dans le centre de Shanghai et me dirige vers le Fairmont Hôtel. Parti sur un coup de tête, je n'avais réservé aucune chambre pour la suite de mon séjour. La suite Deluxe, seule disponible, sera ma geôle. Après tout, au diable l'avarice : l'argent est fait pour être dépensé. Depuis mon départ, je puise substantiellement

dans le budget familial. Régulièrement, ma femme me fait part de ses inquiétudes. Ses coups de fil, prétextant l'incompréhension de mes sœurs, ne sont qu'un subterfuge pour me presser de rentrer à la maison comme un bon mari et de me remettre au travail... À ses yeux, il était temps de mettre un terme à cette récréation.

Au fur et à mesure que mon enquête avance, la platitude de mon quotidien parisien se rapproche à grands pas. Et avec lui, ce sentiment acerbe, mais, oh combien réaliste, de déjà-vu et de morose. Avais-je encore envie de tout cela ?!

Les mains sur la rambarde en pierre de la terrasse de ma suite, je contemple Shanghai. Mon cerveau tourbillonne. Les images de ces dernières semaines m'envahissent : les morbides, les joyeuses, les paysages, les rencontres, Buenos Aires, Rio, Paris, tout... subconscient et inconscient s'emmêlent... Comment gérer autant d'informations et de contradictions sans exploser ou me rebeller ? Je m'étonne moi-même d'une telle catalepsie.

Malgré cette nuit mouvementée, je me présente, dès les premières heures de la journée, au bureau de maître Nguyen.

Sa secrétaire me sert un café américain pour me faire patienter.

— Il est en ligne. Il vous reçoit dès que possible, me dit-elle dans un anglais parfait.

— Merci pour le café.

— Vous semblez en avoir grand besoin, sans vouloir vous vexer !

J'avais enchainé cauchemar sur cauchemar. Ma triste mine parlait d'elle-même et ma barbe de cinq jours n'arrangeait rien !

— Monsieur Jakob, je vous en prie, rentrez et asseyez-vous.

— Bonjour Maître, je suis venu au saut du lit, dis-je en me justifiant, comme pour m'excuser de mon allure effroyable.

— Pas besoin de me le préciser ! Vous faites peur à voir !

— Je vous remercie... bon, dites-moi plutôt pourquoi vous souhaitiez me voir en urgence.

— Je n'ai pas de bonnes nouvelles à vous annoncer. J'ai fait des recherches sur l'appartement et l'acte de propriété que vous détenez n'est plus valable.

— Comment ça ? Bien sûr qu'il l'est ! Il a été expertisé par le notaire de mon père à Paris, il y a quelques semaines ! Maître Boggio !

— En effet, l'acte que vous avez en votre possession est authentique, mais votre père a cédé l'appartement à madame Lee Phuong en 1995. Cet appartement n'est plus votre propriété, je suis navré.

— Attendez, ce n'est pas possible ! Votre exemplaire doit être falsifié ! Pourquoi le mien serait-il obsolète ? Montrez-le-moi, que je vérifie sa signature.

— Cher monsieur, je m'en suis déjà chargé. La signature est la même que celle apposée sur l'acte que vous détenez. Il est authentique, croyez-moi et fais foi ici. Il a été rédigé postérieurement au vôtre.

— Mais c'est impossible ! Dans son testament, tout était bien clair ! Alors, pourquoi léguer un appartement qui ne lui appartenait plus ?!

— Je ne sais pas, ça ne me regarde pas. Tout ce que je sais, c'est que vous ne pouvez pas faire valoir votre acte ici.

— Mais il y doit bien y avoir une solution ! Je vous paie aussi pour ça !

— Vous me payez pour faire mon métier et non pour être au-dessus des lois. Avez-vous pris contact avec les locataires ?

— Oui ! C'est cette chère madame Lee qui me raconte ses histoires depuis le début, qui me mène en bateau avec son histoire d'amour avec lui, ses péripéties, la guerre…

Elle a dû bien rire de moi quand je lui ai dit que j'étais mandaté par les héritiers pour récupérer l'appartement puisqu'elle sait pertinemment qu'elle est chez elle ! Je l'entends se moquer de moi d'ici ! Elle a dû se dire : « le pauvre idiot, je lui réserve une belle surprise ! C'est moi la propriétaire aujourd'hui » !

— Retournez la voir pour qu'elle vous fournisse des explications. Ou je peux la faire venir ici en prétextant…

— En prétextant quoi ? Non, laissez tomber. Vous avez raison, je vais retourner la voir ce sera plus simple. Mais, dites-moi, ça vaut combien aujourd'hui ce boui-boui à l'autre bout de Shanghai ?

— Pas grand-chose, vraiment. L'immeuble, trop vétuste, devrait être bientôt démoli. Le terrain a été racheté par la ville et revendu à des promoteurs peu scrupuleux pour construire un complexe.

— Un complexe de quoi ? Entre des temples et des échoppes désertés…

— Je vous confirme en tout cas que Madame Lee Phuong est proche de l'expropriation. C'est d'ailleurs probablement pour cela qu'elle a daigné se manifester en découvrant notre mot sous sa porte.

Je quitte le bureau, rouge de colère. Je tourne en bourrique depuis la lecture de ce testament absurde ! Je suis le dindon de la farce. Je ne comprends plus rien. Je monte dans la voiture et ordonne à Feng de me conduire au 486. Il est 10 h. Je compose le numéro de Mei en tremblant. Les sonneries s'enchainent :

— Allo Mei ? C'est Sasha. Tu as bien dormi, j'espère ? J'ai besoin de vous voir ta mère et toi, c'est urgent.

— Bonjour Sasha, qu'y — a-t-il ? Il t'est arrivé quelque chose de grave ?

— Non rassure-toi, mais je dois vous parler et cela ne peut pas attendre.

— Entendu, rejoignons-nous au 486 en fin de journée.

— En fin de matinée m'arrangerait mieux, s'il te plait. C'est vraiment important. À tout de suite, j'arrive.

— Euh… très bien souffle-t-elle d'une voix désemparée. Laisse-nous juste le temps d'arriver.

Je me ronge les ongles, l'un après l'autre, ce qui provoque l'hilarité de Feng !

— Monsieur Alexandre, vous voulez peut-être manger avant d'aller à votre rendez-vous ? Les Udons sont plus appétissants que les ongles.

— Non, merci. Mais de quoi je me mêle, Feng !

— Vous êtes en colère et la colère, ce n'est pas bon du tout.

Il réussit à me faire sourire avec son accent et sa niaiserie.

Comment mener à bien cet ultime rendez-vous avec ces dames ? Moi qui d'ordinaire fuis l'affrontement et n'ose dire les choses par crainte de décevoir, je dois faire cesser cette situation, ces non-dits oppressants. Plus vite je leur cracherai le morceau et plus vite je me sentirai libéré de toute cette amertume.

Feng se gare. J'enjambe les marches deux à deux. Peine perdue : la porte reste close. Je suis le premier arrivé. Penaud, je redescends pour attendre dans la voiture en attaquant mon dixième ongle sous l'œil dubitatif de Feng. Je prie pour les voir arriver au plus vite. Leurs silhouettes se dessinent au loin et abrègent mon supplice. Je les laisse monter pour ne pas les affoler puis leur emboîte le pas.

— Bonjour Sasha. Entre veux-tu ? Que se passe-t-il de si urgent ?

À contrecœur, je me plie au fameux rituel : déchaussage-lavage de main-thé. Lee s'est déjà installée sur le futon.

— Bonjour, Lee, bonjour Mei. Je dois vous dire des choses importantes.
— Très bien, nous t'écoutons.
— Pour commercer, je ne me prénomme pas Sasha. Mon vrai nom est Alexandre Jakob.

Je prononce cette phrase les yeux dans les yeux. Lee demeure impassible. Mei, elle m'apostrophe avec effroi.

— Mais qu'est-ce cela signifie ?
— Mei, Lee, je suis le fils de Meyer, et si je suis venu…
— Je sais qui vous êtes depuis le premier jour où vous avez franchi la porte de cet appartement, rétorque Lee froidement.
— Comment ça ? Mais vous savez quoi ?
— Cher Alexandre, vous lui ressemblez à un tel point qu'il aurait fallu être aveugle ou ne pas le connaître pour ne pas s'en apercevoir ! Mais poursuivez, je vous en prie.

Je reste estomaqué. Lee savait ! Elle m'avait laissé m'enliser dans le personnage de Sasha… mais dans quel but ?

Encore une fois, elle avait une longueur d'avance sur moi.

— Mei, je te prie de m'excuser pour cette mascarade, mais je n'avais pas trop le choix.

— C'est tout ce que tu trouves à dire ?

Tout est possible visiblement ! Ma mère ex-révolutionnaire, infidèle, divorcée, maîtresse pendant des années... Toi, Sasha ? Alexandre ? Qui d'autre ? Bouddha ? Bref, tout le monde ment.

— Non ce n'est pas tout. J'ai encore une dernière chose à vous révéler. Lee, je suis en possession de l'acte de propriété de mon père. Cet appartement m'a été légué à sa mort. Seulement je viens d'apprendre qu'il vous appartient depuis 1995 et là, j'ai besoin d'explications.

Mes mains tremblent, mais je sens que je leur fais peur. Lee me fixe tandis que Mei évite mon regard.

— Comment ? En plus de tout ça maman, tu serais la propriétaire ? Depuis quand ? s'écrie Mei.

— Assurément, tu me prêtes bien peu d'importance ! Allez, raconte-nous la suite puisque toi seule détiens « la vérité ». Et qu'on en finisse.

— Oh, ma fille, je suis si triste de tout cela. J'aspirais tant à mourir avant lui et ne jamais devoir affronter ce moment. À quoi bon s'obstiner à vouloir ressasser un passé déjà enterré ?

— Pfff... laisse échapper Mei.

— Pouvez-vous reprendre le cours des évènements après votre retour d'Hanoï, s'il vous plait ? l'implorais-je.

— Vous avez raison, Alexandre. Mei, pardonne-moi. Tu sais, tant de fois, les mots m'ont manqué, le courage me fuyait, et je ne savais plus s'il fallait avouer ou me taire. Tu comprendras, un jour peut-être.

Meyer avait été emprisonné à la maison centrale pendant cinq longs mois, comme vous le savez, dans des conditions atroces. Il y avait perdu toute dignité humaine et fut rapatrié en France en même temps que le contingent militaire, juste après la signature de l'indépendance en octobre 1954. Son retour fut tout aussi pénible, si ce n'est plus. Traité comme du bétail, il avait été embarqué sur un énorme paquebot, « le SS Pasteur » assurant la liaison jusqu'à Marseille. Dix-sept jours de traversée. Son cauchemar ne s'était pas arrêté aux portes de la cité phocéenne. Il fut jeté dans un cachot des Baumettes pendant deux mois avant d'être libéré, par la grâce de Dieu et par celle du président de la République française.

Je ne sais plus exactement ce que je vous ai déjà dit ou pas, mais votre mémoire fera son choix…

Ensuite, je suis restée sans nouvelle jusqu'à son retour, six ans plus tard. Lors de nos retrouvailles, notre histoire a repris là où nous l'avions laissé, comme si le temps ne nous avait jamais séparés. À ma grande surprise, il m'annonça n'être que de passage et repartit cette fois avec son argent dans une valise, toujours grâce à l'influence de mon père. Dans un accès de colère, je lui ai rendu tous mes bijoux et une des boîtes en Miro. Il souhaitait cependant que je garde cet appartement, mais je ne voulais pas lui être redevable de quoi que soit. Devant mon refus, nous sommes convenus que je le louerais, au gré des possibilités et mettrais ainsi l'argent de côté. Plus tard, il insistera pour que Mei s'y installe. Je ne méritais pourtant rien de lui, moi qui avais été à l'origine de son malheur, la commanditaire de sa déchéance. À chacune de ses brèves visites, il se préoccupait avant tout de me combler et moi, je me délectais de cet amour si fort qui nous unissait encore. Au cours de sa dernière visite, en août 1995, tout ne s'est pas passé exactement comme je l'avais imaginé.

— Il est revenu régulièrement entre 1960 et 1995, c'est cela ?

— Oui, Alexandre. Il venait assez régulièrement et nous correspondions également beaucoup.

Je savais qu'il était marié, qu'il avait des enfants, mais chaque fois qu'il venait, j'espérais au fond de moi qu'il resterait. Il ne cessait de me répéter qu'il m'aimait encore. Je m'étais persuadée, au fil des années, que son mariage n'était pas un mariage d'amour, que cela lui avait juste permis de s'oublier, d'oublier son histoire, son passé et toutes ces horreurs qu'il avait dû enfouir pour avancer.

Entre-temps, j'avais eu le courage de divorcer. Mon mari m'avait pourtant pardonné mes infidélités, mais nous ne nous étions jamais réellement aimés. Alors, à quoi bon continuer ? J'ai été répudiée par ma famille. Il ne me restait que ma fille, cet appartement et tous mes souvenirs. J'aimais encore éperdument ton père et j'étais prête à le suivre n'importe où. En France, au Maroc... l'important pour moi était de vivre notre amour au grand jour, libres, et non dans la peau d'une vulgaire maîtresse que l'on entretient pour soulager sa conscience. Car si les mentalités avaient évolué, ce n'était pas le cas en Chine, et encore moins dans mon milieu.

Meyer avait refait sa vie et ne comptait pas détruire ce qu'il avait construit. Il avait le sens du devoir et de l'engagement. Folle de rage et profondément blessée dans mon amour propre, je voulais le suivre et faire éclater la vérité auprès de sa famille. Une fois de plus, il réussit à m'en dissuader à force de promesses qu'il ne tiendra jamais. Nous savions tous deux que nous étions prisonniers de nos vies.

Un matin, il m'annonça donc que notre histoire l'avait épuisé et qu'il m'offrait cet appartement en cadeau d'adieu. Il m'ordonna d'apposer ma signature sur les papiers.

Avait-il la sombre intention d'acheter ainsi mon silence ? Je n'en sais rien, mais crois-moi, Alexandre, jamais je ne lui aurais fait de mal. Il avait choisi sa famille et je ne pouvais pas lutter. Notre histoire d'amour, aussi puissante fût-elle, se termina ainsi. Il me serra une dernière fois contre lui. Depuis, je n'ai cessé de penser à lui, à notre histoire et à la vie que nous aurions pu avoir. C'était quelqu'un de bien, même si lui n'en avait pas conscience. Je ne l'ai plus jamais revu.

— Pourquoi ne pas m'avoir dit tout cela quand je suis venu le premier jour ?

— Je ne pouvais pas, Alexandre... Je ne pouvais pas te confier si vite, toute cette vie passée sous silence alors que tu prétendais t'appeler Sasha ou je ne sais trop qui !

— Qu'est-ce qui vous en empêchait ? Nom de Dieu ! Vous auriez pu nous éviter cette mascarade !

— C'est vrai, mais je lui avais fait une promesse...

— Une promesse ! Quelle promesse ? Vous ne saviez même pas qu'il était mort ! Et quand l'avez-vous faite, cette promesse ? La promesse de quoi, bordel !

— C'est vrai, j'ignorais son décès, mais j'ai tout de suite compris en te voyant arriver. Il y a encore une chose que tu ignores.

Ton père m'a fait découvrir Tarzan, Laurel et Hardy dans les cinémas d'Hanoï, mais la suite n'a rien à voir avec une fiction.

Sans lui, je serais morte sur le champ de bataille. Il m'a sauvé la vie à Diên Biên Phu. Ce jour-là, nous avancions en petit groupe, les soldats français tiraient de tous les côtés et arrivaient droit sur nous. Sans réfléchir, Meyer ramassa l'arme d'un Viêt-minh mort à nos pieds et fonça sur eux, tête baissée, en mitraillant de toutes parts. Il en exécuta quatre ou cinq, ou peut-être dix, je ne sais plus. Il venait de tirer sur des soldats français. Les corps tombaient sous les déflagrations et son humanité, ses valeurs, ce qui le constituait en tant qu'être humain s'effondrèrent avec eux.

C'étaient eux ou nous. Le gai luron des premiers mois s'était mué en bête sauvage, meurtrière, condamné à tuer pour survivre. Nous avons fini par en réchapper. Cependant, il ne s'était jamais pardonné d'avoir tué des hommes, des Français de surcroit. Ce n'était pas son combat, pas sa guerre et cela l'a torturé à jamais. Alors oui, je me devais de tenir la promesse que je lui ai faite. Au-delà de notre amour, ce lien était indestructible.

Sans un mot, je me lève pour me servir un verre d'eau dans la cuisine, suivi par Mei, devenue l'ombre d'elle-même.

— Alexandre, je m'interroge vraiment. Mon père, je ne l'ai jamais connu, mais ne serais-je pas... enfin, aurions-nous un lien ? Ton père, tu vois ce que je veux dire non ? Tout ceci est à présent si confus dans mon esprit.

Je m'étrangle. Je veux me noyer et ne plus rien entendre. Sortir de ce vaudeville à la chinoise.

— Le mieux serait de le lui demander. Tu as la chance qu'elle soit encore en vie. N'attends pas qu'il soit trop tard et profites-en pour lui poser toutes tes questions. Car si moi... si seulement j'avais pu...

— Tu as raison ! Mais pour le moment, finissons-en avec cet appartement...

— Lee, cette promesse ? De quoi s'agit-il ?

Nous nous étions réinstallés dans le salon et j'étais fermement décidé à parvenir à mes fins.

— Le temps avait passé, j'avais tourné la page ou du moins je m'étais faite à l'idée. Je vivais ma vie tranquillement quand un beau matin, je reçus un courrier. Deux lettres plus exactement. Il me suppliait, en souvenir de notre amour, de ne révéler à personne toute cette histoire. Ton père avait ses raisons. Il me demanda également de remettre à son fils une lettre, s'il venait à se présenter de mon vivant.

Sans que j'aie le temps de réagir, Lee pose la lettre entre mes mains.

« *Ma chère et tendre Lee,*

J'arrive au bout de ma vie, heureux et apaisé par l'amour que nous nous sommes porté et qui m'a guidé tout au long de ces années. Depuis ce merveilleux jour de 1953 à Tahiti, je n'ai jamais cessé de t'aimer malgré les épreuves et la vie qui nous ont séparées. J'aurais tant aimé que le temps s'arrête cette année-là, mais à présent je suis un vieillard qui n'est même plus en mesure de me déplacer. Je viens te demander comme ultime faveur de respecter mon souhait. Il y a là, une lettre pour mon fils Alexandre. Ne l'ouvre pas, jamais. Garde là bien précieusement. Donne-la-lui en main propre s'il se présente à toi, un jour. Cela signifiera que tu m'auras survécu.

Je t'embrasse une dernière fois amoureusement, comme au premier jour.

Ton éternel Meyer. »

— Voilà les derniers mots adressés par ton père.

Lee se lève et se dirige vers le piano. Elle soulève le dessus du siège, en sort une jolie boîte en Miro estampillée des mêmes initiales et l'ouvre devant moi. D'un geste délicat, elle en sort une enveloppe, scellée d'un sceau rouge, le papier à peine jauni. Je reconnais l'écriture de mon père, puis mon prénom en lettre majuscule.

— J'ai tenu ma promesse et je suis soulagée à présent de pouvoir enfin te léguer cet héritage. Le vrai, je crois.

— Merci. Je bégaye...

Je chausse mes baskets et les quitte sur un signe de main. Muet d'émotion, je perçois le lointain filet de voix de Mei qui résonne dans l'appartement.

— Maman, je ne veux plus de mensonges ni de cachoteries. J'ai besoin de savoir ! Meyer était-il mon père ? demande-t-elle bouleversée.

La porte de l'appartement se claque. Moi aussi, je ne veux plus de mensonges. Je dévale les marches sans me soucier du reste. Était-ce trop tôt ou désespérément trop tard ? Et puis, qu'adviendrait-il de mes vraies sœurs dans tout ça ?

Je trébuche, me relève, ma cheville me fait mal, qu'importe, j'ai juste besoin de calme. Feng m'attendra quelques instants de plus. J'ai terriblement besoin de soutien, d'un soutien spirituel.

Instinctivement, je me dirige vers la synagogue, non loin de là, pour me réfugier et m'abandonner entre les mains du divin. Je récite la prière des morts, comme si j'avais enfin accepté d'honorer et d'enterrer mon père. Mon deuil commençait aujourd'hui.

Le cœur en paix, je retourne vers la voiture.

— Feng, le Fairmont s'il te plait.

J'ai envie de fraicheur et de vie. J'appelle Gwendoline. Je souhaite entendre sa voix perlée, douce et vivante, la seule qui puisse me sortir de cet ouragan. Elle ne me répond pas et une peine insoupçonnée me saisit alors, comme si j'étais pris d'un sentiment amoureux que je ne voulais pas admettre.

Il me dépose devant l'hôtel. À présent, je dois seul puiser la force de lire sa lettre. Après son carton, il me réservait le privilège de ces quelques lignes. Allongé sur ce lit démesuré, je m'apprête à découvrir ce qu'il a souhaité me confier post-mortem.

« *A toi, mon fils Alexandre,*

Mon fils, mon si précieux et tant aimé fils, si tu lis ces quelques lignes, c'est que tu es allé jusqu'au bout, au bout de ton carton, au bout de ton destin et que tu sais enfin tout de moi. J'aimerais que tu puisses me pardonner de ne jamais avoir eu le courage de te le demander. Alors Pardon Alexandre ! Pardon de ne pas avoir su être le père dont tu rêvais probablement, ce héros qui t'aurait procuré tant de fierté. Pardon de n'avoir été que silencieux et destructeur, à défaut d'être aimant et protecteur.

Pardon de n'avoir pas été ce père que tu aurais pu admirer au quotidien. Je me suis efforcé de faire de mon mieux. La vie n'était pas facile et je devais subvenir à vos besoins. Je n'ai jamais su te guider ni te donner la rage de vaincre. Cette rage, tu l'as conquise seul, à la force de tes rêves et aux rythmes de tes expériences. Et ça, ça m'a toujours impressionné.

Enfin, pardon de m'être réfugié dans mes souvenirs. Plus tu grandissais, plus j'avais peur pour toi et plus je souffrais. Alors je t'ai éloigné pour te protéger. J'ai eu tort, peut-être. Ce fut douloureux pour nous deux, insoutenable parfois pour moi, si injuste pour toi. Puis les années se sont écoulées et le fossé entre nous s'est creusé, jusqu'à nous séparer. J'ai tant de fois voulu te parler, mon fils, t'embrasser et m'excuser d'être juste ce que j'étais. Mais le courage m'a toujours manqué. Tu as réussi ta vie de père, ta vie professionnelle, là où moi je n'ai côtoyé qu'échecs, désillusions et mensonges.

Je ne peux décemment quitter ce monde sans me dire qu'un jour tu sauras la vérité sur ce que fut ma véritable existence, ma vie d'homme avant ta mère. J'ai minutieusement rassemblé tous mes plus lointains et beaux souvenirs et je te les ai offerts. Tous, sans pudeur. Je t'ai livré mon cœur. Ils n'expliqueront sans doute pas tout à tes yeux, mais je savais que tu chercherais et surtout que tu ne lâcherais rien. Que tu déplacerais des montagnes pour découvrir la vérité, ma vérité, je t'en sais capable parce que tu es déterminé dans tout ce que tu entreprends. Aide-toi de tes sœurs, de leurs conseils et de leurs expériences pour avancer. Finalement, toi et moi, on se ressemble plus que tu ne le crois.

Je suis heureux que tu aies rencontré Lee et sa fille Mei. Je peux enfin te quitter serein, car tu connais à présent les réponses à tes questions, du moins je l'espère. Mais je te demande, comme ultime faveur, d'épargner ta tendre mère, elle qui s'est efforcée de m'offrir son amour et son soutien durant toutes ces années. Je n'ai pas su lui rendre, à la mesure de ce qu'elle méritait et je ne veux pas la faire souffrir davantage. Enfin, je te demande de faire preuve à l'égard de tes sœurs, de bienveillance et d'amour.

J'aimerais à présent te savoir heureux et surtout guéri de tes blessures.

Cette conversation, je la désirais tant… et pourtant j'ai toujours fui ce moment. Mais ce voyage, c'était le nôtre et il nous aura permis de nous découvrir.

Je t'embrasse une dernière fois avec tout l'amour d'un père »

Je relis sa lettre cinq fois, dix fois, vingt fois avant de la remettre délicatement dans son enveloppe. Il avait donc tout orchestré, et guidé mes pas par amour. Le chagrin que je n'avais pu exprimer à ses obsèques explose ses flots de larmes. Mes années de souffrances s'écoulent enfin.

Si moi… et puis non, je peux cette fois hurler : Moi. Oui moi, Alexandre, son fils ! Je me sens désormais légitime. J'ai reconstitué sa vie et à présent, je panse mes plaies, savourant ce moment intime avec lui, gagné à force de patience et de persévérance. Je rassemble une dernière fois toutes les photos dans ma valise. J'ai besoin de m'octroyer une pause, des vacances, de m'évader pour digérer tous ces évènements.

Sa vraie vie avait commencé à Tahiti en 1953. C'est là-bas que je décide de clôturer magistralement cet incroyable périple. Pas de vol direct depuis Shanghai. Qu'importe, je ferai escale à Los Angeles… Je réserve avion et hôtel.

Au même moment, mon téléphone vibre. Je lis le SMS :

« Bonjour Alexandre, Gary nous a quittés ce matin. Je suis à LA, effondrée. Raquel »

26

Le retour

L'escale à Los Angeles s'annonce bien plus longue que prévu. À quelques mois d'intervalle, je me retrouve là pour assister aux obsèques de Gary, le plus cher, mais surtout le plus mystérieux ami de mon père. Leur effroyable périple argentin avait eu raison de leur amitié. Comme une boucle finale du destin, nous allions célébrer leurs retrouvailles éternelles.

Le peu de temps que nous avions partagé au cours de notre rencontre m'avait laissé un souvenir marquant et j'avais éprouvé une émotion sincère à l'annonce de son décès.

Raquel, elle, l'enterrait avec une dignité royale. Soixante ans après leur séparation à Casablanca, son cœur mourait de nouveau avec lui. Elle aussi s'était résignée à un mariage de raison, Gary demeurant le secret amour de sa vie, comme si avec mon père ils avaient respecté une sorte de pacte. Tout sentiment amoureux avait été exclu de leur union respective.

Je dois malgré tout lui parler de la machination minutieusement orchestrée par Meyer. Une machination au dénouement aussi tragique qu'extraordinaire. Et cela, même si elle lui a délibérément servi d'alibi pour ses nombreuses et non moins régulières escapades brésiliennes et chinoises. Ce qui expliquerait sans doute pourquoi je n'avais jamais entendu parler d'elle avant l'enterrement !

Frêle, elle s'agrippe à moi. Je sens ses os pointus et fragiles sous cette insupportable pluie fine qui achève son agonie.

Peu de monde s'est déplacé pour rendre hommage à Gary Newman. Autour du cercueil, seuls cinq ou six militaires sans âge et bouffis par l'alcool symbolisent son passé. La CIA n'a pas jugé bon de se déplacer pour un agent depuis longtemps tombé aux oubliettes puisqu'il n'a pas eu l'élégance de mourir jeune ou en mission. Ils l'honorent avec une misérable gerbe sans fioriture.

Solitaire jusqu'au bout, une cérémonie réduite au minimum, selon ses dernières volontés et le peu d'amis qu'il comptait encore. Seule sa sœur cadette a fait le déplacement depuis le Michigan, les autres membres de sa famille étant probablement déjà morts !

Je profite de la trêve autour du buffet pour glisser quelques mots à Raquel.

— Il faut que tu saches que je suis allé au bout Raquel. J'ai tout élucidé : je connais à présent tout de ses secrets et de sa vie.

— Oh, comme je suis contente que tu aies réussi à mettre un point final à toute cette histoire, souffle-t-elle dans un sanglot. Cela me réchauffe le cœur. Tu vas me détailler tout ça dans les prochains jours, n'est-ce pas ?

— Je ne reste pas. Je m'envole demain pour Tahiti. Je n'avais pas prévu de venir ici… Je dois désormais en finir avec moi-même et avancer, vois-tu ? Je suis navré, j'aurais tant aimé rester pour te parler, mais…

— Je comprends. Tu as fait un si long chemin pour découvrir ton père. Nous en discuterons un peu ce soir, au calme. De mon côté, j'avoue ne plus savoir quoi faire. Gary m'a légué cette maison dans l'unique but de donner enfin un sens à son existence.

— As-tu une idée de ce que tu vas en faire ?

— J'aimerais la transformer en dispensaire pour les enfants démunis et ainsi apporter sa pierre à l'édifice. Lui qui aurait tant aimé avoir des enfants, c'est comme une revanche que je lui dois ! Et puis, j'aime beaucoup cet endroit, alors ce sera un lieu de cœur, un lieu qui nous ressemble, lâche-t-elle aussi émue que désemparée.

— Je suis sûr que tu fais le bon choix.

— Oui. Toute sa vie, il a épargné tout ce qu'il a gagné pour aider les miséreux et les faibles. Alors maintenant, je me dois d'honorer sa mémoire et de faire perdurer ce qu'il a construit. Mais j'espère avoir la force d'aller au bout de ce projet, car je sens que, moi aussi, j'arrive au terme de ma vie.

Toutes ces « fins de vie ». Ses mots me peinent.

La maison est somme toute coquette, la décoration cosy, un brin kitch à mon goût, mais néanmoins chaleureuse.

Dès l'entrée, l'homme règne en maître absolu dans cette maison de célibataire endurci !

Dans le salon aux murs immaculés, trône sur la cheminée son fameux panama, marque d'élégance qu'il incarnera jusqu'au bout. « Une main de fer dans un gant de velours », voilà comment je le définis.

La journée passe lentement. Sa sœur Pamela nous raconte son enfance, sans la moindre émotion, avant de s'éclipser dans un taxi. Ils ne se fréquentaient plus depuis trente ans et ses souvenirs sonnent le très ordinaire.

Le buffet est bien entamé par quelques voisins venus saluer sa mémoire et par d'autres, plus nombreux, venus profiter de l'aubaine. Cela fait sourire Raquel, qui s'est donné bien du mal pour convaincre un traiteur de préparer une réception funèbre en si peu de temps. C'est alors que Gary et sa fameuse phrase sur le bonheur surgissent dans un coin de ma mémoire. Je laisse mon regard se perdre dans le vaste séjour. Je constate avec tristesse que, sans Raquel, il serait mort seul.

La desserte vidée de ses petits-fours sucrés et le salon, des derniers pique-assiettes, nous nous installons tranquillement sur le sofa en cuir bleu. J'expose alors à Raquel toutes mes découvertes dans les moindres détails. L'Argentine, le Brésil, Shanghai, son histoire d'amour avec Lee puis l'effroyable Diên Biên Phu, la prison, la mort, la drogue. Bref, j'étais assez fier de lui partager tout cela, lui pardonnant ses cachoteries, revivant chaque instant de cet incroyable périple. Nous finissons sur son retour à Casa, ma mère, nous, son plan machiavélique, et enfin sa lettre. J'ignore ce dont elle est au courant, mais je lui raconte cette vie obscure avec une certaine légèreté. Elle boit littéralement mes paroles, comme si tout prenait aussi un sens pour elle. Après ce flot de confessions, le silence occupe désormais tout l'espace. Raquel s'approche de moi, me prend tendrement dans ses bras comme un fils et me remercie d'avoir honoré son passé, sa mémoire et d'avoir su pardonner.

Pardonner qui ? Quoi ? Qu'avais-je à pardonner ?

J'avais été trop longtemps aveuglé par mon manque d'estime et de confiance en moi. Durant toutes ces années, je m'étais cru trop médiocre pour mériter une quelconque preuve d'amour. Dans notre famille, ne pas montrer ses émotions c'était respecter l'autre. Quelle foutaise ! Quel temps perdu !

Nous nous y complaisions tous les deux : moi comme victime et mon père comme bourreau, prisonnier de cette mémoire collective et de ses souvenirs. Ni lui ni moi n'avions essayé de sortir de ce schéma de pensée.

Cet homme compliqué, solitaire, était en fait un homme brisé, au cœur perdu. Si seulement j'avais su… rien ni personne ne lui aura donné la force d'oublier et encore moins nous, ses propres enfants. Nous étions tous les trois logés à la même enseigne : ni questions ni réponses. Jamais.

Il puisait son oxygène dans son mystérieux bureau à la grande porte que nous ne connaissions que désespérément close.

S'injectait-il des piqûres mentales pour retrouver le goût de son bonheur passé ? Ironie ou paradoxe, je réalise que j'avais fait de même toute ma vie, à une exception : répéter sans cesse à mes enfants combien je les aime.

Depuis ma jeunesse, il m'avait sciemment transfusé goutte à goutte son dégoût du bonheur et aujourd'hui sa lettre, maintes fois relue, me laissera à jamais, un goût d'inachevé.

Pourquoi m'avoir écrit si tard ? Pourquoi avoir attendu d'être parti ?

Écrire ses excuses, sachant qu'il ne serait plus de ce monde pour affronter ses contradictions et pour m'affronter, n'était-ce pas de la lâcheté ? Que de sentiments mitigés ! Je lui voue désormais un amour post-mortem endeuillant toutes les blessures de mon enfance qui subsistent encore.

Alors oui, j'ai bel et bien mûri au fil de ces mois écoulés. Ce voyage, jalonné de tant de découvertes historiques et humaines, m'a réellement nourri. Mais il me faudra poursuivre ma route avec certaines rancœurs et certaines frustrations. Le temps qui passe, l'amour incompris, l'amour inavoué, les choix, les mensonges, les fuites, toutes ces questions resteront à jamais orphelines. Je n'aurais jamais imaginé qu'entrer dans son monde, dans notre monde, aurait exigé tant d'efforts. Mais le jeu en valait la chandelle !

Il s'était libéré et m'avait enfin avoué qu'il m'aimait. Maigre consolation, dont je devrai me contenter pour continuer d'avancer. Cocasse conclusion pour une funeste lettre.

Raquel ne comprend qu'à moitié, mais c'est assez pour que je me sente réconforté. Je l'embrasse tendrement, puis rentre à l'hôtel… le fameux panama sous le bras et mon sempiternel Cohiba à la bouche.

Au fond, je jubile, à la fois heureux et impatient de vivre enfin mon rêve d'adolescent : Tahiti… mon Eden. Mes pensées me ramènent vers mes copains de lycée, emportées par la nostalgie de Casablanca, ma douce Casa. Il ne me reste à présent qu'une huitaine d'heures d'avion avant de fouler le sol polynésien. Ces vacances, je vais les savourer.

Je suis fin prêt à me reposer. Loin. Loin de tous et de tout.

Durant le vol, j'épluche les prospectus sur les différentes excursions et plongées les plus époustouflantes à ne pas rater. J'alterne entre photos de fonds marins et gorgées XXL de whisky de qualité médiocre, mais qui ont le mérite de m'enivrer de ma nouvelle sérénité.

Bora-Bora.

Ça y est, j'y suis enfin. Le bout du monde, le paradis… c'est donc ça. Des paillettes de sable blanc, des plages exquises surplombées par les montagnes à l'aspect fantasmagorique. Guidé par l'hôtesse de l'hôtel, j'emprunte un ponton pour arriver jusqu'à ma chambre, une petite hutte sur pilotis en toit de chaume au luxe aussi délicat qu'étourdissant. Cela dépasse mes songes d'antan, on ne m'avait pas menti. Je flotte littéralement dans l'air, léger comme une plume et bercé par l'unique son des vagues. La nuit commence à tomber, le restaurant de l'hôtel a disséminé à travers son jardin et son sable immaculé des tables romantiques pour le dîner. Toutes sont illuminées par des torches plantées de chaque côté. Une fois attablé, mes pieds caressant le sol encore tiède, je pense à Alain, Gilles, René… et puis bien sûr à Sabrina, tant désirée et tant aimée, mon tout premier amour. Je remonte le temps. J'ai 16 ans, ce fameux été où j'ai été dépossédé de mon insouciance.

Que sont-ils devenus aujourd'hui ? Alain s'imaginait succéder à son père, Gilles n'avait d'autre ambition que de se nourrir d'une vie de folie. René, lui, caressait le rêve d'embrasser une carrière d'ingénieur ou de médecin… quant à Sabrina je n'ai jamais su. Je repense à chacun avec nostalgie, en souhaitant qu'ils aient tous atteint leur rêve. Rajeuni, cette nuit, je vais enfin m'endormir paisible, bercé par mes plus beaux souvenirs d'adolescents.

Je suis enfin prêt à déguster avec bonheur ma deuxième partie de vie, libéré de toute culpabilité et avec une foi en l'avenir insoupçonnable il y a peu.

Ici, les jours se suivent dans la quiétude et la plénitude. Je plonge des heures entières dans cet aquarium naturel à ciel ouvert. Je m'immerge avec les poissons multicolores, les raies Mantas, les Carangues et autres poissons-clowns. Je nage auprès des tortues, des requins, des napoléons et danse avec les dauphins. J'ai la chance de les observer dans un cadre presque irréel.

L'heure des grandes décisions approche. Je suis venu ici aussi pour ça. Je choisis de cacher une partie de la vérité à mes sœurs. Comment pourraient-elles comprendre et encore moins accepter ce passé sulfureux ? Mais je ne veux pas non plus être harcelé de questions. Elles sont tenaces et pour arriver à leurs fins, capables de m'attacher à une chaise et de me bander les yeux jusqu'à ce que je leur crache le morceau !

Comment leur expliquer que l'appartement de Shanghai ne nous appartient plus, sans pour autant éveiller le moindre soupçon ? Je pense convaincre maître Nguyen de tremper aussi dans mon stratagème avec un faux en écriture, stipulant que le gouvernement chinois, en 1955, avait réquisitionné tous les biens n'appartenant pas aux partisans communistes. Étant donné son intégrité, ce ne sera pas une mince affaire. Je risque gros, mais cela m'excite, car après tout, ma vie a été bien trop lisse jusqu'ici.

Pour la propriété d'Iguaçu, sa valeur est impossible à définir. L'héritage dévoilé en grande pompe s'est en fait réduit à peau de chagrin !

En même temps, que serions-nous bien allés faire là-bas ?! Un projet immobilier ou hôtelier avec le terrain ? Il aurait fallu négocier, déloger ou faire travailler ce Neymar pour nous... un investissement bien trop risqué pour peu de rentabilité. J'ai du mal à imaginer mes sœurs se mettant d'accord pour monter une affaire au Brésil. Je passe en revue toutes possibilités qui me conduisent chaque fois à des impasses. L'offrir au vieil Ernesto et à sa famille ? Percevoir un loyer dérisoire ? Rien ne presse. Nous avons survécu cinquante ans sans cela. Nous pouvons bien patienter encore quelque temps !

Huit jours se sont écoulés autour de Rangiroa et ses atolls paradisiaques, et il est temps pour moi de rejoindre Papeete.

La capitale, ni jolie, ni attrayante, est plutôt sale, délabrée et sans intérêt. La première journée me parait interminable et Paris revient à l'ordre du jour.

Adossé contre un mur, je réfléchis à mon futur d'homme nouveau, et cette fois-ci, sûr de moi, j'appelle Gwendoline.

— Bonsoir, Gwendoline, je te réveille ?

— Alexandre ! Non pas vraiment. Quelle belle surprise ! Comment vas-tu ? Alors ce voyage ? Tu as été si discret, je te croyais disparu !

— Je vais bien, je suis à Papeete et je voulais te dire...

— Je voulais t'envoyer un message ou t'appeler dit-elle en me coupant la parole, mais nous avons si peu parlé que je me suis dit que tu m'avais oubliée...

— Non pas du tout, au contraire ! Je t'appelais justement pour te dire que... je rentre bientôt à Paris et j'aimerais te revoir. Je voudrais que nous apprenions à nous connaître et à envisager une relation plus sérieuse, voire plus officielle entre nous.

— Et tu me dis cela au beau milieu de la nuit, comme ça ! Je suis...

— Je pourrais te rappeler demain matin si tu préfères ? Mais oui, j'ai mis du temps à comprendre. Aujourd'hui, je suis heureux, je me sens libre et je souhaite partager des instants de vie avec toi.

— Alexandre, je suis désolée, mais c'est trop tard. Je ne savais pas comment te l'annoncer, mais ton voyage, ta vie, ta situation, tout ça a été rude pour moi. Tes silences, tes non-dits, l'absence à durée indéterminée... j'ai eu un réel coup de cœur pour toi, mais je veux vivre une belle histoire, faire des projets d'avenir concrets avec un homme et non avec son ombre. Tu as disparu, comme ça, du jour au lendemain et puis j'ai rencontré quelqu'un, je suis navrée...

Allo, allo, je ne t'entends plus.

— ... Je... Je suis désolé de t'avoir dérangée...

Je raccroche, foudroyé par une douleur à la poitrine qui me cloue sur place. En un éclair, mes sentiments sont réduits à néant. L'objet de mon amour m'abandonne, mais mon amour, lui, à présent réveillé, sera bien plus tenace. Certes, j'avais été un amant irrespectueux dans cette histoire et elle avait démasqué, assez vite d'ailleurs, mon aversion pour tout nouvel engagement. Inconsciemment, je m'étais réfugié dans des promesses et des peut-être. J'étais trop peureux, trop égoïste, en manque d'insouciance, je voulais d'abord rattraper mes années perdues et prendre du bon temps.

Quel imbécile j'avais été !

<50 ans> : cet âge charnière, je voulais le conquérir avec délectation. Mes passades d'un soir au Brésil me renvoyaient l'image de l'homme perdu. Jusque-là, j'avais toujours respecté et admiré les femmes. En quelques mois, je m'étais transformé en une bête vicieuse et sans scrupules, les abandonnant toutes comme pour me venger. Avec lâcheté, je les ai finalement toutes utilisées pour assouvir ma renaissance et redorer mon égo.

Nos rares moments partagés avaient été suffisants pour qu'elle désire s'engager dans une relation.

Avait-elle triché ? Avait-elle joué une comédie machiavélique en m'envoyant ses photos dénudées et en répondant à mes mots grivois ? Pourquoi s'y refuser maintenant ? Ou bien avait-elle préféré me fuir devant mes nombreuses indécisions ?

Je regrette déjà amèrement nos fous rires, nos commentaires farfelus sur la vie, notre aisance ensemble et la vie que j'imaginais à ses côtés. Elle ne me laisse même pas une chance de le lui prouver, préférant m'évincer de son cœur.

Malgré tout, avec notre courte et intense histoire, je prends conscience que je peux être aimé et désiré pour l'homme que je suis.

À ce stade, tout est clair : me dévouer à mes enfants et faire table rase du passé. Ma décision est sans appel : mettre fin à ces années de faux-semblants. Dès mon retour à Paris, je quitterai ma femme. Ma priorité n'est plus de l'écouter et de la soutenir. Que Diable, elle a autour d'elle une pléiade de personnes bien plus attentionnées pour trouver une épaule attentive. Mes tromperies ne sont pas dignes de l'amour qu'elle dit encore me porter. Je ne peux plus vivre entre camaraderie et copinage.

Cette prise de conscience me questionne sur le sens et la direction à donner à ma vie. Je refuse désormais de poursuivre le parcours de mes parents. Si mon père a connu le grand amour avant de fonder une famille, j'ai emprunté le chemin inverse. À mon tour de vibrer avec l'amour, le vrai. Je fantasme sur une passion aussi pure que celle de mon père pour Lee. Bien sûr, l'idée de divorcer m'effraye, mais qu'importe, si c'est le prix de ma liberté.

Je me sens armé pour subir peine, pleurs et grosses factures. Personne ne m'épargnera, j'en suis conscient, mais je réfléchis déjà à la façon de l'annoncer à ma femme, sans l'anéantir, en prenant soin de préserver mes enfants. Les vingt-quatre heures de vol vont me permettre d'y songer sérieusement.

Et si cette décision me rend détestable aux yeux de certains, je m'en moque éperdument.

L'idée de demeurer à Paris me lasse. J'imagine la suite de ma vie professionnelle de pair avec un ultime exode. L'art est mon ADN. J'aspire à le revisiter, le sublimer autrement et à libérer toute ma créativité. Collectionneur ? Galeriste ? Et pourquoi pas les deux ? Je pourrais également redevenir l'expert en comptabilité comme au début de ma carrière. Tout est ouvert, tout est possible et l'inconnu m'exalte !

J'ai hâte de célébrer mon retour et montrer à tous les photos des sublimes paysages qui ont jalonné mon épique « tour du monde ». J'ai rencontré tant de gens fabuleux, généreux, aimants, des gens vrais, sans fards, que je bouillonne de partager mes émotions, mes souvenirs !

Fort de ces nouvelles résolutions, j'appelle ma sœur Vanessa depuis l'aéroport. Elle sera la plus à même pour amorcer nos retrouvailles familiales. Sans succès, je me rabats sur ma sœur aînée. Elle va sans doute me passer un sacré savon pour ne pas avoir donné assez de nouvelles. Quoi que je fasse, elle m'attend toujours, drapée de son autorité légendaire, prête à m'assaillir et me convaincre que tout est de ma faute. Je ne lui laisse pas le temps de placer un mot et lui déballe d'un trait tout mon topo sur l'héritage de Shanghai. Je la convaincs qu'il n'était pas aussi extraordinaire que nous l'espérions. Elle reste muette de surprise. Je conclus en l'embrassant. Je sais que sitôt raccroché, le téléphone local fonctionnera et qu'elle en informera Vanessa, ce qui m'arrange bien.

La foule se presse, un pincement au cœur face aux vahinés dans l'aérogare et sans me retourner, à la Gary, je monte dans l'avion, mes dossiers clos à la main. Une fois assis, sourire aux lèvres, je relis une énième fois la lettre de mon père avant de m'endormir. Là-haut à présent, si proche de lui, je lui adresse un dernier merci.

La notion de temps m'échappe. Une escale de quelques heures à Los Angeles. Cette fois-ci, la page Gary est tournée.

Elle aussi. Je n'ai pas eu de nouvelles de Raquel depuis dix jours, mais je compte l'appeler plus tard. Sur le second vol, les films s'enchainent les uns après les autres, les séries, les musiques… Et puis un livre. Celui d'une amie, oublié au fond de mon sac à dos depuis mon départ de Paris. Une sombre histoire. Peut-être la sienne ? Peut-être pas, mais qu'importe. La cruauté de ses mots mêlée à une vérité inavouée me transporte et fait naitre une idée.

Si moi… j'écrivais un livre sur ma vie ?

Si moi… je couchais toutes les aventures de mon périple pour finalement en laisser une trace et donner un sens à mon existence ?

Partager, tel l'éternel rêveur que je suis, voilà ce qu'il me faut !

Si moi… parce que la vie de mon père est poignante, parce que ma vie de petit marocain insignifiant devenu un galeriste reconnu peut susciter un intérêt pour des lecteurs. Et puis, qui d'autre que moi pourrait l'écrire ou l'inventer avec autant de réalisme ?

Si moi, enfin, je pouvais clôturer l'ultime chapitre de ma première vie ainsi ? Parce que oui, ma nouvelle vie a débuté quelques six mois auparavant, ce fameux 31 juillet 2017.

L'hôtesse me demande d'attacher ma ceinture, nous allons entamer la descente sur Paris… Déjà, si vite, la réalité me rattrape et m'asphyxie. Heureux, anxieux, fiévreux, toutes ces émotions me transcendent l'espace d'une seconde. La secousse est violente, les passagers applaudissent, l'avion s'est posé.

Alors, j'imagine les miens derrière la vitre à me faire des grands signes, pressés de m'embrasser et prêts à me sauter dessus. Mes bagages arrivent les premiers, privilège de la classe affaire, puis la douane et cet interminable couloir avant d'arriver dans le hall de sortie. 9 h 45, l'aéroport grouille de monde.

Cependant, je ne vois encore personne, j'attends cinq minutes, puis dix, j'appelle alors ma fille ainée qui est sur messagerie. J'appelle mon autre fille, elle aussi sur messagerie. Mon fils quant à lui est au lycée, et de toute façon, il est mineur et ne conduit pas ! Il aurait quand même pu sécher les cours et venir en RER faire la surprise à son père adoré !

Mais il me connaît bien, il sait pertinemment que je ne l'aurais pas cautionné. L'année du bac est essentielle : c'est non négociable.

Je rejoins donc la file d'attente des taxis, seul et un peu déçu. Quarante-cinq minutes plus tard, la Mercedes noire me dépose chez moi. Je mets quelques minutes à retrouver mon trousseau de clés. Je prévois de poser mes valises, de prendre une douche et de filer ensuite à mon bureau sur la Place des Vosges. Impatient, je monte les escaliers, espérant toujours une « surprise » en arrivant au salon ou dans la salle à manger. Mais rien. Dans la maison résonne un silence de cathédrale. Je jette mes clés et mon portable sur le bar de la cuisine. Les heures de vol n'ont pas pour autant anesthésié ma peine d'amoureux éconduit. Je n'ai pour l'heure envie de rien, je suis juste content d'être rentré. J'entrepose sagement mes bagages au beau milieu de la pièce puis finalement, moins pressé de renouer avec mon quotidien, je décide de me couler un bain. Le temps que la baignoire se remplisse, je traverse le séjour pour m'affaler sur mon canapé. À ce moment-là, mon portable se met à vibrer. Juste à côté, une enveloppe kraft format A4 est posée contre le vase avec mon prénom écrit dessus, mais cette fois, ce n'est pas l'écriture de mon père.

Je prends mon téléphone, espérant encore un appel amoureux de Gwendoline… non, Sarah clignote sur l'écran.

— Bonjour, Alexandre, tu es arrivé à la maison ?
— Oui, à l'instant, répondis-je d'une voix assurée.
— As-tu fait bon vol ?
— Excellent, merci.
— Bien. Je voulais t'informer que nous avons rendez-vous demain matin à 11 h chez Norbert.
— Norbert ? Je l'ai eu en ligne récemment, il ne m'a rien dit. Y a-t-il un problème ?
— J'ai demandé le divorce. Ne sois pas en retard pour une fois s'il te plait. Je t'ai laissé les papiers sur le bar de la cuisine.
— Le divorce ? De qui, mais je…
— Je ne rentre pas ce soir, Tom dort chez Elie et Laura chez son fiancé. Je te laisse.

Je m'écroule sur le canapé, sans voix.

C'est moi qui devais la quitter, moi qui devais lui annoncer, puis la consoler. C'est moi qui devais faire le pas. Non, elle n'avait pas le droit de me voler ma fin, pas comme ça, pas elle.

La gifle est violente. J'ai pourtant encore tant de choses à raconter, de nouvelles à annoncer, de douleurs à exprimer…

Se soucie-t-elle un instant de la tendresse dont j'aurais fait preuve pour la préserver du choc de notre séparation ? Probablement pas. Égoïstement elle ne pense qu'à elle. À présent, je la découvre brutale. Et pourtant…

Décidément, la vie et son lot de surprises…

Mes bagages ne sont pas encore défaits, je ferme le robinet de la baignoire, me sers un premier whisky, debout face à la porte d'entrée, puis un deuxième, que j'avale cul sec…

puis un troisième. Je titube, déconfit et claque derrière moi cette putain de porte. Toutes les portes.

FIN

ISBN : 978-2-81220-347-3
222, Boulevard Pereire - 75017 Paris
www.ramsay.fr

Réalisation : Ramsay Médias, Romorantin (41)
Imprimé en France par CPI (171054)
Dépôt légal à parution